협력과 저항

일제 말 사회와 문학

Collaboration and Resistance

김재용(Kim Jae-Yong, 金在湧) 교수는 1960년 통영에서 나고 연세대에서 한국 근대문학 전공으로 학위를 받았다. 현재 원광대학교 한국어문학부 교수로 재직하고 있으며, 근대문학 전반에 걸친 예리하고 섬세한 평론으로 주요 쟁점을 도출해내는 비평활동을 하고 있다. 실천문학 편집위원으로 활동하고 있으며, 남북한문학 및 근대문학의 근본 숙제의 접점이 되는 친일문학에 대한 꾸준한 탐구와 해법을 제시하는 실천적 과제를 진행해 나가고 있다. 주요 저서로『민족문학운동의 역사와 이론 1 · 2』(한길사),『북한문학의 역사적 이해』(문학과지성사),『한국 근대민족문학사』(공저, 한길사),『분단구조와 북한문학』(소명출판) 등이 있다.

협력과 저항―일제 말 사회와 문학

2004년 07월 30일 1판 1쇄 발행
2008년 06월 20일 1판 4쇄 발행

지은이 _ 김재용
펴낸이 _ 박성모
펴낸곳 _ 소명출판
등록 _ 제13-522호
주소 _ 137-878 서울시 서초구 서초동 1621-18 (란빌딩 1층)
대표전화 _ (02) 585-7840
팩시밀리 _ (02) 585-7848

somyong@korea.com | www.somyong.co.kr
ⓒ 2004, 김재용
값 13,000원
ISBN 89-5626-097-4 93810

협력과 저항

일제 말 사회와 문학

Collaboration and Resistance

김재용

소명출판

이 책은 일제 말의 문학을 '협력'과 '저항'의 틀에서 연구한 것이다. 일제 말이라 하면 1938년 10월 이후부터 1945년 8월까지를 가리킨다. 중일전쟁은 일본이 무한 삼진을 함락시키는 1938년 10월부터 이전과는 다른 양상으로 발전하면서 일본의 동아시아 지배와 조선의 독립 가능성을 둘러싸고 문학계는 협력과 저항으로 양극화되었다. 이 책은 바로 이 시기에 벌어진 문학계의 협력과 저항을 다룬 것이다.

친일 협력은 일반의 통념과 달리 외부의 강요에 못 이겨 어쩔 수 없이 한 것이 아니라 철저하게 자발적으로 이루어진 것이다. 또한 거기에는 그러한 자발성을 뒷받침해주는 내적 논리도 엄연하게 존재하였다. 친일 협력은 두 가지 계기에 의해 이루어졌는데 하나는 1938년 무한 삼진의 함락으로 상징되는 일본의 동아

시아 패권 장악이고 다른 하나는 1940년의 파리 함락으로 상징
되는 근대 서구의 몰락이었다. 일본이 중국을 무너뜨리는 것을
근대의 승리라고 인식하였던 전자에 속하는 이들은 독립이 물
건너갔기 때문에 이제 남은 것은 피와 살이 일본인처럼 되어 과
거에 조선인이기 때문에 받았던 차별을 극복하여야 한다는 것이
었다. 그것만이 2천만 민중을 살리는 길이라고 설파하면서 창씨
개명을 비롯하여 일본인이 되기 위한 온갖 노력을 하였다. 서구
근대를 넘어서 새로운 체제를 구축할 수 있는 세계사적 기회가
도래했다고 생각했던 후자에 속하는 이들은 근대 초극의 흥분
속에서 동양을 창안하였고 개인주의적 자유주의와 자본주의의
무정부성을 비판하면서 대동아공영권의 식민주의에 깊숙이 몰
입하였다. 자신이 스스로 역사의 진보에 서서 과거의 적폐를 넘
어선다고 생각할 정도는 후자가 전자에 비해 훨씬 강하였다. 이
책에서 다루는 협력이 주로 이 후자에 속하는 문학인들을 대상
으로 한 것은 당시 친일 협력 문학인들의 이러한 자발적 내적
논리를 더욱 분명하게 드러내기 위한 것이다. 친일은 어쩔 수 없
이 이루어졌다는 친일 옹호론은 근거가 없는 것이다.

친일문학에 대한 통념 중에서 오래된 또 하나는 일제 말에 친
일을 하지 않은 사람이 없다는 것이다. 그동안 일제 말에 대한
연구가 친일 협력에 국한되어 있던 사정을 고려하면 이러한 생
각이 널리 퍼져 있었던 것 역시 이해할 만하다. 하지만 일제 말
의 문학계를 엄밀하게 고찰하여 보면 친일 협력을 하였던 이들
보다 하지 않은 사람이 더 많았던 것이 엄연한 문학사적 현실이
다. 침묵을 통하여 저항을 한 이도 있고, 우회적 글쓰기를 통하

여 저항을 한 이도 있으며, 또한 망명이라는 극단적인 길을 선택하여 저항을 한 이도 존재하였다. 그 동안 이러한 저항문학에 대해 제대로 연구하지 않은 지적 태만이 이러한 통념들을 양산하는 데 일조하였다. 일제 말에 친일을 하지 않은 사람이 없다는 주장 역시 어쩔 수 없이 했다는 것과 마찬가지로 근거가 없다. 친일 협력에 대한 연구가 이제 저항문학에 대한 연구와 더불어 심화되어야 할 때이다. 협력에 대한 연구는 저항에 대한 연구가 깊어질 때 온전할 수 있으며, 저항에 대한 연구는 협력에 대한 연구가 심화될 때 그 전체적 모습을 드러낼 것이다.

일제 말 문학에 대한 이러한 연구는 그 동안 한국 근대문학사의 공백으로 존재했던 이 시기를 채워줄 것이며, 또한 한낱 에피소드 정도로 치부되었던 친일 협력의 문제를 한국 근대문학의 사상사적 흐름 속에서 조명할 수 있게 해줄 것이다. 일제 말의 문학은 그 이전 근대문학의 결산이며 또한 분단 이후 전개된 문학의 출발에 놓이는 결절점이지 결코 '암흑기'가 아니다.

일본의 식민지는 비단 조선에 국한되지 않았다. 우리보다 먼저 식민지화 된 대만을 비롯하여 만주 등의 중국지역이 일본의 식민지였고 거기 역시 협력과 저항이 존재하였다. 식민주의는 일본에 국한되지 않고 영국 프랑스 미국 등 전지구적으로 존재하였고 또한 존재하고 있다. 이런 점을 고려할 때 일본의 식민주의하에서 제기된 협력과 저항에 대한 연구는 비단 한국 근대문학에 그치지 않고 세계문학적 차원의 비교문학에도 여러 가지 시사점을 던져 줄 수 있을 것이다.

일제 말 자료를 확보하는 일을 도와주었을 뿐만 아니라 책까

지 만들어준 박성모 사장과 모호한 대목을 바로 잡아준 편집부
에 감사한다.

2004년 6월

김 재 용

차례

朝鮮文人報國會理事
俞鎭午氏

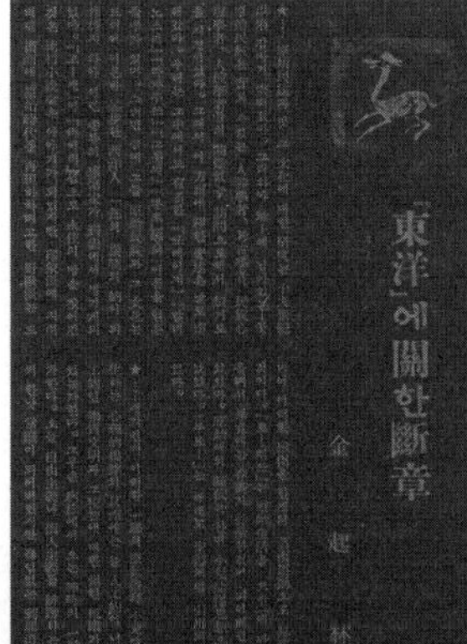

「東洋」에 關한 斷章
金
思
林

일제 말 문학의 양극화

김사량의 「천마」와 이석훈의 「고요한 폭풍」

1. 중일전쟁 이후 문학계의 양극화

중일전쟁은 중국과 일본 사이의 전쟁이기 때문에 한반도 주민들과는 별다른 관계가 없는 것처럼 인식되기 쉽다. 하지만 이 전쟁은 한반도에 살고 있는 주민들에게 깊은 영향을 미쳤고 이는 지금까지도 그러하다. 중일전쟁이 일어나자 이 전쟁의 추이에 대해 많은 지식인들은 깊은 관심을 보였다. 일부 사람들은 일본이 중국에 의해 패하게 될 경우 조선의 독립은 한층 쉬워질 것이라고 생각하였으며, 다른 사람들은 일본이 승리할 경우 조선의 독립은 이제 불가능해질 것이라고 보았다. 1938년 10월 '동방의 마드리드'라고 불리던 무한 삼진이 일본군에 의해 점령되자 사태는 한층 분명하게 되면서 문학계는 양극화되었다.

하나는 사실수리론에 입각하여 식민주의에의 협력을 공표한 경우이다. 이들은 현실의 전개과정은 그것이 좋고 나쁘고를 떠나 엄연한 사실이기 때문에 지식인과 문학인은 이를 겸허하게 받아들이고 그 속에서 활로를 모색해야 한다는 것이다. 동북아에서의 일본의 패권을 인정하고 조선종족의 해소를 통하여 대일본제국의 신민이 됨으로써 그 동안 받았던 차별과 불평등을 벗어나야 한다는 의견이다. 이는 식민주의에 협력하는 것이 한층 더 나은 삶을 보장한다는 견해로써 이른바 친일 협력의 길로 가게 된다. 다른 하나는 일본의 이러한 패권 장악이 설득의 과정이 아닌 폭력의 과정이고 또한 중국인들의 자발적 선택이 아닌 강요이기 때문에 결코 용납될 수 없다는 것이다. 그리하여 이들은 일본의 패권을 인정하지 않고 이러한 억압에 맞서 싸워야 한다고 생각하였으며 최소한 비협력의 저항을 해야 한다고 생각하였다. 그 이전까지 지속되었던 프로문학, 민족주의문학, 순수문학과 같은 구분은 부차적인 것이 되어 버렸다. 협력과 비협력의 저항 이것이 당시 문학을 가르는 경계가 되었다.

이 글에서는 당시 협력과 비협력의 저항 양 입장을 대변하는 소설인 김사량의 「천마」와 이석훈의 「고요한 폭풍」을 비교하고자 한다. 이 작품을 선택한 것은 두 작품 공히 예술가 소설이라는 점이다. 당시 기로에 서 있는 소설가 자신과 주변 문학계를 소재로 하여 작품화한 다분히 자전적 성격을 띤 것이기 때문에 당시 양 입장을 견지한 작가들의 내면을 살펴볼 수 있는 좋은 자료가 될 수 있다.

2. 김사량의 「천마」와 비협력의 길

1) 일본 작가의 조선 방문 열기

중일전쟁 이후 급속하게 친일 협력의 길을 걷는 문학인들을 비판한 김사량의 「천마」는 당시의 사건과 인물에 원형을 두고 있는 이른바 모델소설이다. 따라서 이 작품에 대한 이해를 위해서 우선 이 작품이 원형으로 하고 있는 사건과 인물들에 대한 이야기부터 시작하는 것이 좋을 듯 싶다. 이 작품은 일본인 작가가 만주 가는 길에 경성에 들렀다는 소문을 듣고 친일문학인 현룡이 그와 친하다는 사실을 세상에 과시하여 행세하려다가 오히려 버림받는 것을 다루고 있는데 만주로 가다가 경성에 들른 이 일본인 문학인 다나까[田中]의 원형은 다무라 다이지로우[田村泰次郎]인 것으로 보인다.[1] 다무라 다이지로우는 1939년 1월에 결성된 대륙개척문예간화회의 일원으로 만주를 방문하면서 경성에 들렀다고 회고하고 있는데 작가는 이 방문을 다루고 있다. 현룡은 다무라 다이지로우와의 인연을 과시하여 조선 문단 내에서 자신의 위상을 높이려고 온갖 일을 서슴지 않는다.

그런데 일본인 작가가 대륙을 방문하는 길에 경성에 들러 조선인 작가와 대화를 나누는 일이 벌어진 것은 이 때가 처음은 아니

---

[1] 이 작품에 등장하는 일본인 작가 다나가의 원형이 다무라일 것이라는 추정은 가와무라 미나토 교수의 견해에 의거한 것이다. 川村湊, 『滿洲崩壞』, 文藝春秋, 1997, 145면.

다. 이 작품에서도 묘사되고 있는 것처럼 경성을 방문하는 모든 일본인 작가들에게 행동의 준거가 되고 있는 것은 1938년 11월에 있었던 하야시 후사오[林房雄]의 경성 방문이었다. 무라야마 도모요시[村山知義], 아키타 우자크[秋田雨雀], 장혁주와 더불어 경성을 방문한 하야시 후사오는 만주로 가려다 경성에서 잠시 머물렀는데 이때『경성일보』에서 조선문학인과의 좌담회를 가진 바 있다. 정지용·유진오·임화·이태준·김문집과 같은 조선인 문학자들도 참가한 이 좌담에는 당시 조선에 나와 거주하고 있던 일본인이었던 경성제국대학의 중국문학과 교수였던 가라시마 쯔요시[辛島驍]도 참여하였다. 이 좌담은 1938년 11월 29일부터 12월 8일까지『경성일보』에 연재되었고 동시에 하야시 후사오가 동인으로 있던 일본 문학 잡지『문학계(文學界)』1939년 1월호에 게재되기도 하였다. 일본인 작가가 경성을 방문하여 조선인 문학인들과 이런 좌담을 나눈다는 것 자체가 분명 시국의 영향일 것이다. 무한 삼진의 함락 이후 많은 일본인 문학가와 조선인 문학가들 사이의 소통을 마련해주어 이를 내선일체의 계기로 삼으려고 하였던 경성일보사의 의도가 크게 작용했다. 무한 삼진의 함락 이전이라면 생각도 하기 어려웠던 이러한 일들이 하나의 시대적 흐름으로 자리잡기 시작하였다.

이 작품에서 다나까에 의해 비중 있게 거론되는 오가타는 바로 하야시 후사오를 가리키는 것으로 추정된다. 다나까는 자신의 이번 방문이 갖는 의미를 오가타의 조선 방문에 견주어 판단한다.

동경의 저명한 작가 오가타가 경성에 들렀을 때 오무라의 주선으로 조선의 문인 몇 사람과 자리를 같이 한 적이 있는데 그 자리에서 삼십 분도 지나지 않아 오가타가 현룡에게서 조선인 전부를 보았다고 한 것은 과연 날카로운 예술가의 형언이라고 쯔노이는 찬탄하며 덧붙였다. 오가타가 여기에 조선이 있다고 외치면서 현룡을 가리켰을 때 실로 조선의 문인들은 완전히 아연실색 하지 않을 수 없었다. 하지만 정작 당사자 현룡은 매우 득의양양하여 희죽희 죽 웃으면서 흐뭇해했다. 다나까는 불과 하루 이틀 머무르고 게다가 술에만 쫓겨다녀서 제대로 관찰을 할 수 있는 상황이 아니지만, 오가타에게 지지 않 을 정도로 신랄하고 독특한 견해를 써 보내야겠다고 막 결심한 터였기 때문 에 예전부터 아는 대표적인 조선인으로 쯔노이가 절대 틀림없다고 보증한 현 룡과 우연하게 만난 것을 어느 정도는 기뻐했다.[2]

오가타가 30분 만에 조선인을 파악할 수 있게 되었다고 장담 하였고, 다나까는 잠깐 동안에 오가타를 능가하는 안목으로 조 선인을 파악할 수 있다고 확신할 정도로 당시 일본 문학인들이 조선을 바라보는 자세는 대단히 피상적이고 또한 위계적이었다. 그런데 현룡은 이들로부터 인정을 받아 조선에서 행세하려고 눈 물겨운 노력을 하였다. 차별에 입각한 것이었음에도 불구하고 일부 식민주의에 협력한 문학인들은 이들로부터 인정을 받아 조 선에서 행세하려고 노력하였다. 작가 김사량은 바로 이러한 식 민주의에 협력하는 문학인들에 대해 가차없는 비판을 행하고자 하였던 것이다.

일본인 문학가들이 조선을 방문하고 조선인 작가들과 이렇게 소통하려고 하는 것 자체가 전적으로 중일전쟁 이후 특히 무한 삼진 함락 이후의 시국 탓이다. 중일전쟁이 일어났을 무렵만 해 도 관망하던 일본인 작가들이 함락 이후 동북아시아의 새로운

---

2) 김재용 외 편역, 『식민주의와 비협력의 저항』, 역락, 2003, 270면.

현실을 받아들였고 이를 해석하기 위해 만주와 북중국 전선을
방문하였던 것이다.

2) 비협력 저항의 길과 일본어 문제

일본 작가들에 기대어 권위를 부리려고 하는 성격파탄인 현룡
을 비아냥거리면서 식민주의에 협력하는 문학인들을 비판하는
작가 김사량의 시각은 매우 준엄하다. 현룡이 마지막으로 기대
했던 일본인들에 의해서도 버림을 받자 자신이 일본인이 아니고
조선인이기 때문에 이러한 차별을 받고 있다고 생각하면서 자신
은 더 이상 조선인이 아니고 일본 내지인이라고 하면서 창씨개
명을 하는 대목을 통하여 식민주의 지배 정책의 하나였던 창씨
개명에 대해서도 날카롭게 비판한다. 현룡이 자신은 현룡이 아
니고 겐노가미 류우노스케라고 외치면서 창녀촌의 문을 두드리
는 마지막 장면은 식민주의 협력에 대한 작가의 비판이 가장 극
적으로 드러난 대목이라 할 수 있다. 식민주의에 협력하는 지식
인을 비판하는 김사량의 이러한 시각은 당시로선 결코 쉽지 않
은 것이다.

작가는 이 작품에서 식민주의에 협력하는 성격파탄의 인물 현
룡을 전경화하고 이에 못지 않은 비중으로 식민주의를 비판하면
서 살아가는 문학인의 모습도 그리고 있다. 현룡에게 접시를 던
져 다치게 하고 상해죄로 잡혀간 평론가 이명식이 현룡과 대척
적인 지점에 있는 인물이다. 그는 식민주의에 협력하는 당시의

문학인들을 신랄하게 비판한다. 현룡과 이명식은 당시 양극화되어 가는 문학계를 각각 대표하는 인물인 셈이다.

그런데 이명식의 이러한 입장은 바로 김사량의 목소리임을 짐작할 수 있는데 그것은 일본어 사용에 대한 다음과 같은 대목이 김사량의 산문에서의 주장과 일치하기 때문이다.[3]

> 조선어로 창작하는 것이 이 사람들에게 문화의 빛을 비춰주기 위해서도 그렇고 또 그들을 즐겁게 해주기 위해서도 절대적으로 필요하다는 것은 두 말 할 필요가 없지 않은가. 지금도 엄연히 조선어 3대 신문은 문화의 역할을 훌륭히 다하고 있고, 조선어로 된 잡지나 간행물도 민중의 마음을 풍족하게 하고 있네. 조선어는 큐슈의 방언이나 토호쿠의 방언과는 분명히 다르네. 물론 나는 내지어로 쓰는 것에 반대하는 것도 아니네. 적어도 언어 쇼비니시트가 아니네. 쓸 수 있는 사람은 우리의 생활이나 마음이나 예술을 널리 전하기 위해서 열심히 일해주지 않으면 안되네. 그리고 내지어로 쓰는 것을 좋아하지 않는 자나, 또 실제로 쓰지 못하는 이의 예술을 위해서는 이해심 있는 내지 문화인의 지지와 후원 하에 착착 좋은 번역 기관이라고 만들어 소개하도록 힘쓰는 게 좋을 것 같네. 내지어가 아니면 붓을 꺾어야 하는 것은 참으로 언어도단일세.[4]

작중인물 이명식의 이야기이기도 하고 작가 김사량의 언어이기도 한 이상의 대목에서도 식민주의에 대한 강한 비판을 읽을 수 있다.

조선어를 일본의 방언으로 간주하고, 조선문학을 일본의 지방 문학으로 보려고 하는 것에 대해 대단히 비판적인 것이다. 조선문학을 영국 문학 내에서의 스코틀랜드 문학 정도로 보는 것에

---

3) 김사량, 「조선문화통신」, 『김사량 전집』 4, 河出書房新社, 1973, 21~30면.
4) 김사량, 위의 글, 254면.

동의하지 않는다. 당시 친일 협력의 문학인들이 조선문학을 일본 문학의 한 부분으로 여기면서 마치 영국문학 내에서의 스코틀랜드 문학에 비유하곤 하였다. 이런 것에 대해 김사량은 강하게 비판하였던 것이다. 심지어 조선의 문학을 스코틀랜드가 아닌 아일랜드의 문학과 동렬의 것으로 보는 것에 대해서까지 이명식은 비판적이다. 아일랜드의 예술가들이 단순히 언어의 예술성 때문에 켈트어를 주장하는 것과 조선의 문학가들이 조선어를 고수하는 것과는 차원이 다르다고 보고 있는 것이다. 그런 점에서 이명식은 분명 일본어로 글을 쓰는 것 자체에 대해 비판적이다. 이러한 입장은 또한 김사량의 입장이기도 한 것이다.

하지만 일본어를 사용하여 창작하는 것 자체를 반대하지는 않는다. 일본어로서 글을 써야 하는 정황이 생길 경우에는 그렇게 하는 것이 조선어로 창작하는 것만큼이나 의미가 있다고 보는 것이다. 일본 독자를 비롯하여 세상의 사람들에게 조선의 사정을 알려야 할 필요가 생길 때 일본어로 창작할 수 있는 사람이 그렇게 하는 것은 오히려 의미가 있다고 보고 있는 것이다. 그가 「천마」를 일본어로 썼던 것도 바로 이러한 이유 때문이다. 해방 직후 문학가들의 좌담 자리에서 김사량이 조선어 글쓰기를 절대화하는 이태준에 대해 다른 의견을 제시할 수 있었던 것 역시 이러한 맥락에서 가능한 것이다.

3) 재조 일본인의 자종족중심주의에 대한 비판

「천마」에서 간과해서 안 될 것 중의 하나가 재조 일본인의 형상이다. 이 작품에는 많은 일본인들이 나오지만 거기에는 일본에서 잠시 조선을 방문한 이들이 있는가 하면 조선에서 거주하는 일본인들이 있다. 재조 일본인들은 잠시 조선을 방문한 이들보다 훨씬 중요한 의미를 갖는다. 그런데 김사량은 이 작품에서 재조 조선인들이 갖고 있는 자종족중심주의에 대해 강한 비판을 보이고 있어 흥미롭다.

식민지하의 조선에서 조선인 작가에 의해 쓰여진 작품에는 의외로 재조 일본인들이 등장하지 않는다. 당시 조선에 일본인들이 적지 않게 살았음에도 불구하고 일본인들이 이렇게 나오지 않은 데에는 조선인 작가들의 의식에 일본인들이 중요한 자리를 갖기 어려웠기 때문이 아닌가 한다. 물론 염상섭의 작품 「남충서」를 비롯하여 일부 작품에서 일본인들의 등장이 없는 것은 아니지만 이렇게 짧은 단편에서 여러 인물이 나오는 것은 쉽지 않은 것이다. 이 작품에는 재조 일본인으로 쓰노이와 오무라가 등장한다. 쓰노이는 가라시마 쓰요시[辛島驍]를, 오무라는 쓰다 다카시[津田剛]를 원형으로 한다. 이 둘은 다시 조선의 문화계에서 활동한 가장 대표적인 재조 일본인으로서 다음에 다루게 될 이석훈의 「고요한 폭풍」에 나오는 스키모토 나가오[杉本長夫]나 데라모토 기이치[寺本喜一]와 같은 이들과는 비교가 되지 않을 정도의 운신의 폭을 가지고 있는 문화관료이다. 〈녹기연맹〉 쪽에 깊은 관련을 맺고 있었던 쓰다 다카시와 교육문화계에 포진되었던 가라시마 쯔요시는 그런 점에서 당시 조선인 문학가들을 일정 정도 통제할 수 있는 위치에 있는 인물이었다. 이 중에서 가라시마 쯔요시에 대해서 집중적으로 비판을 가한다.

이 인물에 대한 작가의 비판은 매우 날카롭다. 그가 앞에서는 내선일체를 내세우고 평등을 말하지만 실제적으로는 철저하게 위계에 입각한 차별을 행하고 있음을 비판하고 있는 것이다. "이번에 번역된 조선놈들의 작품을 읽고 나는 우선 안심했습니다. 완전히 안심했다고요. 그 정도라면 나 같은 아마추어라도 쓸 수 있어요. 조선의 지방적인 문화도 역시 여기에 와 있는 우리들 손으로 건설해야 합니다"라고 하면서 일본에서 건너온 다나까 앞에서 기염을 통하는 쯔노이에 대하여 김사량은 매우 날카로운 비판을 가하고 있다.

> 그는 대학의 법과를 나오자마자 조선 구석에 와서 바로 교수가 되었는데 요즘은 예술분야의 모임에까지 활개치고 다니는 것이 내지인 현룡이라고 할 만한 존재였다. 돈벌이하려는 속셈으로 조선에 건너온 일부 학자들에게 두루 있는 폐단이기는 하지만, 그도 또한 입으로는 내선동인을 주장하면서도 자기는 선택받은 자로서 민족적 생활적으로 남보다 한층 더 상스러운 우월감을 지니고 있다. 하지만 단 하나 예술분야의 회합에 나가면 자기가 예술적인 일을 조선문인들처럼 할 수 없다는 것에 열등감을 느끼고 그 반동으로 그들을 못마땅하게 생각하고 있었다. 특히 조선의 문인들을 무시하려고 애썼다.[5]

가라시마 쯔요시는 1928년 동경대학 중국어문학과를 졸업하고 경성제국대학 중국어문학과 주임교수로 재직한 바 있는 인물

---

5) 김사량, 「조선문화통신」, 『김사량 전집』 4, 河出書房新社, 1973, 268면.

이기 때문에 모든 세부가 딱 들어맞는 것은 아니지만 전체적인 정황을 미루어 볼 때 가라시마라고 보는 것이 타당할 것 같다. 당시 재조 일본인 중 문화계에 큰 권력을 휘둘렀던 가라시마 쯔요시에 대한 작가 김사량의 이러한 비판은 예사롭지 않다. 당시 다른 작가들의 작품에서는 쉽게 찾아보기 어려운 이러한 점으로 하여 김사량이 식민주의에 대해 얼마나 강한 비판의식을 가졌는가 하는 것을 짐작할 수 있다.

3. 이석훈의 「고요한 폭풍」과 협력의 길

1) 문예보국순회강연과 친일 협력의 자발성

이석훈의 「고요한 폭풍」은 친일 협력의 내면을 보여주는 보기 드문 작품 중의 하나이다. 1940년 12월 초에 있었던 조선문인협회의 문예보국 순회강연에 참가한 자신의 행적을 토대로 한 이 자전적 소설은 당시 친일 협력에 나섰던 작가들의 내면을 잘 보여주고 있다. 특히 흔히 친일 협력을 일제의 강요에 의해 이루어진 것으로 보지만 이러한 견해가 결코 근거가 없음을 이 작품은 잘 보여주고 있다. 또한 이러한 자발성에 기초한 내적 논리가 '양심'이라는 개인적 윤리의 문제에까지 이어져 있어 친일 협력이 얼마나 내면화된 것인가 함을 잘 보여준다.

이 작품에서 드러나는 친일 협력의 자발성과 내면화에 대해서
논의하기 위해서는 조선문인협회의 문예보국 순회강연을 살펴
볼 필요가 있다.

1940년 11월 조선문인협회는 변화하는 시국에 맞는 대중 강연
을 조직하기로 결정하였다. 네 개의 반으로 나누었는데 1반은
경부선, 2반은 경의선, 3반은 호남선, 4반은 함경선이다. 이석훈
은 바로 4반에 해당하는 함경선에 합류하였고 여기에는 그 이외
에도 극작가 함대훈 그리고 조선에 나와 있는 일본인으로 경성
제국대학에서 영문학을 전공한 데라모토 기이치[寺本喜一]와 스
키모토 나가오[杉本長夫] 총 네 명이 참여하였다. 이 4반은 12월
5일 경성을 떠나 6일에 함흥, 7일은 성진, 8일은 청진, 그 다음에
는 나남, 원산, 춘천 등을 순회하면서 시국강연을 하였다.

이들이 현지에 내려가 『매일신보』에 보낸 다음의 소감을 보면
당시 이들이 얼마나 자발적으로 일하고 있었는가 하는 것을 엿
볼 수 있다.

> 5일 야 경성을 떠나 6일에 함흥에 와서 제일성을 발하고 7일은 성진 8일인
> 오늘 청진에 왔습니다. 함흥선 공회당에서 성진은 읍사무소 강당에서 모두
> 성대히 강연을 마쳤습니다. 청진까지 오는 동안은 기차가 2, 3시간씩 연착하
> 여 큰 곤란이었습니다. 왜 그리 만만적인지 가슴이 답답했습니다. 원체 시간
> 이 없는데 기차까지 연착하여 강연하고는 곧 기차에 올라야 하니 잠을 못자
> 고 다니는 형편입니다. (함대훈)

> 함흥의 청중은 기분 좋게 들어 주었습니다. 성지에서는 청중들이 냉풍을
> 무릅쓰고 열심히 몰려와 주었습니다. 우리들의 사명의 중대함을 절실히 느끼
> 고 있습니다. (데라모토 기이치)

이 쪽은 기차가 퍽 느려서 우리들은 전격(電擊)작전에 활동 중입니다. (스키모토 나가오)

무엇을 얻고자 하는 청중들의 뜨거운 눈, 눈……. 내 힘이 미약함을 느끼면서 더욱 분발하고 있습니다. 북국은 춥고 기차는 느림보다. 동해는 아름답습니다. (이석훈)6)

『매일신보』에 보낸 통신에서 이석훈은 청중들의 눈이 뜨겁다고 쓰고 있지만 이 소설에서는 결코 우호적이 아닌 청중들의 시선이 묘사되어 있다. 또한 이 부담스러운 시선을 이겨내면서 자신의 주장과 선택을 확신하게 되는 과정을 다루고 있다. 작가의 분신이라 살 수 있는 박태민은 이 시국 강연을 전후한 시기에 비로소 친일 협력의 길에 들어서게 되었음을 고백하고 있다.

박태민은 깊은 회의 속에서 방황했다. 의식은 분열하여 다투기만 하고 이렇다할 결말에 도달할 수 없었다. 목적도 없이 거리를 걸었다. 아는 사람과 만나면 다방에서 커피를 마셨다. 사상의 핵심을 벗어난 평범한 대화로 일관했다. 때로는 상대에게 별로 이야기하지 않았다. 그러나 대상에 따라서는 자신을 조금 드러내 보였다. 신뢰할 수 있는 친구나 마음 편한 지기일 경우이다. 그러나 다방을 나와 헤어진 그 순간부터 다쿠보쿠의 시처럼 뭔가 손해를 본 것 같기만 하고 자신을 내보인 것을 후회하며 속을 들여다보인 것 같아 부끄러워하는 것이다. 신뢰할 수 있는 친구가 그렇게도 없느냐고 할지 모르지만 결국 이 시대의 인간은 모두 조심하고 입을 잘못 놀리는 일이 없도록 경계해야 하는 것이다. 박태민의 심리 상태는 살얼음판 위를 걷는 것만 같았다. 어디를 가도 아니 자기 집조차 발이 땅에 닿지 않고 떠 있는 것 같은 불안한 기분이었다. 바로 이럴 때에 박은 시국강연대의 한 사람으로 지명받았

---

6) 『매일신보』, 1940.12.12.

다. 정말 의외였다. 뭔지 모르지만 홀연히 새로운 운명의 막이 오른 것 같았
다. 그 운명의 길이 어떤 것인지는 상상도 할 수 없었지만 어쨌든 새롭다는
것에 매력을 느끼고 이에 자신을 맡기기로 했다. 그는 묵묵히 강연을 결심했
다. 그는 생각했다. 이 기회에 나를 단련해야지, 나는 지금 방황하고 있어 어
떻게 해야 할지 모르고 있다. 이번 시련이 내가 가야할 방향을 가르쳐 줄지도
몰라.

박태민이 협력의 길을 가야 한다고 속으로 생각하고 있었지만
바깥으로 내놓고 이야기할 형편이 못 되었던 것이 당시의 문학
계 정황이다. 그런데 시국강연을 계기로 하여 확실하게 마음을
먹고 밖으로 드러내면서 본격적으로 친일 협력의 길을 걷게 된
다. 이러한 작품 내 정황은 이석훈의 지적 도정에 비추어 보면
거의 사실에 가까운 것으로 판단된다. 무한 삼진 함락 이후 현실
의 추이를 지켜보던 많은 문학인들 중 일부는 일찌감치 마음을
결정하고 친일 협력의 길을 선택하였지만, 마음속으로는 그렇게
생각하였지만 결정적 계기가 없어서 그러한 선택을 내놓고 하지
못하던 사람들도 존재하였다. 이석훈이 바로 이 후자에 해당하
는 인물이다. 관망을 하다가 이 시국강연을 계기로 행동으로 옮
기는 것이다.

이석훈의 이 작품에서는 잘 드러나 있지 않지만 이 시기에 들
어 시국강연이 조직된 것에는 문학 외적 정치적 상황이 한 몫을
하였다. 1940년 6월 파리가 함락됨으로써 그나마 유럽에서의 반
파시즘 장벽도 무너지게 되었다. 중일전쟁의 일본적 승리를 점
쳤던 무한 삼진의 함락 이후에도 친일 협력의 길을 걷지 않았던
이들 중에도 이 파리 함락으로 인하여 큰 충격을 받았던 이들이

있다. 문학계 내에서 이 시국강연을 주도한 것으로 판단되는 최재서도 이 사건을 계기로 하여 친일 협력의 길에 나서게 된다. 1940년 10월 '신체제'가 선포되면서 문예보국순회강연에서 한 연설 「신체제와 문학」은 당시의 정황을 엿보게 해주는 아주 흥미로운 글이다.

> 우리는 지금 중국 대륙에서 4년 넘게 대전쟁을 치르고 있습니다. 최초, 요컨대, 1937년 7월 7일에 노구교(蘆溝橋)에서 사건이 발발한 당시는 북지사변이라고 불렸고, 현지 해결로 29로군에 대한 사죄요구 정도로 그쳤습니다. 그러나 그로부터 1개월도 지나지 않은 사이에 사태는 악화일로로 치닫게 돼, 9월이 되자 명칭도 지나사변이라고 바뀌었습니다. 이리하여 전쟁을 하고 있는 중에 점점 전쟁의 목적이 진전되어 다음 해인 1938년 11월 3일에는 적의 항전 수도인 헝커우[漢口]가 함락된 것을 계기로 동아신질서의 건설이라는 목표가 마침내 코노에[近衛] 수상에 의해서 발표되면서 일본국민은 물론 중국인의 일부에도 사변 해결의 목표가 점차 분명해지게 된 것입니다. 그런데 나아가 올해 6월 17일 프랑스가 히틀러 총통의 전격전을 당해 급기야 파리를 넘겨주고 나치스 독일이 여러 해 동안 품어왔던 구라파 신질서의 건설을 표면적으로 내세웠을 무렵부터 우리들 사이에서는 동아 공영권의 확립이라는 말이 들리기 시작했던 것입니다. 그리고 지금까지는 국민대중에게는 비교적 인연이 먼 것으로 생각되었던 프랑스, 네델란드 등의 나라들이 갑자기 각광을 받으며 우리 앞에 나타난 것입니다. 이런 와중에 지난 9월 27일 일본, 독일, 이탈리아의 동맹이 체결되고 일본은 세계에 뜻을 같이 하는 독일이나 이탈리아와 함께 세계의 새질서를 건설한다는 확고한 신념이 국민 전반에 미치게 된 것입니다.[7]

조선문인협회 문예보국순회강연대 제2반이었던 경의선 부대

---

7) 최재서, 「신체제와 문학」, 『전환기의 조선문학』, 인문사, 1943, 27~28면.

에 참가하여 강연하였던 최재서가 청중을 상대로 한 말이다. 중일전쟁 이후 확신을 가지지 못하였던 이들이 파리 함락을 보면서 새로운 세계질서의 현전을 목격하게 되었다고 생각하게 이르렀고 이는 곧바로 친일 협력의 길을 걷게 되는 계기로 작용하였음을 최재서의 위의 글은 잘 보여주고 있다. 그런 점을 고려한다면 이석훈이 이 작품에서 순회강연을 계기로 친일 협력의 길에 나서게 되었다고 묘사한 것은 당시의 문학계 일반의 정형에 대한 정확한 묘사라고 하기는 어렵고 작가 자신에 국한된 것이라 할 수 있을 것이다. 하지만 이석훈의 무의식 속에서는 당시 이러한 정황의 변화 즉 무한 삼진의 함락과 파리함락으로 이어지는 일련의 세계질서의 변화가 결정적으로 놓여 있었음을 알 수 있다.

이런 상황이기 때문에 문예보국 순회강연은 결코 외부 당국에 의해 강요된 것이 아니고 어디까지나 자발적으로 이루어진 것임을 알 수 있다. 이 작품에서 "K씨가 일어나 이번 기획은 결코 흔한 문예강연회가 아니라는 것, 상부의 압력에 의한 것이 아니라 문인협회 자체의 발의로 이루어졌다는 점을 열띤 어조로 설명했다"라고 대목은 당시의 현실을 반영한 것이라 할 수 있을 것이다.

2) 친일 협력의 내면화와 양심의 소리

이 작품이 당시 친일 협력을 보여준 다른 작품에 비해서 돋

보이는 것은 바로 친일 협력의 내면화를 보여준다는 점이다. 우리의 통념과 달리 친일은 철저하게 자발적이다. 자발적이지 않은 것은 친일 협력이라고 부를 수 없다는 것이 필자의 판단이다. 또한 친일이 자발적이기 때문에 거기에는 항상 내적 논리가 따른다. 내적 논리 없는 자발성이란 생각할 수 없는 것이다. 그렇기 때문에 바깥에서 보는 것과는 달리 친일 협력의 작품을 읽게 되면 거기에는 내적 논리가 깊숙이 스며 있음을 확인할 수 있다.

그런데 이석훈의 「고요한 폭풍」이 문제적인 것은 그것은 내적 논리에 입각한 자발성을 넘어 그것이 한 개인의 내면에 자리잡게 되는 내면화의 과정을 보여준다는 점이다. 실제로 친일 협력의 길을 걸은 문학인들이 자신의 이러한 선택의 내면 과정을 보여주는 작품을 거의 쓰지 않았기 때문에 이 작품은 매우 희귀한 것에 해당한다.

이 작품에서 주인공이 자신이 친일 협력의 길을 걷게 되는 과정에서 가장 중요한 것은 양심이라고 보고 있다.

> "내 이야기 어땠습니까? 졸변이어서 아무래도"
> "졸변이라뇨? 웅변이었지요. 그만큼 대중에게 끼치는 해독도 클 거라고 생각해요"
> 박태민은 그녀의 얼굴을 힐끗 보며
> "진심이세요?"
> 라고 조금 정색하고 물었다. 박은 아까의 흥분이 가시지 않았던 것이다.
> "물론 진심입니다. 박선생님도 강심장이라고 생각하고 있던 참입니다."
> "왜일까요? 저는 진심입니다만……."

　　"물론 농담도 아니고 호신술도 아니라고 생각해요 박선생님은 그런 호신술을 부릴 필요도 없다고 생각하지만 아무래도 납득이 가지 않아요, 박선생님의 논조가. 정말 그렇게 생각하세요? 솔직하게 말씀해 주세요"
　　이 여자는 정말 뻔뻔하다는 생각을 하며 박태민은 당황했으나 분명하게 말했다.
　　"저는 거짓말을 못하는 성격입니다. 양심을 걸고 제가 믿는 바를 고백한 것입니다. 그거 말고 뭐가 있다는 겁니까? 일본을 의식하지 않는 조선민족이야말로 거짓말이지요. 억지소리지요"[8]

　　위의 인용된 대목은 소설가 박태민이 과거 그 자신이 함흥에서 근무할 때 문학공부 관계로 만났던 한때는 사회주의운동을 했던 나성희라는 여인과 재회하여 나누는 대화의 일절이다. 나성희가 강연 내용이 진짜 우러나온 것인가 하고 물었을 때 그것은 양심에서 우러나오는 소리라고 답한다. 그 정도가 아니라 오히려 현재 벌어지고 있는 일본 중심의 동북아 현실을 무시하는 것이야말로 억지스럽고 거짓이라고 반박하는 것이다. 신념과 다르게 전개되는 현실을 애써 무시하면서 고집스럽게 비현실적인 과거의 신념을 습관적으로 지키려고 하는 것은 양심에 어긋나는 일이라고 주장하고 있다. 이런 대목을 볼 때 박태민의 친일 협력은 어설픈 도박적인 선택이나 혹은 일신의 영화를 위해 하는 그런 것과는 달리 양심의 밑바닥에 닿아 있는 아주 내면화된 목소리인 것이다.
　　이런 양심의 목소리는 성진에서 만난 박 기자와의 만남에서 더욱 적극화되어 나간다. 시국강연이지만 작가가 하니까 혹시나

---

8) 김재용 외 편역, 『식민주의와 협력』, 역락, 2003, 76면.

별다른 이야기가 있을지 모른다는 기대감으로 강연장을 방문했던 박기자와 소설가 박태민이 나누는 다음의 대화는 박태민의 양심의 소리가 한층 강화되어 다른 사람에 대해 항변하는 수준을 넘어 자신을 비판하는 사람에 대한 강한 공격으로까지 나아가고 있다.

> "아무리 시국강연이라지만 뭔가 있을 것 같아 기대하고 회장으로 달려간 것입니다. 그런데 당신은 일본주의를 주장하는 겁니다. 양심적 작가의 추락입니다!"
> 젊은 신문기자는 주먹을 휘두르며 박에게 퍼부어대는 것이었다. 박태민은 뭐가 뭔지 모를 억울함으로 느끼며,
> "자네가 애독하지 않았도 돼. 자네가 애독하는 박태민은 쇼와 15년(1940년을 가리킴-인용자) 11월에 죽어버리고 새로운 박태민이 태어난 거야. 자네 정도의 양심은 나도 있어! 작가가 아니라도 상관없어. 나는 진실을 살아가는 평범한 인간으로 충분해. 자네야말로 위선자잖아. 동포의 운명에 눈을 가리는 교활한 에고이스트잖아. 그런 주제에 명예도, 지위도, 돈도 원하지. 부자나 관헌들에게 아부를 하고 전전긍긍하는 건 바로 자제야. 난 양심이 명하는 대로 행동할 뿐이다. 난 자네와 더 이상 이야기하지 않겠어. 난 가겠네."9)

일본주의를 선전하는 것 자체가 양심적 작가의 추락이라고 하는 비판에 대해서 박태민은 그런 태도야말로 비양심적이고 위선적인 행동이라고 반박한다. 당국의 시책에 불만을 품고 있음에도 불구하고 앞에서는 제대로 저항도 하지 못하고 비위를 맞추어 살면서 뒤에서 비판하는 면종복배적 태도야말로 비양심적인 일이라고 비난하는 것이다. 나아가 그러한 태도는 자신의 일신

---

9) 김재용 외 편역, 위의 책, 83~84면.

만 고려하는 것이고 다른 동포들의 삶에 대해서는 무관심한 이기주의자이라고 또한 비난하는 것이다. 이처럼 친일 협력을 하지 않는 사람을 면종복배와 이기주의의 태도라고 비판하고 오히려 친일 협력을 하는 것이야말로 가장 솔직하며 이타주의적 태도에 입각한 양심의 발로라고 주장하는 것이다.

앞서 나성희와의 대화에서는 신념과 현실 사이의 괴리를 목격하면서도 타성에 젖어 과거를 고집하는 것에 대한 비판 즉 타성적 사고의 위선에 대한 비판이라면 박기자와의 대화에서는 면종복배와 이기주의의 태도에 대한 비판으로 나아간다. 이러한 비판과정에서 소설가 박태민은 자신이야말로 솔직하고 이타적인 사람으로 자기규정하기에 이른다 그리고 이러한 태도야말로 양심에서 우러나오는 것이기 때문에 어떤 시련도 이길 수 있는 것이라고 믿는다. 진실을 향하여 역경을 헤쳐 나가는 것은 그 자체로 윤리적으로 정당화될 수 있으며 또한 그런 점에서 숭고하기조차 한 것이다라고 믿고 있는 것이다.

이 작품을 통해서 볼 때 흔히 친일 협력을 외부로부터의 강제에 의해 이루어진 것이라고 보는 통념이 얼마나 사실과 어긋난 것인가 하는 것을 다시 한번 확인할 수 있다.

3) 재조 일본인과 일본주의에의 포섭

이 작품에서 쉽게 넘길 수 없는 것 중의 하나가 바로 재조 일본인들이다. 물론 앞서 살펴본 「천마」에서도 몇몇 재조 일본인들이 등장하였다. 그런데 이 작품에서 다루는 작가의 태도는 김사량의 그것과는 현저하게 차이가 난다.

우선 눈에 띄는 것으로는 박태민과 같이 함경선을 타고 문예보국순회강연을 나선 두 명의 경성제국대학 출신의 문인들이다. 가가와와 마키노 이 둘은 당시 경성제국대학에서 영문학을 전공한 데라모토 기이치와 스키모토 나가오가 원형이다. 이 두 사람은 경성제국대학에서 사토 기요시[佐藤淸] 교수 밑에서 최재서와 더불어 영문학을 공부한 사람들이었다. 2회 졸업생인 데라모토 기이치와 4회 졸업생인 스키모토 나가오는 나중에 국민문학 잡지에 자주 출연하여 일제 말 국민문학계의 한 복판에 서 있던 재조 일본인이었다. 이들이 1940년 11월 무렵 이렇게 조선문인협회의 중추로 등장하고 있다는 것은 놀라운 사실로서 조선문인협회 내에서는 이미 어느 정도 내선일체가 진행되어 가고 있음을 보여준다. 이 작품에서 박태민이 조선종족의 입장에서 내선일체를 이야기한다면 재조 일본인인 가가와와 마키노는 야마토종족의 입장에서 내선일체를 이야기한다. 데라모토 기이치를 원형으로 하고 있다고 짐작되는 마키노의 다음과 같은 말은 당시 재조 일본인 그 중에서 내선일체를 외쳤던 이들이 어떤 생각을 가지고 있었는가를 잘 보여준다.

난 성진에서 태어나 여기에서(함흥을 가리킴 – 인용자) 자랐습니다. 난 내지인이지만 육체적으로는 진짜 조선인이지요. 그 때문인지 전 조선에 굉장한 애착을 느끼고 있습니다. 고향은 쿄토라고 되어 있어 2년에 한번씩 가 일본인으로서 교토의 산하에 감격하고 돌아오기는 하지만 역시 내 고향이라고는 생각되지 않아요. 뭔가 마음이 허전해요. 내일 강연하게 될 성진이나 함흥에 오히려 특별할 애착을 느껴요. 이렇게 말하면 정상이나 박상은 조선에서 태어났으니 조선밖에 없다는, 결국 민족이 되겠지만요. 그러나 인간인 이상 누구나 자기가 태어난 토지에 애착을 갖는 건 당연하지요. 단 우리들이 태어난 곳을 일본이라는 커다란 전체로 연결하는 것이 중요하다고 생각합니다. 거기에서 내선민족─조선에서 태어난 당신들도 나처럼─이를 초월하여 하나로 잇는 것이 가능하다고 생각하고 또 그렇게 하지 않으면 안 된다고 생각합니다.10)

야마토 종족과 조선 종족이 일본제국의 큰 틀에서 하나가 되어야 한다고 주장하는 마키노의 주장은 당시 재조 일본인 중에서 내선일체를 외쳤던 사람들의 입장을 그대로 반영하고 있는 것이다. 박태민은 이러한 재조 일본인의 입장에 서게 되면서 일본주의를 어렵지 않게 받아들이게 된다.

그런데 이 작품에서 박태민의 사상적 변모에서 가장 중요한 역할을 하는 재조 일본인은 키다하라이다. 쯔다 세쯔코[津田節子]를 원형으로 하고 있는데 그녀는 〈녹기연맹〉을 처음 조직하였으며 경성제국대학 예과의 화학교수였던 쯔다 사카에[津田榮]의 부인으로서 국민문학의 전위에 섰던 예의 쯔다 다카시[津田剛]의 형수였다.11) 문예보국순회강연을 준비하는 모임에서는 키타하라가 박태민을 무시한 반면, 이 강연여행을 다녀와서 이루어진 결산모임 이후에는 적극적으로 박태민을 끌어들인다. 키타하라가 관여하는 잡지 『생활의 깃발』(이것은 〈녹기연맹〉의 기관지 『녹기』를 가리킴)에 박태민더러 작품을 하나 써달라고 청탁하고 이를 그가 기꺼이 받아들여 작품을 발표하기도 한다(실제로 이석훈은 「고요한 폭풍」

---

10) 김재용 외 편역, 『식민주의와 협력』, 역락, 2003, 71면.
11) 이승엽, 『녹기연맹의 내선일체운동 연구』, 한국정신문화연구원, 1999.

漢口攻略!

과 只今부터의 覺悟

朝鮮總督府

무한 삼진이 함락되고 장개석 국민당 정부가 중경으로 옮겨감으로써 일제의 중국 침략은 일단락되는 것으로 보였다. 이를 계기로 문학계는 협력과 저항으로 급격하게 양분화되었다. 협력에 나선 작가들은 조선의 독립은 물건너갔다고 판단하면서 조선인이 일본의 신민이 되어 그 동안 받았던 차별을 넘어서는 것이 현실적인 것이라고 주장하였다. 협력하지 않는 문학인들은 일본의 중국 침략이 가속하되는 것과 비례하여 일본 제국주의의 종말이 한층 가까워졌다고 판단하였다. 사진 속의 소책자는 조선 총독부가 무한 삼진의 하나였던 한구의 함락이 갖는 의미를 선전하기 위해 발행한 것으로 이 사건이 당시 조선에 미친 영향을 아주 잘 보여준다.

의 3부를 『녹기』 1942년 12월에 발한다). 이런 방식으로 급속하게 박태민은 일본주의의 아성에 흡수되어 간다. 당시 <녹기연맹>은 일본주의 이데올로그들이 집중되어 있던 곳으로 이석훈 역시 여기에 급속하게 빠져들었다. 이 작품은 재조 일본인들과의 관계 속에서 급격하게 일본주의에 경사하는 것을 적극적으로 평가하고 이에 큰 부분을 할애하고 있음을 알 수 있다. 이석훈의 친일 협력에서도 이런 부류의 재조 일본인들의 작용이 컸음을 알 수 있다.

4. 협력과 저항

중일전쟁 이후 일본이 동북아의 패권을 장악하게 되면서 조선 문학계 내에서는 식민주의에 대한 협력과 저항이라는 양극화의 양상이 벌어졌음을 알 수 있다. 흔히 이러한 협력과 저항의 두 양상을 구분짓는 것 자체가 당시의 실상과는 무관하게 후대의 평자들의 머리 속에서 만들어낸 허구적 상상의 산물이며 이것의 배후에는 내셔널리즘이 놓여 있다고 주장하기도 한다. 그런데 김사량의 「천마」와 이석훈의 「고요한 폭풍」을 나란히 놓고 보면 당시의 문학계 내에서는 문학인 각자의 현실 판단에 의해 주체적으로 그러한 상반된 길을 선택하였음을 알 수 있다. 또한 그것은 식민주의에 대해 각각 다르게 판단한 것의 결과임을 알 수 있다. 억압에 대해 싸운 것과 억압에 편승한 것과 사이에는 분명

한 차이가 존재한다. 이러한 차이를 무시하고 등치시킬 때 우리
는 폭력을 용인하는 결과에 이르게 되는 것이다.

1부

협력

제 1 장

친일문학의 내재적 비판을 위하여

1. 새롭게 읽는 친일문학

　친일문학에 대한 논의가 뜨겁다. 한 동안 우리의 시야에서 사라졌던 친일문학에 대한 논의가 급물살을 타고 있다. 한국 근대문학 연구에서의 친일문학에 대한 이러한 열기는 단순히 한 때의 유행으로 끝날 것 같지 않다. 그것은 그 동안 소홀했던 대상에 대해 눈을 돌리는 정도가 아니고 식민주의와 문화라는 새로운 큰 문제틀에서 논의가 이루어지기 때문이다. 이것은 한국 근대문학에 그치지 않고 세계문학적 시야도 확보할 수 있을 것으로 보인다. 왜냐하면 20세기에 이루어졌던 식민주의에 대한 전반적 반성과 아울러 21세기의 지구적 현실에서도 여전히 유효할 것으로 보이기 때문이다. 오늘날 미국이 지

구에서 행하는 역할과 이에 대한 세계인의 저항을 고려하면 어렵지
않게 이해할 수 있을 것이다.

이제 친일문학에 대한 접근 방법 자체에 대한 자의식을 분명히
가질 필요가 있다. 친일문학에 대한 연구는 그 접근의 방법에 따라
크게 두 가지로 갈라진다. 하나는 친일문학을 비판하는 것이고, 다
른 하나는 친일문학을 옹호하는 것이다.

2. 친일문학에 대한 외재적 비판으로서 민족주의

친일문학에 대한 비판 중에서 가장 오래된 것이 민족주의적
입장이다. 해방 후 남한에서 잠복되어 있다가 4·19 이후 수면
으로 부상한 민족주의적 친일문학 비판은 친일문학을 외부로부
터의 강요에 의해 이루어진 것으로 간주한다. 일제 말에 일본 제
국주의가 물리적 폭력을 동원하여 작가들을 위협하기 시작하였
고 이에 타협한 것이 바로 친일문학이라는 것이다. 작가들은 '민
족의 혼' 혹은 '민족의 얼'을 그 동안 가지고 있다가 이러한 외
부로부터의 물리적 폭력 앞에서 무릎을 꿇고 굴복하였다고 묘사
한다. '지조'를 잃은 자들에 의해서 이루어진 문학이기에 그 내
부를 들여다 볼 필요가 없게 된다. 왜냐하면 그것은 철저하게 자
신의 뜻과는 무관하게 일제에 타협하여 이루어진 것이기 때문에
허위 일색이고 따라서 그것의 내부를 파헤쳐 검토하는 것은 도

로에 불과한 것이라고 생각하기 때문이다.

친일문학에 대한 민족주의적 비판은 일본 제국주의의 지배가 철저하게 억압적 지배로 일관하였고 동의에 기반한 헤게모니적 지배라는 것은 전혀 이루어지지 않았다고 전제하고 있다는 점에서 당시의 실상과는 거리가 있다. 일본 제국주의가 물리적 이데올로기적 형태의 억압적 지배를 했다는 사실은 말할 나위가 없다. 3·1운동에서 보는 것처럼 일본의 억압적 지배는 당시 식민지를 두었던 유럽의 그 어떤 나라와 비교가 되지 않을 정도로 야만적인 양상을 띠었고 그렇기 때문에 3·1운동이라는 저항을 맞이하였다. 만약 억압적 지배가 아니고 동의에 기반을 둔 헤게모니적 지배가 이루어졌다면 이러한 대대적인 저항은 일어나지도 않았을 것이다.

그런 점에서 일본 제국주의의 억압적 지배라는 것은 의심할 나위 없다. 그렇다고 해서 일본의 조선 지배가 억압적 지배만으로 이루어졌다고 보는 것 역시 당시의 식민지 조선의 실상과는 거리가 있다. 일본 제국주의는 한편으로는 억압적 지배를 하였지만 다른 한편으로는 헤게모니적 지배를 행사하면서 많은 조선인들을 제국의 신민으로 포섭하는 데 일정하게 성공한 것 역시 사실이다. 특히 3·1운동을 겪으면서 억압적 지배의 한계를 현실에서 목도한 다음에는 헤게모니적 지배에 더욱 관심을 두었던 것이다. 그러한 헤게모니적 지배는 강제에 의한 지배와 달리 피식민지인이었던 조선인들의 자발적인 협력을 이끌어 내었다. 일본 제국주의의 헤게모니적 지배 속에 포섭되고 협력한 지식인들과 문학인들은 그 협력의 과정에서 해방의 계기를 읽어내기도 하였다. 스스로는 제국의 신민으로 존재하면서 해방적 전망을 읽었고 그 속에서 자발적으로 협력하였다. 특히 근대화론에 깊이 빠져있던 문학인들은 이 논리에 쉽게 빠져들 수 있었다.

일제 말에 친일을 하였던 문학인들은 이렇게 헤게모니적 지배에 포섭되었던 이들이다. 그들은 친일 협력을 할 때 이것을 외부의 강요에 의해서 하는 것이 아니라 참으로 자신들의 해방을 위해 하는 것이라고 생각하면서 자발적으로 나섰다. 1938년 10월 중국의 무한 삼진이 일본군에 의해 함락되는 것을 보면서 더 이상 독립은 불가능하다고 판단한 이들은 보다 나은 삶을 만들어 나가기 위해서는 일본 제국주의의 신민으로 살아가는 것이 낫다고 판단하였다. 그 동안 조선인으로 받아왔던 차별을 더 이상 받지 않기 위해서는 아예 일본인으로 되는 것이 보다 나은 선택이라고 믿게 되었고 또 어떤 이들은 유럽 중심주의의 근대 세계사에서 받아온 억압을 넘어서기 위해서는 일본을 중심으로 한 대동아공영권을 형성하여 새로운 문명의 질서를 만드는 것이 낫고 여기에 자신이 참여하는 것이 현명한 해방적 선택이라고 믿게 되었다. 이러저러한 이유로 하여 자신들은 외부의 강요가 아니라 자발적인 선택으로서 친일 협력의 길을 걷게 된 것이다.

그렇기 때문에 4·19 이후 일련의 연구자들에 의해 이루어진 민족주의적 친일문학 비판은 식민주의에 대한 강한 비판의식에도 불구하고 또한 해방 후 남한에서 저질러진 과거 국가주의적 식민주의 잔재에 대한 불철저한 청산에 대한 비판이라는 긍정성에도 불구하고 일제 말의 현실과는 일정한 거리를 가질 수밖에 없는 것이다.

　　그리하여 일본어로 쓴 작품은 그 내용에 대한 검토 없이 무조건 친일문학으로 규정한다. 실제 당시 일본어로 쓴 작품을 구체적으로 검토해 보면 거기에는 분명 일본에 협력한 작품도 존재하지만 그렇지 않은 작품들도 존재한다. 한설야의 「피」, 「그림자」, 김사량의 「천마」, 임순득의 「대모」 등의 작품들은 비록 일본어로 쓰여져 있음에도 불구하고 친일 협력은커녕 철저하게 반식민주의적 작품이다. 그런 점에서 일본어로 쓰여졌다는 사실 하나만으로 친일 작품이라고 판단하는 것은 언어민족주의의 소산에 불과하다. 또한 친일 협력을 외부로부터의 강요에 의해 이루어진 산물이라고 보는 시각의 결과이다.

　　일제 말에 쓰여진 글 중에서 ‘국민문학’이라는 어휘만 나오면 전부 친일문학으로 규정하게 되는데 이 역시 당시의 실상과는 거리가 멀다. 일제 말의 국민문학론 중에는 친일 협력의 것도 존재하지만 그렇지 않고 해방 후에 민족문학론의 씨앗이 되는 것도 있다. 당시 일본에서 이루어진 국민문학론은 그것을 지지하는 한 모두 국가주의적이며 식민주의적이었다. 하지만 식민지 조선에서 이루어진 국민문학론은 한편으로는 그러한 일본의 식민주의 전통에 닿아 있는 일본주의의 것도 있는가 하면 다른 한편에서는 식민지 모국인 일본과 다른 피식민지 조선의 정체성을 따져 가는 국민문학론의 모색에 해당하는 것도 존재한다. 예를 들면 당시의 비평가 중에서 한식의 경우에는 일본주의적 국민문학론이었던 반면, 안함광의 경우 일본주의적 국민문학론과는 거리가 있는 것으로 해방 후 민족문학론의 뿌리가 되는 것이었다. 그런데 국민문학이라는 어휘를 썼다는 사실 하나만으로 이를 친일문학으로 통틀어 규정하는 것 역시 친일문학을 외부로부터의 강요에 의해 이루어진 것으로 보는 민족주의적 사고의 산물이라 할 수 있을 것이다.

친일문학에 대한 내재적 비판을 모색하는 것은 바로 이러한 민족주의적 연구의 문제점을 넘어서기 위한 것이다. 식민주의에 대한 비판이라는 문제의식을 이어받으면서도 그것을 외재적으로 접근하지 않음으로써 식민주의와 이에 대한 협력의 내부를 드러내고 이를 통하여 앞으로 이처럼 억압적 논리가 더 이상 해방의 탈을 쓰고 행세하는 일이 없도록 하기 위해서이다. 외재적 비판에 머물 때 식민주의와 이에 대한 공모가 해방의 이름으로 자행한 억압의 실체를 드러내는 데 실패하게 되고 그럴 경우 그 논리는 향후 신장개업하여 우리 앞에 다시 나타날 수 있기 때문이다. 친일문학에 대한 내재적 비판은 이러한 점에서 좀더 급진적으로 이루어 질 수 있는 것이다.

3. 친일문학에 대한 의도된 혹은 의도하지 않은 옹호

친일문학에 대한 민족주의적 비판만큼이나 오랜 생명을 갖고 지속되어온 옹호의 논리는 식민지 근대화론이다. 해방 후에 친일문학에 대한 비판이 거세자 이에 대응한 논리로 나오기 시작한 옹호의 논리 중 가장 힘을 발휘한 것이 바로 식민지 근대화론이다. 이후 신장개업을 하면서 시대의 정황에 맞게 되풀이되어 나오고 있는데 최근에도 복거일에 의해서 이루어지고 있다. 이것은 그다지 새로운 것이라 할 수 없고 그 동안 간헐적으로 나오곤 하던 친일문학 옹호의 논리에 새 단장을 한 것에 불과하다. 그런 점에서 이 식민지 근대화론 자체에 관심을 둘 필요가 있다.

일본이 식민지란 형태로 근대화를 이루어 줌으로써 한반도에 살고 있는 주민들은 그렇지 못 하였을 때와는 비교가 되지 않을 정도로 나은 삶을 살 수 있었다고 주장한다. 그렇기 때문에 근대화의 휘황한 불빛 속에서 이를 가능케 했던 일본 제국주의를 선망하고 뒤따르는 것은 너무나 자연스러운 일일 뿐이라는 것이다. 이를 힐난하는 것 자체가 당시 식민지 근대화의 실상에 맹목일 뿐이라고 주장한다. 이러한 논리는 대한제국기의 이인직으로부터 시작하여 일제 말의 이광수에 이르기까지 친일 협력을 하였던 작가들의 의식과 무의식 속에 녹아있던 생각이다. 따라서 친일문학을 비판하는 것은 해방 후에 살고 있는 역사의 후세대들이 앞의 세대에 대해 무책임하고 안이하게 대하는 것에 지나지 않는다는 것이다. 이런 주장을 함으로써 결국 친일문학에 대한 비판을 무력화시키고 나아가 친일문학 자체를 옹호하는 것이 바로 이러한 부류의 사람들이 얻고자 하는 것이다. 하지만 이 같은 논리는 근대 자체를 물신화시키면서 그것이 갖고 있는 폭력성에 대해 눈을 감고자 하는 철저한 근대주의자에 지나지 않는 것이다. 또한 근대주의적 사고는 식민주의와 공모하고 있다는 점에서 식민주의의 폭력에 깊이 연루되어 있음을 간과해서는 안 된다.

친일문학을 옹호하는 것에는 식민지 근대화론에서 볼 수 있는 것처럼 의도된 것이 있는가 하면 이와는 다르게 비판하는 것으로 보이지만 결국은 옹호하게 되는 결과를 낳는 것도 있다. 더욱 세련된 이 방법은 그런 점에서 훨씬 무서운 것이라 할 수 있다. 국민국가론과 탈식민주의에 입각해 있는 것으로 보이는 이 방법은 표면적으로 친일문학을 비판한다. 친일문학은 내셔널리즘의 산물로서 결국 국민국가의 환상에서 자유롭지 못 하다고 비판한다. 그리하여 친일문학이 내장하고 있는 폭력성을 드러내고 비판한다. 때로는 일본 제국주의의 내셔널리즘을 그대로 답습하여 새로운 내셔널리즘을 창출하며 억압에 동참한 경우도 있다고 비판한다. 이러한 비판은 언뜻 보면 친일문학을 비판하는 것처럼 보이지만 잘 들여다보면 거기에는 심각한 옹호가 깔려 있음을 확인할 수 있다. 왜냐하면 이 논리 속에는 당시 일본 제국주의의 식민주의에 대한 저항을 했던 문학인의 활동이 들어설 여지가 없는 것이다. 이들은 일본제국주의에 맞서 싸웠던 문학인들 역시 국민국가와 내셔널리즘의 틀 속에 갇혀 있다고 보기 때문에 저항의 가능성을 일체 인정하지 않게 된다. 나아가 제국 속에서의 모든 글쓰기는 제국에 포섭되어 있다는 것을 전제하고 제국 내에서의 다른 저항의 가능성을 열어놓지 않는 것이다.

이것은 탈식민주의자들이 비서구 식민지에서의 저항을 모두 다 내셔널리즘의 산물로 보는 것과 일맥상통한다. 스피박은 비서구 식민지의 저항을 '단절 속의 반복(repetition in rupture)'이라고 부르면서 저항의 가능성을 부정한 바 있다. 바로 이러한 논리를 암암리에 답습하고 있기 때문에 친일문학에 대해 비판하는 것처럼 보이지만 결국 옹호하는 결과를 낳게 되는 것이다. 저항의 가능성을 인정하지 않기 때문에 결과적으로 일제 말의 모든 문학은 정도의 차이는 있겠지만 모두 제국에 포섭된 것에 불과하다는 것이고 나아가 모든 일제 말 문학은 친일문학이라는 궤변으로 이어진다. 모든 것이 친일문학일 경우 친일문학 그 자체에 대한 비판은 별다른 의미를 갖기 어렵게 되는 것이다. 그런 점에서 의도하지는 않았지만 결과적으로는 옹호하게 되는 것이다.

친일문학에 대한 연구는 저항과 더불어 이루어져야만 그 의미가 제대로 드러날 수 있을 것이다. 일제 말 문학계의 협력과 저항은 명백하게 나누어진다. 저항의 경우를 염두에 두지 않고 그냥 협력의 경우만을 보게 될 때 앞에서 보았던 것처럼 모든 일제 말의 문학은 제국에 포섭된 것으로 간주하게 된다. 이 같은 논리가 더욱 나아가게 되면 일제의 식민주의에 정면으로 맞서 저항하였던 사람들의 문학은 내셔널리즘 즉 일본 제국주의의 내셔널리즘을 반복한 새로운 내셔널리즘으로 치부되고 오히려 협력하였던 문학인들을 '양가성'의 이름으로 옹호하는 우스운 결과를 야기시킬 수 있는 것이다. 현재 친일문학 연구에서 이러한 시도가 부분적으로 이루어지고 있는 것도 바로 이와 같은 이론적 맥락 속에서 나오고 있는 것이다. 친일문학에 대한 내재적 비판은 식민주의에 또 다른 방법으로 공모하고 있는 이러한 접근과 거리를 두자는 시도이다.

4. 내재적 비판의 필요성

친일문학에 대한 제대로 된 비판이 이루어지기 위해서는 앞서 보았던 것처럼 민족주의에서 벗어나야 할 것이다. 제3세계의 민족주의에서 벗어나지 못하는 한 내재적 비판은 기약하기 어렵고 여전히 외부에서 맴돌 수밖에 없다. 친일문학에 대한 제대로 된 비판이 이루어지기 위해서는 서구의 이주 지식인들이 자신의 경험에서 추출한 탈식민주의의 이론틀도 넘어서야 할 것이다. 식민지와는 무관하게 제국의 중심부에 이주하여 살아가고 있는 지식인들이 자신들이 겪는 억압의 고통을 파헤치는 과정에서 나온 이론은 그 맥락에서는 존중되어야 하지만 이것이 식민지에서의 문제를 다루는 데 매개 없이 그냥 적용될 때 엄청난 이론적 폭력이 생기며 또한 이것은 새로운 형태로 식민주의에 공모하는 결과를 낳게 된다.

친일문학에 대한 내재적 비판은 제3세계의 내셔널리즘과 서구 중심부의 탈식민주의 이론을 동시에 극복하면서 식민주의와 문화의 관계를 밝히려고 하는 노력의 소산인 것이다.

제 2 장

친일문학의 성격

1. 지금 왜 친일문학인가

　문학사의 묵은 창고 속에서 친일문학을 새삼스럽게 끄집어내고자 하는 것은 최근 우리 문학계 전반에서 일어나는 친일과 관련한 지독한 망각을 경계하고자 하기 때문이다. 주지하다시피 일제시대에 친일을 한 작가들의 이름을 건 문학상들이 버젓하게 선보이기 시작하고 있다. 물론 친일작가의 이름을 건 문학상이 오늘에 이르러서 비로소 나타난 것은 아니다. '동인문학상'이나 '팔봉문학상' 등이 이미 만들어져 시상되고 있는 현실을 감안할 때 '미당문학상'이 새롭게 제정되는 것이 그리 특별한 일은 아니라고 할 수 있다. 놀라운 것은 친일작가들의 이름을 내건 문학상들이 그 비판에도 불구하고 계속해서 제정되고 있다는 것이며, 이를 대수롭지 않은 것으로 바라볼 정도로 문학사적 감각이 마비되어 가고 있는 현실이다. 게다가 이러한 망각의 역사가 펼치는 행진이 앞으로 얼마나 더 이어질지 아무도 모르는 것이 오늘의 상황이다.

그런데 이러한 현상을 잘 살펴보면 거기에는 단순한 망각 이상의 어떤 것이 가로놓여 있음을 발견할 수 있다. 즉, 친일이라는 사실을 잊어먹은 것이 아니고 친일이 결코 그렇게 큰 문제가 아니라는 시각이 존재한다. 그 중에서 가장 두드러진 것은 과거 일제하에 친일하지 않은 사람이 어디에 있느냐 하는 것이다. 일제하에 문학가로 활동한 사람들은 그 정도의 차이는 있겠지만 결과적으로는 전부 친일을 하였기 때문에 친일이란 것을 제외하고 나면 우리 문학은 거의 남는 것이 없을 것이라는 주장이다. 이러한 생각을 가지고 있기에 친일작가의 이름을 건 문학상을 만들고 이를 수상하는 일 자체가 결코 부끄러운 일이거나 피해야 할 것이 아니고 오히려 당당한 일이 되고 마는 것이다. 오히려 이를 탓하는 사람들이 문학사를 제대로 모르거나 혹은 악의가 있어서 그렇게 하는 것처럼 생각된다.

따라서 현재 시급한 것은 한국 근대문학사에서 이 친일을 어떻게 볼 것인가 하는 것이다. 오늘날 문학계 일각의 시각처럼 친일을 하지 않은 작가가 없다는 말이 과연 사실인가 하는 것부터 시작하여 친일을 어떻게 규정할 것인가의 문제에 이르기까지 그동안 명백하게 정리되지 않고 지나온 문제에 대해 이제 심층적이고 다면적인 논의를 시작해야 할 시점이다. 이것이 이루어질 때 친일문학에 대한 심정적 찬반논쟁을 넘어서 친일문학이 끼친 폭력의 해악성으로부터 우리 문학을 건져낼 수 있으며 나아가 그러한 역사를 되풀이하지 않을 수 있다. 이러한 점으로 하여 묵은 창고 속에서 친일문학을 끄집어내어 이야기를 하기 시작한다.

2. 친일문학의 소박한 이해

모두가 그 정도의 차이에도 불구하고 친일을 했다는 친일문학의 희석화 논리에 맞서기 위해서는 친일문학의 성격 규정이 필요하다. 그 동안 임종국 선생이 고독하게 이 방면의 연구를 하면서 친일문학의 성격을 규정하려고 하였지만 소망스러운 상태에 이르지 못하고 말아 아직도 이 문제에 대해서 우리 문학계는 일정한 합의를 갖고 있지 못하고 있는 상태이다. 사정이 이러하기 때문에 이를 빌미로 친일문학 자체를 지워버리려고 하는 노력이 끝없이 고개를 내밀고 있다. 따라서 우리에게 필요한 것은 친일문학의 성격을 제대로 규명해 내고 이에 입각하여 친일과 그렇지 않은 것 사이를 구분할 필요가 있다.

그런데 이러한 본격적인 작업에 앞서 우선 짚고 넘어가야 할 것은 우리 자신들 속에 있는 친일문학에 대한 소박한 이해이다. 일본어로 작품 활동을 했으면 그 내용과 관계없이 무조건 친일이라고 하는 것, 일제하의 친일적 사회단체에 속해 있으면 무조건 친일이라고 하는 것 등이 바로 그러한 소박한 이해에 속한다. 이런 소박한 이해는 결국 친일문학의 희석화를 노리는 이들에게 말려들어 일제하의 모든 작가는 친일을 했기에 이는 결코 문제가 될 것이 없다는 논리를 강화해 주는 역할을 본의 아니게 하는 꼴이 된다. 그런 점에서 우리 자신들 속에 침전되어 있는 친일문학에 대한 소박한 이해를 넘어서는 일은 매우 중요한데, 이를 위해서는 우선 중일전쟁 이후의 역사적 상황에 대한 이해가 전제되어야 한다.

흔히 친일문학을 이야기 할 때 한일합방을 전후한 시기의 것과 중일전쟁 이후의 것을 모두 합하여 부르곤 하는데 이 둘을 구별할 필요가 있다. 한일합방을 전후하여 이루어진 친일과 중일전쟁 이후 친일 사이의 가장 큰 차이는 외적 강요의 여부이다. 전자의 경우, 이인직에서 가장 분명하게 드러나고 있는 것처럼 일제의 강요가 없는 상태에서 이루어진 것이다. 이인직은 일제의 강요라는 외적 조건 속에서 친일을 한 것이 아니라 어디까지나 자유로운 상황 혹에서 조선의 미래를 자기 식으로 탐구하는 과정에서 그러한 선택을 한 것이다. 부국강병론자이면서 보호론자였던 그가 정미7조약 이후 급속하게 아시아연방제를 주장하면서 결과적으로 일제의 침탈을 합리화하게 된 데에는 자신의 독특한 근대화론이 작용하였던 것이다. 그런데 중일전쟁 이후의 상황은 매우 다르다. 중일전쟁 이후에는 일제의 강요가 외적으로 강고하게 이루어지고 있던 상태이다. 어떤 것을 금지하는 것이 아니고 이러이러한 것을 쓰라고 요구하는 시대였다. 한일합방을 전후한 시기에 일제는 특정 작품을 출판 금지시키면서 특정 경향의 작품을 못 쓰게 강제하였지만 그렇다고 이런 것을 쓰라고 강요하지는 않았다. 그러나 중일전쟁 이후에는 작품을 금지시키는 것은 물론이고 이러저러한 경향의 작품을 쓸 것을 주문하고 강요하였으며, 이에 순응하지 않았을 때에는 가혹한 탄압을 하였다. 이런 상황이기 때문에 이 시대를 산 작가들은 글을 쓰는 경우 어떤 방식으로든지 이러한 외적 강요로부터 자유롭지 못하였다. 그렇기 때문에 이 시기에는 망명을 하거나 혹은 시골에 묻혀 절필을 하지 않는 한, 시대적 색채가 작품에 묻어날 수밖에 없다.

이 글에서 다루고자 하는 친일문학은 중일전쟁 이후의 것에 국한된다. 중일전쟁 이후의 작가들이 당면하였던 시대의 억압적 조건을 충분히 고려하여야 친일문학에 대한 소박한 이해를 넘어 제대로 된 성격 규명을 할 수 있다.

1) 편협한 언어민족주의

중일전쟁 이후의 가혹해진 시대적 조건을 고려하면서 친일문학에 대한 소박한 이해를 넘어서고자 할 때 우선 해결해야 할 것은 편협한 언어민족주의이다. 일제시대에 일본어로 쓴 것은 곧바로 친일문학이라는 단정은 무엇을 썼는가 하는 것은 문제가 되지 않고 오로지 일본어냐 아니면 조선어냐 하는 것만을 모든 것의 기준으로 삼는다. 일본어로 쓰면서도 반일적인 것을 담은 경우가 있고 조선어로 썼어도 친일적인 내용을 담은 경우가 있는데, 이러한 구체적인 사안들을 무시하고 아주 단선적으로 언어 여부에 따라 친일을 규정하려고 하는 이러한 태도는 앞서 말한 것처럼 친일문학의 희석화에 기여할 뿐이다. 중일전쟁 이후 절필한 몇 사람을 빼고는 대부분 그 동기의 다양함에도 불구하고 일본어로 글을 썼다. 작가로서 살기 위해서는 일본어로 쓸 수밖에 없는 상황이기도 했다. 일본어로 글을 썼다는 이유만으로 친일이라고 한다면 일제시대 작가 중에서 친일을 하지 않은 사람이 누가 있느냐고 하는 친일문학 희석론자들의 논리가 그대로 들어맞게 되고, 이는 결국 친일이라는 폭력을 그대로 용인하는 결과에 이르고 만다.

이 점과 관련하여 김사량은 많은 것을 시사한다. 그는 일제시대 작가 중에서 일본어로 글을 많이 쓴 작가 중의 한 사람이다. 물론 그는 조선어로도 작품을 발표하기도 하여 이중 언어 창작을 하였지만 당시의 작가 중에서 김사량은 일본어로 작품 활동을 많이 한 편이기 때문에 일본어로 창작하면 친일이라고 하는 규정에 의거하면 그만큼 친일을 한 사람을 찾기도 어려울 것이다. 그런데 주지하다시피 김사량은 가장 반일적인 작가였다. 일제하 국내에서 일부는 친일 작품 활동을 하고 일부는 난세를 피해 피난처를 구하고 있을 때 그는 삼엄한 경비망을 뚫고 연안에 있는 조선독립동맹으로 망명을 하여 직접 총칼을 들고 항일전선에서 싸웠다. 그렇기 때문에 해방 후 국내 문학계에서 김사량의 이러한 항일 활동은 모든 문학가들에게 선망의 대상이 될 정도였다. 그 점을 고려할 때 일본어로 글을 쓰면 무조건 친일이라고 하는 생각은 수정되어야 한다. 또한 그가 망명을 하기 전에 쓴 작품 중에서

일본어로 쓴 가장 긴 작품인 『태백산맥』을 보더라도 친일적인 것
이기보다는 비협력적인 것이라고 해야 옳을 정도이다.[1]

　일제시대 작가들이 조선어를 지키고 한층 풍부화하는 것에 쏟
은 열정의 중요성을 잊어서는 안 된다. 하지만 이것을 물신화하
여 조선어로 창작하면 그 속에 친일적인 내용을 담았다 하더라
도 옹호되고 일본어로 쓰면 무조건 친일이라는 논법을 정당화하
는 일로 이어져서는 곤란하다. 한글로 작품을 썼지만 친일의 내
용을 담고 있는 작품이 훨씬 더 많은 당시의 문학계 현실을 떠
올려볼 때 이러한 편협한 언어민족주의에서 벗어나는 것이 친일
문학을 제대로 규정하기 위해서 얼마나 중요한가를 짐작할 수
있을 것이다.

---

1) 김사량의 일본어 작품 『태백산맥』이 일본어로 쓰여졌음에도 불구하고 친일
　적인 작품이 아니라는 것에 대해서는 일찍이 친일문학을 연구한 선각자인 임
　종국 선생도 지적한 바 있다. 임 선생은 노작인 『친일문학론』을 집필하기 시
　작할 때에는 일본어로 쓴 작품은 친일적인 작품이고 그 작가는 친일작가라는
　전제 위에 서 있었지만 집필 과정에서 이것이 타당하지 않음을 발견하고 김사
　량의 『태백산맥』에 대해 다음과 같이 특기하고 있다. "삶에 대한 강렬한 의지,
　젊은이들의 정의감과 정열, 시대적 분위기를 말하는 화적들의 난무와 사교도
　들의 음모, 대자연의 위력, 이러한 것이 심심찮게 읽혀지는 젊은이들의 사랑
　과 어울리면서 밑바닥에는 맥맥히 흐르는 민족의식과 향토에 대한 애착심을
　보여주고 있다. 그것뿐이다. 설익은 시국적 설교도 없거니와 어릿광대 같은
　일본정신의 선전도 보이지 않는, 그렇기 때문에 이 장편은 비록 일어로 써졌
　을망정 얼른 친일작품으로 단정하기가 어려운 작품이었다. 다만 주인공이 김
　옥균 일파라는 것이 평자에 따라 어떻게 해석될는지? 차라리 일치 말엽에는
　이 같은 소재며 스타일의 국어(일본어를 말함―인용자) 작품도 존재할 수 있
　었다는 것을. 오직 시국적인 것만 일삼고 일본정신의 선전에만 급급하던 작가
　일파와 대비하여 그 실증적 예로서 거론함이 옳을지도 모르는 작품이었다."
　(임종국, 『친일문학론』, 평화출판사, 1966, 210면)

2) 일제 말 사회단체의 참여 여부로 친일을 규정하는 태도

다음으로 지적되어야 할 것은 일제 말기 사회단체의 구성원이라는 것만으로 친일이라고 규정하는 것이다. 조선문인협회나 이를 개조한 조선문인보국회에 몸을 담았다든지, 혹은 당시 문학가들이 관여하였던 『매일신보』나 『경성일보』, 그리고 만주에서 나왔던 『만선일보』 등에 소속되었기 때문에 친일이라고 규정하는 것 역시 소박한 이해에서 나온 것이다. 중일전쟁 이후 일제는 이전과는 비교가 되지 않을 정도로 폭압적인 강요를 행사하였다. 그렇기 때문에 조선문인협회를 만드는 데 그치지 않고 더욱 적극적인 조선문인보국회를 만들고 작가들을 여기에 소속시켰다. 거기에는 적극적으로 친일을 한 사람도 있고 마지못해 이름이 오른 사람도 있다. 그렇기 때문에 이들이 이 단체에 속해 있다는 이유만으로 친일이라고 단정하는 것은 섣부른 일이다. 단체에 소속되어 활동한 사람 중에서 과연 친일적인가 아닌가 하는 것은 총체적인 분석에서 나올 수 있는 것이다. 친일문학은 작품론이 아니고 작가론인 것이다.

이 점에 있어서도 김사량은 시사적이다. 앞서 말한 바대로 항일작가였던 김사량도 일제 당국의 집요한 강요 속에서 어쩔 수 없이 이런 단체들의 활동에 동원되었다. 실제로 그가 조선을 탈출하여 연안으로 망명한 것조차도 이러한 단체들의 강요된 활동을 이용하여 이루어졌다는 것을 고려하면 이는 더욱 분명해진다. 1945년 5월 9일 평양에서 기차를 타고 북경으로 가 그곳에서 연안으로 탈출하는데, 이 여행 역시 이러한 단체들의 활동의 일환이었다. 국민총력조선연맹 병사후원부의 추천으로 '재지 조선 출신 학도병 위문단'이 구성되어 김사량은 이 위문단의 일원으로 북경으로 가게 되었다. 평소에 중국으로 건너가 연안으로 탈출하려는 꿈을 가지고 있었던 그에게 감시로 인하여 좀체 중국으로 가는 길이 열리지 않았다. 그렇기 때문에 중국으로 갈 수 있는 유일한 통로인 위문단을 이용할 생각으로 이 단체의 활동에 참여하게 된다. 공식적인 위문 일정을 마치고 북경으로 돌아와 귀국하기 전에 가까스로 연안에 있는 독립동맹의 공작원을 만나 탈출에 성공한다. 이전에도 이러한 단체의 동원에 끼여 어쩔 수 없이 활동했던 경험을 가지고 있다. 1943년 8월에 국민총력조선연맹에서 주도한 해군견학단의 일원으로 진해와 일본을 방문한 바 있다. 이처럼 당시 일제가 작가들을 동원하여 선전활동을 강요했기 때문에 어쩔 수 없이 그 활동에 참여하는 경우가 있으나 내면적으로는 이에 불복하는 경우도 많았다는 것을 김사량의 경우를 보면 확실해진다. 그렇기 때문에 당시 이러한 단체에 속해 있고 그 속에서 활동했다는 이유만으로 친일이라고 하는 것 역시 부당한 것이다. 그런 작가들의 경우 당시에 쓴 글과 통합적으로 고찰하여 친일 여부를 판단할 수 있을 것이다. 어쩔 수 없이 동원된 것인가 아니면 그것이 새로운 시대의 현실이라고 받아들이고 이를 내면화하면서 참여하게 되었는가는 그러한 총체적 고찰 위에서 가능한 것이다. 친일문학론이 작가론인 이유가 바로 여기에 있다.

3) 창씨개명을 친일의 지표로 삼는 태도

친일문학에 대한 소박한 이해를 벗어나기 위해 고려해야 할 사항 중 또 하나는 창씨개명의 문제이다. 흔히 창씨개명은 친일의 가장 대표적 지표인 것처럼 이해되고 있다. 그런데 이 문제 역시 그렇게 간단한 것이 아니다. 창씨개명을 한 사람들이 상대적으로 친일을 한 사람임은 분명하지만 그렇다고 창씨개명을 한 사람은 무조건 친일이고 창씨개명을 하지 않은 사람은 친일이 아닌 것은 아니다. 유치진처럼 창씨개명을 하지 않은 문학가 중에 친일을 한 사람도 있고, 창씨개명을 하더라도 친일이 아닌 경우도 있다. 그 대표적인 경우가 윤동주이다. 일제 군국주의 폭압 속에서 불령선인으로 몰려 감옥에서 젊은 나이에 죽어야 했던 윤동주는 실제 창씨개명을 하였다. 그가 연희전문을 마치고 일본의 대학으로 진학하려고 했을 때 도항증이 필요하였고, 이를 얻기 위해서는 관의 허가를 받아야 하는데 그러자면 창씨개명을 해야 했다. 고민 끝에 히라누마[平沼]로 창씨개명을 했고 이때의 고뇌를 「참회록」이라는 시를 통해 드러낸 바 있다. 일본의 대학으로 가기 위해서는 창씨개명을 할 수밖에 없었지만 하고 난 다음에 가슴에서 일어나는 심한 괴로움에 번뇌하면서 그는 「참회록」을 썼던 것이다. 이러한 사정 역시 일제하에서라도 중일전쟁 이후라는 역사적 조건 속에서 일제의 강제가 얼마나 심각하고 폭압적이었는가를 한층 잘 보여주는 것이다.

이상에서 지적한 바 있는 세 가지는 친일문학에 대해 제대로 된 해명을 위해서는 반드시 짚고 넘어가야 할 것들이다. 얼핏 보면 명징한 것처럼 보이지만 잘 들여다보면 깊은 함정이 도사리고 있는 것들이다. 중일전쟁 이후의 폭압적인 상황이기에 생길 수 있는 이러한 것들을 당시 시대적 조건에 대한 이해 없이 일방적으로 단순화시켜 이해할 경우 그것은 친일문학의 성격에 대한 올바른 접근을 막는 것은 물론이고 궁극적으로는 친일문학의 희석화에 기여하는 결과를 초래하는 더 큰 위험에 노출되게 된다.

3. 시대적인 것과 친일적인 것의 경계

일본어로 글을 썼다든가, 사회단체에 참여한 바 있다든가, 혹은 창씨개명을 했다든가 하는 데서 친일을 이해하는 소박한 태도에서 벗어났을 때 우리에게 다가오는 것은 당시 작가들이 실제로 글을 통하여 내용적으로 어떻게 친일을 했고 하지 않았는가를 따지는 작업이다. 그럴 때만이 모두가 친일이라는 호도 혹은 민족허무주의에서 벗어나 친일에 대한 정확한 성격 규명을 할 수 있는 것이다. 그러기 위해서는 중일전쟁 이후 새로운 시대적 조건 속에서 제기된 다양한 문학적 논의 중에서 어떤 것을 친일이라고 할 수 있으며, 또한 어떤 것은 친일이 아닌 당시의 시대적 모색에 불과한 것인가를 규명할 필요가 있다.

친일문학을 희석화하는 논리 중에서 일제하의 작가들은 모두가 친일이라는 것과 더불어 자주 등장하는 것 중의 하나가 친일문학의 내적 논리를 규명한다는 미명하에서 명백한 친일행위를 부정하는 것이다. 그 단적인 예가 중일전쟁 이후의 이광수의 글은 친일이 아니라 민족보존론에 지나지 않는다고 읽는 것이다. 이광수의 논리를 얼핏 보면 친일이지만 자세하게 그 내적 논리를 따져 읽으면 민족보존의 이론이라고 하면서 이광수는 친일이 아니라고 하는 이러한 주장은 친일문학에 대한 기준이 명확하게 밝혀져 있지 않고 막연하게 제기되어 오는 상황에서 등장하곤 한다. 내적 논리를 해명한다는 구실하에 기실 친일문학을 희석화시키는 이러한 논리가 더 이상 발을 붙이지 못하게 하기 위해서라도 친일문학의 내적 논리를 섬세하게 따지고 이에 대한 정확한 파악이 또한 필요하다.

이러한 작업을 위해서는 우선 친일문학의 성격 규정을 먼저 할 필요가 있다. 필자가 판단하건대 이 시기의 친일은 다음 두 가지 점에서 드러난다고 본다. 하나는 대동아공영권의 전쟁 동원이다. 중일전쟁 이후 동아시아의 판도가 달라짐으로써 유럽의 혼란과는 대비되어 새로운 동아의 신질서가 부각되었다. 이 과정에서 일본이 패권을 차지함으로써 일본 주도의 동아시아의 신질서에 의한 신체제론이 등장하게 되었고, 이는 곧바로 대동아공영권의 논리로 확대된다. 대동아공영권을 창출하기 위해서는 이를 수호할 수 있는 전쟁이 요구되었고 여기에는 많은 사람들의 참여가 필요하였다. 그렇기 때문에 이 전쟁을 심지어 '성전'이라고 부르면서 일반 민중들의 동원을 호소하였다. 징병·징용·지원병·학도병·정신대 등을 선전하면서 이들의 전쟁 참여를 부르짖었던 것이 바로 대동아공영권의 전쟁 동원이다. 여기에는 직접 전쟁에 참여하는 것과 후방에서 간접적으로 전쟁을 돕는 것 모두를 다 포함한다.

다음은 내선일체의 황국신민화이다. 대동아공영권의 신체제를 만들어내기 위한 전쟁에서 가장 중요한 것은 조선 민중들의 전쟁 참여이다. 직접적인 참여이든 후방의 간접적인 참여이든 조선 민중들의 전쟁 참여 없이는 대동아공영권의 수립은 불가능했다. 그러자면 필연적으로 조선인과 일본인 사이의 차별이 자연스럽게 부각된다. 이 벽을 넘지 않고서는 자발적인 참여를 요구하기가 힘든 것이다. 따라서 대동아공영권의 전쟁 동원을 수행하기 위해서는 내선일체의 황국신민화라는 작업이 불가피하다. 따라서 친일문학가들은 내선일체를 강조하고 다양한 방식으로 합리화하는 틀을 마련하였다. 물론 내선일체는 대동아공영권이 제기되는 중일전쟁 이전에도 간헐적으로 제기된 바 있다. 그러나 그때의 것과 중일전쟁 이후의 것 사이에는 그 의미가 다르다는 것도 놓쳐서는 안 된다.

이처럼 대동아공영권의 전쟁 동원과 내선일체의 황국신민화라는 두 가지 입장을 글에 담아내면서 선전한 문학이 바로 친일문학이고, 이런 작품을 쓴 이들이 친일문학가이다. 이렇게 친일문학의 성격 규명을 할 때만이 이 시기에 나온 작품 중에서 단순히 시대적인 것과 친일적인 것 사이를 구별할 수 있다.

중일전쟁 이후 과거의 시대적 주장들이 설득력을 잃고 그렇다고 새로운 대안이 나오지 않은 전형기에서 문학가들은 다양한 모색을 했다. 지금으로서는 상상하기 힘들 정도로 다양한 논의들이 쏟아져 나오기 시작했는데 이들은 당시의 시대적 분위기

탓으로 하여 혼란스러울 정도로 섞여 있어 가닥을 잡는 것이 쉽지 않은 것이 사실이다. 그리하여 어떤 측면에서는 이러한 논의들 중 상당한 것들이 일제의 국책을 그대로 옮겨놓은 것처럼 보이기도 하고 어떤 경우에는 비슷해 보이지만 다른 것처럼 보이기도 하는 것이다. 그렇기 때문에 이 시기에 나온 논의와 작품들에 대한 섬세한 분별 없이는 모든 것이 친일문학인 것처럼 보이기도 하고 때로는 전부 친일문학이 아닌 것처럼 비쳐지기도 하는 것이다. 따라서 이 시기에 새로운 체제를 모색하는 논의들을 집중적으로 검토하여 어떤 것이 친일문학에 속하는 것이며 어떤 것이 단순히 시대적 영향 하에서 나온 산물인가 하는 것을 가르고자 한다.

이 작업을 위해서는 중일전쟁 이후의 전형기에서 나온 모든 논의들을 다 취급할 수는 없고 그 중에서 당시 여러 논자들에게 반복적으로 언급되면서 강한 영향을 미쳤을 뿐 아니라 언뜻 보기에 친일인 것처럼 보이기도 하는 것에 국한하여 이야기하고자 한다.

1) 프로문학에서 생산문학론으로

중일전쟁 이후의 전형기의 모색 중에서 두드러지게 드러나는 것 중의 하나가 바로 생산문학론이다. 이것이 나오게 된 데에는 다소 복잡한 맥락이 개재해 있다. 서양의 근대를 비판하고 새로운 체제를 모색하는 가운데 핵심적인 것 중의 하나는 서양 근대 자본주의의 물질적 이해관계에 대한 비판이다. 16세기 이후 유럽에서 진행되어 이후 세계 전체로 파급된 자본주의가 물질적 이해관계를 그 핵으로 하고 있기에 인간들 사이의 치열한 경쟁관계를 유발시켰고, 이는 인간성에 대한 치명적인 타격을 가했다. 그렇기 때문에 서양의 근대를 비판하고 새로운 체제를 모색하는 논의 중에서 이러한 자본주의의 물질적 이해관계를 비판하는 논의가 나오는 것은 매우 자연스러운 것이었다. 심지어 당시의 대동아공영권의 논의도 이러한 것을 그대로 따르고 있을 정도로 이 논의는 당시 큰 설득력을 가지고 있었다.

이 논의에 가장 큰 관심을 가지게 된 이들은 역시 과거에 프로문학을 했던 사람들이다. 왜냐하면 이들이 프로문학을 하면서 기본적으로 가졌던 문제의식은 근대 자본주의의 극복문제였다. 그런 점에서 프로문학론과 생산문학론은 근대 자본주의를 극복한다는 문제의식을 공유하고 있다. 그런데 이 둘 사이에는 가장 커다란 차이가 존재하였다. 그것은 프로문학은 근대 서구에서 시작된 자본주의를 극복하기 위해서는 역사를 사적 유물론의 입장에서 서서 분석하고, 계급투쟁의 실천을 통하여 평등한 인간관계를 기초로 한 새로운 사회를 요구하는 것이다. 반면에 생산문학론은 이러한 마르크시즘의 유물론적 현실 분석 역시 크게 보아 물질적 이해관계를 분석의 초점에 놓고 있다는 점에서 근대 자본주의와 넓은 틀에서 볼 때 동일하다고 본다. 둘 다 물질적 이해관계를 인간 이해의 핵으로 보고 있다는 점에서 같은 길을 걷고 있다는 것이다. 따라서 이 두 가지가 모두 공유하고 있는 물질적 이해관계라는 인간 이해의 세계관에서 벗어날 때만이 진정으로 서양 근대를 극복할 수 있다는 것이 생산문학론의 요지이다. 바로 이러한 점에서 프로문학론과 생산문학론은 그 친연성에도 불구하고 기본적으로 큰 차이를 가지고 있다.

물질적 이해관계를 벗어난 새로운 세계관을 가지고 서양 근대를 극복함으로써 새로운 체제를 모색할 수 있다는 이 생산문학론은 그런 점에서 분명 이전의 프로문학과는 다르지만 그렇다고 해서 이 자체로 친일문학론은 아닌 것이다. 이것이 친일문학론이 되기 위해서는 자연의 주인으로서 인간의 새로운 지위라는 신인간관에 멈추지 않고 이러한 과정을 통하여 얻은 증산이 대동아공영권의 전쟁 동원의 일환이라고 할 수 있는 후방의 생산 증강 문제로 이어질 때이다. 그렇기 때문에 생산문학론 그 자체는 친일문학이라고 할 수 없고 이를 대동아공영권의 전쟁 동원의 논리로 연결시킬 때만이 그것이 친일문학이라고 할 수 있다. 이 둘을 구분하지 못할 때 거기에는 엄청난 혼란이 생기고, 앞서 말했듯이 궁극적으로 친일문학을 희석화시키는 역할을 하게 된다.

중일전쟁 이후의 모색 과정에서 생산문학론의 내면과 그 역할을 잘 말해주고 있는 작가가 이기영이다. 이기영은 잘 알려져 있다시피 탁월한 프로문학 작가 중의 한 사람이다. 중일전쟁 이후의 변화하는 세계정세에 따라 이전의 세계관을 수정해야 할 필요성을 부분적으로 느꼈다. 이 변화하는 현실을 어떻게 보아야 할 것인가를 고민했을 것이고 그 과정에서 생산문학론에 주목하게 된다. 「대지의 아들」을 비롯하여 이 시기에 쓴 「생명선」(1942), 「동천홍」(1942), 「광산촌」(1943) 등은 바로 생산문학론에 바탕을 둔 작품들이다.

앞서 말한 바처럼 그는 프로문학을 하였기 때문에 생산문학론에 각별한 관심을 가지게 되었다. 물론 모든 프로문학가들이 생산문학론으로 가는 것은 아니지만 프로문학을 했던 작가들이 이 길로 나아가기가 쉬웠던 것이다. 그러나 프로문학론과 생산문학론이 공통점에도 불구하고 큰 차이를 가지고 있는 것처럼, 이 시기 생산문학론에 입각한 이기영의 작품들은 이전의 프로문학과는 큰 차이를 가지고 있다. 그것은 물질적 이해관계에 대한 문제였다. 지주와 소작 관계라는 사회적 관계의 해결 없이는 평등한 인간관계가 존재할 수 없고, 그럴 경우 인간의 해방이란 생각할 수 없다는 것이 프로문학론의 이론이었다. 그러나 생산문학론에서는 지주와 소작 관계라는 사회적 관계를 고려하는 것 자체가 이미 물질적 이해관계에 초점을 두고 인간을 이해하는 구 세계관의 산물이기 때문에 자연 속에서 인간이 주인으로 나서는 과정 자체를 탐구해야 한다는 것이다. 이러한 입장에 설 경우 지주 소작의 문제는 사라지게 되고 인간이 자연의 주인으로 자연을 개조해 나가는 과정에서 물질적 이해관계에서 벗어나 진정한 땅의 주인이 되는 문제에만 집중하게 된다. 이를 잘 보여주는 것이 이기영의 작품 「생명선」의 다음 일절이다.

우리가 정말로 농민이란 점을 철저히 깨닫고 힘써야 한다면—다시 말하면 우리는 흙의 노예가 아니라 정말로 주인이 되지 않아서는 안 되겠다는 인식을 새로이 가질 수 있다면 우리에게 어떠한 곤란과 장애가 있더라도 그것은 조금도 두려울 것이 없습니다. 여러분 오해하지 마십시오 제가 지금 흙의 주인이 되어야 한다는 것은 무슨 저마다 지주가 되어야 한다는 것은 아니올시다. 비록 소작농이 되었을지라도 우리는 다 각기 내가 농민이라는 것을 철저히 깨닫는 동시에 농사 개량에 힘쓰고 농촌계발을 위해서 우리의 있는 힘을 죽기까지 다 쓰자는 것입니다. 그래서 우리는 농사를 천직으로 알자는 것입니다. 그것은 서울 사람들이 장사를 잘해서 부자가 된다든가 혹은 공부를 잘해서 학박사가 되는 것을 뽐내듯이 우리들도 농사를 잘 지어서 농민된 것을 한번 뽐내보자는 것입니다. 그러면 우리들은 조금도 농민 된 것을 부끄러워할 것이 없지 않습니까? 이것이야말로 우리가 흙의 노예에서 흙의 주인공으로 승격하게 되는 것이올시다.[2]

흙의 노예가 된다는 것은 두 가지 의미이다. 하나는 자본주의적 생산관계 속에 편입된 농촌에서 그대로 살아가는 농민들의 모습이고, 다른 하나는 이를 극복하기 위하여 지주 소작관계라는 사회적 관계의 철폐를 통하여 참다운 인간이 될 수 있다고 믿는 사회주의적 세계관의 농민들의 모습이다. 이 둘 다 흙의 노예에서 벗어나지 못하였다고 보는 것이다. 왜냐하면 이것들은 기본적으로 물질적 이해관계를 인간 이해의 핵심으로 놓고 있기 때문이다. 그렇기 때문에 흙의 노예가 아닌 흙의 주인이 되기 위해서는 자연을 개조하는 농민의 삶이 얼마나 중요한가를 깨닫고 그것을 천직으로 알고 살아가면서 농사 개량에 힘쓰고 농촌 계발에 힘써야 하는 것이다. 그럴 때만이 새로운 농민으로서 흙의 노예가 아닌 흙의 주인이 되는 것이다. 이러한 논리는 비단 농민의 삶을 다룬 「생명선」뿐만이 아니라 광산을 배경으로 한 「동천홍」이나 「광산촌」에서도 발견할 수 있다.

이러한 논리는 이전의 이기영 자신이 견지하였고 해방 후 다시 회복하기 시작하는 프로문학의 세계관과는 현저하게 다르다.

---

2) 이기영, 「생명선」, 『半島の光』, 1941.8, 247~248면.

親日文學論
林鍾國 著

임종국 선생의 『친일문학론』은 분단 이후 냉전 속에서 가리어졌던 문학
계의 친일 협력을 부각시키는데 결정적 역할을 한 것으로 친일문학 연구
에 초석을 놓은 노작이다. 그 이전에 간헐적으로 이야기되던 친일문학 연
구를 본격적으로 연구한 것으로 한일 굴욕 외교에 대한 당시의 비판적 시
대 분위기 속에서 나왔다. 하지만 일제의 강압에 의해 일부 작가들이 굴
종하였다고 묘사함으로써 친일문학의 자발성을 추적하는 차원에 이르지
못하였다.

朝鮮文人報國會理事

俞鎭午氏

친일문학의 내적 논리 중의 하나가 서양 근대의 초극이었다. 조선문인보국회의 이사였던 유진오는 서양과는 다른 동양의 특성을 강조하면서 친일 협력의 길을 걸었다. 소설과 평론 등에서 서양에 대한 동양의 우위를 반복적으로 주장하다가 이후 대동아문학자대회에 조선의 대표로 참가하였다. 사진은 당시 일본어로 발간된 『문화조선』(1943.8)에 대동아공영권 수립을 위해 정진하는 지식인의 하나로 소개되었던 것이다. 국민복과 빡빡머리는 신체제에 적극 참여하는 놀랍도록 결연한 의지를 보여준다.

중일전쟁 이후 폭압적 현실 속에서 부대끼며 모색한 결과로서 매우 혼란된 것이며 비현실적인 것임에는 분명하다. 이기영의 생산소설들은 그런 점에서 분명 문제가 많은 것들이기는 하지만 그렇다고 친일이라고 할 수는 없다.

2) 개인주의에서 집단주의로

중일전쟁 이후 새로운 체제의 모색 과정에서 떠오른 것 중의 하나가 서구 개인주의에 대한 비판이다. 1930년대 중반을 전후하여 유럽에서 파시즘과 반파시즘 사이의 긴장이 고조되기 시작하면서 유럽 문명의 앞날에 대한 비관적인 전망이 늘어나기 시작하였다. 파리가 독일에 함락되는 사태가 벌어지자 유럽 문명의 몰락은 돌이킬 수 없는 일로 받아들여졌다. 이 과정에서 서양근대, 특히 개인주의를 넘어선 집단에 대한 관심이 쏟아지기 시작하였다.

이러한 문제의식은 과거 프로문학을 하던 사람들에게는 그다지 새롭게 여겨지지 않았다. 왜냐하면 프로문학은 그 출발부터 서구 자본주의의 개인주의에 대한 비판적 태도를 가지면서 집단적 주체를 강조해 왔기 때문이다. 물론 개개인의 자유로운 발전이 전체 발전의 전제가 되는 사회를 공산주의라고 규정하고 이를 위해 노력해 온 것이 사회주의자들의 기본적인 자세이기는 하지만 한국 사회주의자들에게 있어 그 무게중심은 어디까지나 개인보다는 전체, 즉 집단적 주체에 실려 있었다. 그렇기 때문에 유럽의 개인주의를 넘어서서 집단적 주체를 강조하려고 하는 이 새로운 전형기의 흐름이 프로문학가들에게는 그렇게 특별히 새로운 관심사로 들어서기는 어려운 것이다.

오히려 개인주의의 비판과 같은 이 새로운 시대적 조류는 프로문학의 경우처럼 집단적 주체에 관심을 가지고 있던 이들이 아니라 이와는 대척점에 있던 문학가들에게 관심의 대상이 되었다. 프로문학의 주도에 대해 직간접적으로 대타의식을 가지고 있던 구인회의 좌장 역할을 하던 이태준이 이 시기에 심각한 내적 변모를 겪는 것은 바로 이러한 측면에서 이해할 수 있을 것이다. 유럽이 심각한 혼란에 빠져들기 시작하면서 이전의 가치들이 몰락하기 시작하는 현실을 목도하면서 새로운 모색을 하려고 했으며, 그것은 기존의 자신의 작품세계에 조용한, 그러나 현저한 변화를 가져왔던 것이다. 그러한 흔적을 1939년에 발표한 「농군」에서 찾을 수 있다.

「농군」에서는 이전의 이태준의 문학세계와는 다른 모습을 확인할 수 있는데, 가장 두드러진 것이 바로 집단적 주체에 대한 관심이다. 이 작품에서 독자는 만주의 척박한 환경 속에서 굴하지 않고 서로 단결하여 난관을 극복해 나가는 농민들의 형상을 만날 수 있다. 이것은 이전의 그의 작품의 경향과 매우 다른 것이다. 이전에는 설령 서구 근대의 자본주의화 속에서 적응하지 못하고 소외당하는 인물을 그리기는 하였지만 그것은 어디까지 비애와 애수의 세계에서 벗어나지 못하는 세계였고, 따라서 그것은 집단적 주체의 문제의식과는 매우 먼 거리에 있었던 것이다. 새로운 사회의 변화에 적응하지 못하고 사라지는 것에 대한 안타까움과 애석함이 그 지배적 정조였던 것이다. 그러한 애수의 세계가 더 이상 현실을 타개할 수 없다는 인식이 들어서기 시작하였고, 이는 개인주의 비판의 시대적 흐름과 결부되어 집단적 주체에 대한 모색으로 이어졌으며, 「농군」은 그 모색의 결과였다고 할 수 있다.

이태준은 이후 이러한 문제의식에서 작품 활동을 했으며, 일제 당국의 강요 속에서 작품 활동을 하게 되었을 때에도 이러한 문제의식은 그대로 이어나가게 된다. 최근 일본어로 쓴 이태준의 작품 「제1호 선박의 삽화」가 발굴되어 잠시나마 이태준의 친일 문제가 화제가 되기도 했는데, 이것도 이러한 관점에서 보아야 제대로 해명될 것으로 생각한다. 대동아공영권의 전쟁 동원 조직 중의 핵심에 해당하는 국민총력조선연맹의 기관지인 『국민총력』 1944년 9월호에 발표된 이태준의 「제1호 선박의 삽화」[3]는 개인주의 비판을 담고 있는 작품이다. 조선소 기술자 구니모토(창씨개명한 조선인)가 선박의 재료로 쓸 재목이 부족한 것을 고려하여 조선 기술자들이 집단적으로 설계한 것을 무시하고 예전처럼 자기의 개성대로 배를 만들었다가 결국은 배에 물이 들어오는 참담한 결과를 초래하여 망신을 당하고 마는 것으로 마무리된다. 개인주의가 얼마나 큰 위험을 초래할 수 있는가를 경고하는 이 작품에서 당시의 시대적인 분위기를 읽어내는 것은 그렇게 어렵지 않다. 하지만 이러한 부분적 공통성으로 하여 이 작품을 바로 친일작품이라고 할 수는 없다. 왜냐하면 이 작품에서 주된 것은 개

---

3) 호테이 도시히로가 발굴하여 소개하였다. 『문학사상』 1996.4 참조

인주의에 대한 비판일 뿐이지 대동아공영권의 전쟁 동원에 복무하는 그러한 것은 아니기 때문이다. 당시 이태준 자신의 개인적 모색과 일제 당국의 국책 사이에 부분적인 공통성이 있다고 해서 이를 근거로 친일로 규정할 수는 없다.

3) 서양 근대의 추수에서 동양의 자각으로

중일전쟁 이후 식민지 조선 사회를 휩쓴 논의 중의 하나가 동양의 자각이다. 일본의 중국을 침략하여 중요 지역을 확보한 이후 동아시아 전체의 판도가 달라지기 시작하면서 동아시아를 주도하는 일본의 역할에 대한 논의가 부상하였다. 태평양전쟁이 발발하면서 이러한 논의는 한층 더 부각되었는데, 영미라는 서양에 맞선 '동양'의 중요성은 새로운 체제의 모색과 더불어 지식인 사회에까지 파급되었다. 그런데 중요한 것은 이 과정에서 단순히 시대적인 것과 친일적인 것 사이의 차이이다.

이 시기에 이르러 동양을 강조하면서 서양을 비판하는 논의를 접하게 되면 이는 신체제론이고 궁극적으로 대동아공영권을 주장하는 일제의 국책에 맞닿아 있기에 친일논리라고 해석해 왔다. 그런데 당시 서양을 비난하고 이에 맞선 동양의 자각을 주목하는 것은 모두 친일적이라고 보는 것은 대단히 소박한 생각이다. 근대의 제반 문제점이 두드러지게 드러나면서 이를 극복할 수 있는 대안에 대한 모색이 시작되면서 자연스럽게 그 근대를 낳은 서구에 대한 비판이 따르게 되었던 것이고, 그 동안 서양의 근대에 짓

눌려 전혀 관심의 시야에 들어오지 않았던 동양에 대한 새로운 자각으로 이어졌다. 이러한 새로운 시대적 상황 속에서 이를 고려하면서 새로운 길을 모색하려고 하는 사람들에게는 하나의 길로서 충분히 상정할 수 있다. 물론 서양 근대에 대한 이러한 비판의식을 갖는 사람들이 모두 이러한 동양에 대한 자각을 갖는 것이 아니지만 그것이 하나의 모색이었음은 분명하였다.

서양의 비판과 동양의 자각은 생산문학론의 제3의 세계관이나 개인주의 비판과 달리 특정한 문학적 경향을 가졌던 작가에게만 드러나는 것이 아니라 문학계 전체에 걸쳐 확인된다. 생산문학론이 프로문학을 했던 이들에게서, 개인주의 비판이 프로문학의 대척점에 서 있으면서 개성과 개인의 가치를 중요하게 평가하면서 이를 추구하였던 작가들에게서 발견될 수 있는 것과는 차이가 난다. 그럴 수밖에 없었던 것은 한국의 근대문학 자체가 기본적으로 서구의 근대문학의 강한 영향권 속에서 나왔기 때문에 이 시기에 와서 서양의 몰락이 이야기되면서 동양의 자각을 거론하기 시작할 때 이에 대해 문제의식을 갖지 않는 사람이 없었기 때문이다. 프로문학을 했던 사람들은 프로문학 내부에 존재했던 서양중심주의적 사관에 대한 비판에서, 프로문학을 비판하면서 다른 경향의 문학을 했던 작가들 역시 자신의 문학적 원천으로서의 서양에 대한 비판을 행했던 것이다. 그런 점에서 이것은 앞선 두 가지 경우와는 달리 당시 작가들 전체에 걸친 문제이기도 했다.

서양에 대한 비판과 동양의 자각이라는 중일전쟁 이후의 전형기적 모색은 당시 일본 군국주의의 국책과 많이 겹쳐 있어 한층 세심한 접근을 요한다. 단순히 동양의 자각을 요구하면서 모색하는 경우와 동양의 자각을 대동아공영권의 문명사적 역할까지 밀고 나가 친일로 가는 경우 사이에는 그 공통점에도 불구하고 근본적인 차이가 난다. 그렇기 때문에 이러한 부분을 세심하게 읽어내지 않으면 당시의 이론적 지형을 제대로 파악할 수 없게 되고, 이는 결국 모든 것을 친일로 간주하는 잘못을 되풀이할 가능성이 있다. 그런 점에서 여기서는 단순히 동양의 자각을 말한 김남천의 경우와 동양의 자각을 대동아공영권으로까지 밀고 나간 유진오의 경우를 대비하는 것이 당시의 이론적 지형을 파악하는 데 도움이 될 것이다.

프로문학에 서 있었던 김남천은 중일전쟁 이후 새롭게 조성된 역사적 상황 속에서 이전의 입장을 일정하게 수정하기 시작하였다. 그는 프로문학의 입장을 벗어나기 시작하면서 새로운 체제에 대한 모색을 하였다. 르네상스 이후의 서양 근대에 대한 극복이 필요함은 절실하게 느끼고 있었지만 소련을 비롯하여 당시의 모든 체제들 역시 그에게는 대안이 될 수 없다고 판단하였기에 그의 고민은 한층 복잡해졌다. 이 과정에서 그는 당시의 시대적 분위기에서 제기되었던 동양의 자각에 대해서도 일정한 의의를 부여하고 있다. 서양의 논자들이 정작 서양의 몰락을 이야기하면서도 이를 극복할 수 있는 자원을 오로지 서양 내부에서만 찾으려고 하는 것이 얼마나 서양중심주의에 불과한 것인가를 지적하면서 동양의 가능성을 이야기하고 있다. 그런 점에서 김남천의 논의는 이 시기의 시대적 조류와 일정하게 맞닿아 있음을 확일할 수 있고, 이 점에서 시대적이다.

하지만 김남천의 논의는 친일적인 동양론과는 매우 다른데, 그것은 동양을 결코 물신화시키지 않고 있다.

> 그럼에도 불구하고 우리는 한 가지 사실을 여기에서 잊어서는 안 될 것이다. 즉, 서양이라는 문화적 개념이 가지는 것과 동일한 통일성을 동양은 가지고 있지 못하였다는 사실이다. 서양은 하나의 통일된 문화이념을 가지고 있었다. 가령 중세가 그것이다. 르네상스 이래 중세를 암흑이라고 말하여 오지 마는 그것은 서양을 기독교 문화에 의하여 통일된 하나의 아름다운 세계사의 한 토막이기도 하였다. 이러한 중세와 같은 통일된 서양의 문화적 개념을 동양은 일찍이 가진 적이 없다는 것이다. 고야마 씨 외에 다른 논자들은 모두 이것을 인정하고 이러한 전제에 서서 동양의 지성이 가져야 할 전환기 사상에 대해서 언급하고 있는 것이다. 동양문화의 유형을 탐구하는 분들이 일고 할 만한 일일까 한다.[4]

그는 오히려 동양을 물신화시키려고 하는 논자들을 경계하고 있다. 일본의 일부 지식인들의 논의를 받아들여 동양론을 펼치면서 친일의 대동아공영권으로 나아가는 지식인들에 대한 비판을 소설에서 한층 신랄하게 행하고 있다. 이 시기의 그의 작품인 「경영」과 「맥」 연작에서는 서양의 세계관을 일원사관이라고 규정하고 이를 비판하는 한편 동양의 다원사관을 그 대안으로 내세우면서 기존의 마르크스주의자에서 친일 국가주의자로 변신하는 오시형이라는 매우 독특한 지식인을 그려내고 있다. 그 인물이 새롭게 모색하는 것은 동양학이다. 작가는 동양학에서 새로운 세계의 희망을 읽고 전향하여 국가주의자로 변신하는 인물을 비판적으로 그리고 있다.

---

4) 김남천, 「전환기와 작가」, 『조광』 1941.1.

이처럼 김남천은 서양 근대에 대한 비판이 곧바로 동양의 미화로 이어지는 것이 얼마나 위험한 일인가를 지적하고 있다. 앞서 말한 것처럼 김남천 역시 그 동안의 서양중심주의의 내면화를 비판하면서 동양의 자각을 말하고 그것을 물신화시키는 경우 그것이 당시의 조건에서 대동아공영권의 전쟁 동원으로 이어질 수밖에 없음을 경계하고 있는 것이다. 이러한 점은 서양 근대를 비판함으로써 친일문학을 했던 유진오와 대조된다.

유진오는 서양의 근대를 비판한다는 점에서 김남천과 같지만 그 대안에서는 확연하게 갈라졌다. 동양을 물신화시키는 것의 위험성을 경계했던 김남천과 달리 그는 서양과 동양을 전적으로 대비하면서 모든 것을 동양에서 구하려고 하였다. 서양은 자유이고 동양은 도의(道義)라고 하면서, 이제 개인주의적이고 인간중심주의적인 자유는 그 한계가 명확하게 드러났고, 동양의 도의에서 이를 벗어난 새로운 대안을 찾아야 한다는 것이다.[5] 이러한 입장을 택하였기에 영미에 맞서 일본이 싸우는 것을 성전이라고 부를 수 있었고, 여기에 모든 조선인들이 적극적으로 참여할 것을 고취하였다. 대동아공영권의 전쟁 동원에 깊숙이 나아감으로써 그는 친일문학의 길을 걷게 되었다. 물론 서양과 동양을 이렇게 선과 악으로 대비시키는 모든 논의가 친일의 길로 간다고 말할 수는 없지만 당시의 시대적 정황에서 이러한 논의로 빠져들기 시작하면 그 끝은 결국 대동아공영권의 전쟁 동원에 나서는 친일의 길로 끝나기 십상이었다.

---

5) 유진오, 「동양과 서양—동아문예부흥에 관한 일 단상」, 『매일신보』, 1943.1.9
~13.

이런 점들을 통해서 볼 때 중일전쟁 이후 동양의 자각을 이야기하는 것 중에서 그것이 단순히 시대적인 것인지 아니면 친일적인 것인지를 구분해야 할 것이다. 동양을 이야기하면서 신체제를 이야기한다고 해서 반드시 친일이라고 말할 수는 없는 것이다.

4. 친일문학의 두 가지 양태

친일문학은 중일전쟁 이후 유럽과 동아시아에서 일어난 세계사적 지각 변동을 목도하면서 이전의 역사인식으로는 더 이상 현실을 설명하기 어렵다는 판단에서 새로운 체제를 기획하는 과정에서 비롯되었다고 할 수 있다. 앞서 말한 것처럼 이 시기에 이루어진 다양한 새로운 체제의 모색이 모두 친일로 기울어진 것은 아니다. 하지만 그러한 기획과 담론 중에서 일부는 친일문학으로 기울어지기 시작하였는데, 그것은 대동아공영권의 전쟁 동원을 어떤 식으로 보느냐에 따라 갈라지기 시작하였다. 생산 문학론에 관심을 기울이던 사람들 중에서도 대동아공영권의 전쟁에 복무해야 한다고 생각했던 사람들은 친일로 가게 되는 것이고, 개인주의를 비판하고 집단의 중요성을 이야기하던 사람들도 여기에 그치지 않고 대동아공영권의 수립을 위해 이 집단의 동원을 이야기하게 되는 경우 그것은 친일로 치닫게 되는 것이다. 또한 동양의 자각을 이야기한 사람의 경우에도 동양을 미화하는 데 그치지 않고 동양의 미래를 대동아공영권에 있다고 생각하기 시작하면서 서양에 대한 성전을 이야기하는 경우 그것은 친일로 나아가게 되는 것이다. 그런 점에서 대동아공영권을 어떻게 보고 있는가 하는 것은 친일문학이냐 아니냐에 있어서 매우 중요한 것이다.

대동아공영권의 전망을 가지기 시작했을 때 그것에의 복무는 다양한 방식으로 드러나게 된다. 전쟁에 동원하기 위하여 학생들에게 지원을 촉구하는 것이라든가, 징병을 엄청난 은혜로 생각하면서 이를 축하하는 것 등을 비롯하여 다양한 형태의 동원 촉구의 문학이 가능해진다. 또한 이것은 전쟁 그 자체를 미화하는 다양한 형태의 종군 기록문학으로도 나타났다. 후방에서 아들을 잘 키워 훌륭한 병사로 만드는 어머니의 모습을 그리는 것도 이것의 일환이다. 이 모든 것들이 궁극적으로 대동아공영권의 전쟁 동원이라는 점에서 공통된 것이며, 그런 점에서 이는 친일이라고 할 수 있다. 서정주는 바로 이 대동아공영권의 전쟁 동원을 한 친일작가이다. 그는 시·소설·보고문·수필 등 다양한 장르를 통해 대동아전쟁에 참가할 것을 촉구하는 글을 썼다.

대동아공영권의 전망을 더욱 육화할 경우 이는 내선일체의 황국신민화로 이어지게 된다. 대동아공영권의 전망은 기본적으로 일본을 중심으로 한 새로운 동아시아 질서를 상정하는 것이기 때문에 거기에는 기존의 동아시아의 국가간 체계를 넘어서는 새로운 상상력이 요구되었다. 그렇지만 거기에는 다양한 편차가 존재할 수밖에 없었다. 일본을 중심으로 새로운 질서를 세우지만 그 속에는 일본과 그 이외의 민족 사이의 관계를 어떤 식으로 볼 것인가에 따라서 차이가 생기게 마련이다. 일본이 중심이 된다 하더라도 종족적 역사의 차이라는 것은 엄연하기 때문에 이를 인정해야 한다는 사람도 존재하는가 하면 다른 쪽에서는 그런 방식으로는 진정한 대동아공영권을 세울 수 없기 때문에 종족적·국가적 차이를 넘어서 하나가 되어야 한다고 생각하게 된다. 이러한 부분적 차이에도 불구하고 이들은 내선일체로 향할 수밖에 없게 된다. 김동인이 바로 이러한 길을 간 작가이다.

대동아공영권의 전쟁 동원과 내선일체의 황국신민화를 구분하는 것은 친일문학의 성격 규정과 그 내적 논리를 설명하기 위하여 필요한 것이지만 그 이상으로 이를 구분하는 것은 별 의미가 없다. 이 둘 사이에 어떤 질적인 차이가 있는 것은 아니기 때문이다. 친일문학은 그것이 대동아공영권의 전쟁 동원이든 내선일체의 황국신민화이든 결국 헛된 전망 속에서 피식민 민중의 자율권을 심각하게 훼손시키면서 전쟁으로 몰아넣었다는 점에서 매우 폭력적이고 반민주주의적 작태라 할 것이다. 그런 점에서 이후 이러한 일이 더 이상 일어나지 않도록 하기 위해서 폭력성에 대해서 정확하게 이해하고 비판하여야 한다.

그런데 오늘날 우리 문학계에서 벌어지고 있는 일은 참으로 한심하기 짝이 없다. 친일문학이 범했던 이 폭력성을 정확하게 이해할 안목과 지식이 없는 이들이 친일문학을 한 사람의 이름을 딴 문학상을 만들고 이를 선양한다는 것은 결국 이러한 폭력에 동참하는 것 이외에 다른 것이 될 수 없다. 이들의 친일 행위로 인하여 빚어진 한반도 민중들의 비극적 삶과 그 과정에서 흘려야 했던 숱한 눈물의 고통을 떠올린다면 이런 일을 대수롭지 않은 일로 넘길 수는 없다. 하물며 오늘날 그것도 문학을 한다는 사람들이 이런 일을 이렇게 쉽게 받아들이는 것은 참으로 이해하기 어렵다. 그런 점에서 이들 친일작가들의 작품을 모아 책을 만들어내고 이를 평가받게 하는 일은 충분히 값있는 일이라 할 수 있다. 그것은 우리 문학사의 참된 면모를 드러나게 하여 평가를 받게 한다는 의미에서 숨겨두기보다는 오히려 출판을 하여 드러나게 하는 것이 타당한 일일 것이다. 그런 점에서 친일작가들의 개인 전집을 비롯하여 친일문학의 공개는 매우 필요한 일이다. 하지만 친일문학의 출판 공개와 친일문학가를 내건 문학상의 제정은 전혀 다르다.

친일문학과 근대성

1. 식민주의 파시즘 협력의 두 계기

한국 근대문학사에서 친일 파시즘문학을 근대성과 관련하여 논의하고자 할 경우 그것은 두 가지로 나누어 볼 수 있다.

하나는 한국문학의 근대성과 친일 파시즘문학과의 관계를 밝히는 작업이다. 한국 근대문학을 그 정치적 사상적 지향 특히 국가간 관계에 대한 견해에 따라 나누어보면 국민주의, 국제주의 그리고 세계주의로 나누어 볼 수 있다. 국민주의는 1920년대 국민문학론에서 가장 극명하게 드러나고 있는 것처럼 국민국가를 역사의 종점으로 간주하고 그 속에서 모든 것을 사고하는 경향이다. 국제주의와 세계주의는 국민주의가 전제로 하는 국민국가 자체를 부정한다. 국민국가라는 감옥에 갇혀 있는 한 자국에 대한 충성과 타국에 대한 배제로 인하여 지구상의 진정한 평화와 인류의 결합이란 불가능하다고 보는 것이다. 그런데 이 둘은 이를 넘어서는 방식에 있어서 상이한 태도를 보여준다. 국제주의는 국민국가는 부르주아의 이익을 확보하기 위해 만들어진 것에 불과한 것으로 이는 반드시 넘어서야 하며 진정 인류를 하나로 묶어주는 것은 계급이라고 본다. 세계주의 역시 국민국가를 넘어서야 한다고 주장하지만 그것이 프롤레타리아 계급의 당에 의해서 이루어지는 것이 아니라 근대 자체에 대한 반성과 전복에서 이루어진다고 보는 것이다.

이 세 가지의 경향은 각자의 내적 논리에 따라 일제 말 파시즘에 대한 반응이 달라진다. 국민주의의 경우 일본의 국가주의에 쉽게 포섭되어 가는 반면, 국제주의와 세계주의는 그렇지 않다. 국민주의가 국가주의에 친화력을 느끼는 것은 국민국가를 역사의 궁극적인 종점으로 보고 그 과정에서 국가의 역할을 중요시하기 때문이다. 이광수와 주요한을 비롯한 국민문학론자들이 쉽게 친일의 길에 들어서게 되는 것은 이런 점에서 결코 낯선 것이 아니다. 이에 반하여 국제주의자와 세계주의자의 경우 쉽게 친일 파시즘의 길에 들어서지 않는다. 이들은 기본적으로 국민국가라는 것을 부정하고 나왔기 때문이다. 하지만 이들 내에서도 부분적으로 친일 파시즘의 길을 걷는 작가가 나오기도 하는 데서 볼 수 있는 것처럼 내적인 분화가 존재한다. 국제주의의 경우 식민지에서의 민족문제를 고려하는 쪽과 그렇지 않은 쪽이 존재하는데 전자 즉 민족문제를 사유하는 쪽은 친일 파시즘에 쉽게 기울지 않는 반면, 후자 즉 민족문제를 거의 고려하지 않고 오로지 자본주의 일반의 측면에서만 사유하는 사람은 친일 파시즘에 기울기 쉽다는 점이다. 일본의 파시즘이 자본주의 극복이란 점을 내세웠기 때문에 민족문제를 고려하지 않을 경우 이것에 쉽게 맞닿기 때문이다. 한설야와 송영을 비교하면 이 점은 아주 잘 드러난다. 한설야는 국제주의자이면서도 민족문제에 대해 남다른 관심을 가졌기 때문에 친일 파시즘에 쉽게 기울지 않는다. 이에 반하여 송영처럼 민족문제에 관심을 갖는 것 자체를 부르주아 민족주의에의 투항이라고 보는 이들은 친일 파시즘에 쉽게 넘어간다. 세계주의의 경우 국제주의와 마찬가지로 비슷한 양상을 보여준다. 세계주의자들 내에서도 식민지의 문제를 고려하는 경우에는 친일 파시즘문학에 쉽게 기울지 않았던 반면, 그렇지 않은 경우 이것은 친일 파시즘에 급속하게 기운다. 일본의 대동아공영권은 '팔굉일우'가 의미하는 것처럼 새로운 세계주의의 구현이라고 볼 수 있기 때문이다. 전자의 경우로는 근대의 극복이 유행처럼 난무하던 시절에도 마지막까지 근대 자체의 탐구에 열을 올렸던 김기림을 들 수 있고 후자의 경우로는 최재서를 들 수 있다.

한국 근대문학사에서 친일 파시즘문학을 근대성과 관련하여 논의하고자 할 경우 다른 하나는 친일 파시즘문학 그 자체의 근대성 이해이다. 친일 파시즘문학을 이해할 때 어떤 이들은 친일 파시즘은 일제의 강요에 의한 것 혹은 먹고살기 위해서 어쩔 수 없이 한 것 등으로 생각하고 따라서 이들 친일 파시즘문학의 내적 논리나 이를 근대성과 관련하여 이해하는 것 자체를 부질없는 짓이라고 판단한다. 다른 일각에서는 친일 파시즘문학은 당시 일본에서 유행하던 '근대초극론'에 영향을 받아 이루어진 것으로 친일 파시즘문학 전체가 근대 극복의 논리와 연관된 것처럼 묘사하기도 한다. 필자가 보기에 이 둘은 당시의 실상과 매우 거리가 먼 것처럼 보인다. 친일 파시즘문학은 결코 외부의 강제에 의해서거나 혹은 생계의 방편이 아니다. 외부의 강요에 의해 이루어진 것인 경우 그것은 결코 친일 파시즘문학으로 분류할 수 없다는 것이다. 친일 파시즘문학은 철저하게 자발적이며 내부에는 논리가 있다. 그런 점에서 친일 파시즘을 근대성과 관련하여 살피는 것은 매우 중요하다고 할 수 있다.

이 글에서는 한국 근대문학사에서 친일 파시즘문학을 근대성과 관련하여 논의하는 두 가지 문제 중에서 후자의 경우를 집중적으로 다루려고 한다.

2. 중일전쟁과 사실수리론—근대화론의 함몰

조선의 문학인들이 집중적으로 친일 파시즘의 길로 들어서게 되는 계기 중의 하나가 무한 삼진의 함락이다. 1938년 10월 '동방의 마드리드'라고 불리던 무한 삼진이 일본군에 의해 함락당하자 조선의 문학인들 중 일부는 이 새로운 사태를 받아들여야 한다고 주장하면서 친일 파시즘의 길로 걸어갔다. 중일전쟁이 일어났을 무렵만 해도 사태의 전개에 따라서는 조선이 일본으로부터 독립할 수 있는 길이 열릴지 모른다는 일말의 기대감을 가지고 있었다. 중국이 일본에 이기게 되면 일본의 식민지였던 조선이 자동적으로 해방을 얻게 된다. 중국의 국민당과 공산당에 그 많은 조선의 지식인들이 몰렸던 것은 중국이 승리함으로써 조선이 해방될 수 있다는 기대감이었다. 그렇기 때문에 중일전쟁이 일어났을 때 이를 관망하면서 사태의 추이를 지켜보았던 것이다. 국민당은 중경으로 공산당은 연안으로 쫓겨나는 것을 보면서 이제 동북아에서 일본의 승리라는 것은 기정사실인 것으로 간주하였다. 무한 삼진이라는 마지막 방어선이 무너지면서 사태는 더욱 분명하게 보였다. 그렇기 때문에 더 이상 머뭇거릴 필요가 없었다. 이 사태를 받아들여야 한다고 보았다. 물론 당시의 모든 조선의 문학인들이 그렇게 본 것은 아니다. 하지만 친일 파시즘에 협력한 문학인들 중 상당수가 이 시기에 친일 협력의 길에 들어섰다.

당시 이러한 친일 협력 지식인의 현실인식을 가장 잘 보여준 이가 백철이다. 백철은 「시대적 우연의 수리」(『조선일보』, 1938.12.2~7)에서 다음과 같이 무한 삼진 함락의 의미를 적고 있다.

> 직접 지금은 동양의 현실을 두고 볼 때에도 이번 사실이 문학자나 지식인 앞에 결코 무의미한 것만이 될 수는 없는 일이다. 우선 그런 의미에서 한편으로는 이번 사변을 크게 평가하여 동양사가 비상히 비약한다는 일가견을 가지고 있다. 사실 나는 이번 사변에 북경·상해·남경·서주·한구 등이 연차 함락되는 보도와 접하고 또는 사진 등을 통하여 지나의 모든 봉건적 성문이 몰락되는 광경을 눈앞에 볼 때에 우리들의 시야가 시원하게 뚫리는 상이한

흥분이 내 일신을 전율케 하는 순간이 있다. 여기서 지식인이 눈앞에 보는 사실에 멎어서 부정적인 요소만을 보는 것은 한 개의 사실주의에 떨어진 근시안적 판단인 줄 안다. 다른 것은 고사하고 오직 그 봉건적인 성문들이 몰락한다는 사실 그것만을 가지고도 이번 정치에 하나의 사적인 의미를 붙여보는데 족한 것이다.─기왕 허물어질 성문이면 하루라도 속히 허물어져 버리는 것이 역사적으론 진보하는 의미다. 사실 한번 허물어진 봉건의 성문은 다시 그 모양으로 건축되는 일을 역사는 반복하지 않을 테니까…… 이때에 있어 그 성문의 허물어지는 형상이 너무 인위적이라든가 약간 부자연하다든가 하는 문제는 선두에서 지적한 바와 같이 아무리 생각하고 상심한댔자 아무 효과 없는 일인 것이다. 문제는 이미 저지른 일에 대해서 가능한한 한도 내에서 취할 장소를 취해 보는 것이다. 가령 그 허물어지는 실제의 성문의 광경 뒤에 눈에 보이지 않는 봉건적인 것이 꺼져서 풀려나가는 문화적인 사실을 간과하지 않고 이번 정치를 이해한다면 이번 정치를 추리는 동양의 역사가 한편으로 크게 발전하는 것을 이해하는 것이 단순히 무리한 해석은 아니리라. 지금까지 토지법에선 이른바 아세아적 생산이라는 태고식을 청산하지 못하고 문명정도론 봉건의 성을 넘지 못한 지나가 그 수준을 깨트리고 하나의 세계적인 수준에 나간다면 그것은 이번 정치를 통하여 동양의 소득이 의외로 크다고 할 수 있지 않을까? 또한 이번 정치에 대하여 위정자들이 동양의 평화를 건설하는 이상을 말하는데 대하여도 그 말을 제대로 신뢰하되 그 신념의 의미는 이상의 지적해온 사실 뒤의 일 또는 우연이상의 의미를 함축하는 것이라 할 것이다.

무한의 함락을 일본 제국주의의 침략적 영토확장의 차원에서 보기에는 현실이 너무 암담하다고 생각한 나머지 이를 단지 시대적 우연의 문제로 받아들여야 한다는 다소 체념 섞인 목소리에서 친일 파시즘에 협력한 지식인의 현실 타협을 읽을 수 있다. 그런데 이것은 제국주의의 침탈이 현실에서 별 저항 없이 이루어지는 것을 보면서 느끼는 절망감과는 기본적으로 다르다. 이러한 현실을 무력하게 바라만 보아야 했던 이들은 내적으로 심한 패배감과 절망감에 사로잡혀 있었지만 그렇다고 이를 받아들이지는 않았다. 거기에는 여전히 진행되고 있는 중국의 항전에 일말의 기대를 거는 이들도 있었을 것이고, 미국을 비롯한 유럽의 존재를 의식한 이들도 있었을 것이다. 그렇지 않다 하더라도 최소한 이러한 억압적 현실의 존재를 인정하지 않으려고 하는 이들도 있었을 것이다. 그런데 백철은 너무나 쉽게 이를 받아들였다.

더욱 중요한 것은 이러한 현실 타협이 결코 심정적 차원에 그치는 것이 아니고 내적 논리를 갖게 된다는 점이다. 무한의 함락을 봉건적인 것에 대한 근대적인 것의 승리로 보면서 거기에서 진보의 기미를 읽어내는 백철의 관점은 당시 친일 파시즘의 협력이 결코 외부로부터의 강요에 의해 이루어진 것이 아님을 명백하게 보여주고 있다. 그런 점에서 친일 파시즘에의 협력이란 것은 철저하게 자발적이며 또한 그것은 내적 논리를 갖추고 있다. 그렇지 않다면 위와 같은 발언이 가능할 수 없다. 그것은 철저하게 우승열패의 근대 제국주의의 논리에 함몰하는 것이다.

민족의 해방이란 것이 강 건너 간 것이라고 생각하는 순간[1] 남

---

[1] 당시 일본은 무한 함락에 조선의 주민들이 도취할까봐 주의를 요구할 정도로 승전을 기정사실화하고 있다. 다음은 무한 함락 직후 일본 당국이 조선의 주민들에게 배포한 선전문의 한 부분으로서 당시 사람들이 무한 함락을 어떻게 보고 있었는가를 잘 말해주는 자료이다. "한구나 광동이 함락하여도 지나 사변은 아직 끝나지 않는다. 뿐만 아니라 저 편도 저편을 도와주는 외국도 일본 국민이 이쯤에서 마음을 놓고 전쟁에 활기를 잃고 마음을 늦추기를 속으로 기다렸다가 그 틈을 타서 덤비려고 하고 있다. '이기고 투구끈을 졸라맨다'는 말은 참으로 이런 때에 할 말이다. 어떤 점으로 보든지 지금 여기서 우리의

는 것은 이제 어떻게 살아갈 것인가의 문제이다. 그런데 이를 수동적으로 받아들이게 되면 너무나 우울하기 때문에 이 새로운 현실에서 새로운 이상을 찾는 것으로 나아간다. 백철에게 있어서 이것은 '신이상주의'라는 이름으로 드러난다. 백철의 「이상주의의 신문학」(『동아일보』, 1939.1.15~21)은 이를 구체적으로 드러낸 글이다.

무한 함락 이후의 동북아 현실을 진보의 관점에서 해석하고자 하는 백철의 관점은 사회주의를 진보의 화신으로 여기던 이전의 세계관에서 벗어남은 물론이고 나아가 그것을 '죽은 개' 취급하는 것이다. 그럴 때만이 봉건에 대한 근대의 승리를 진보로 표현할 수 있게 된다. 이러한 내면의 변화과정을 백철은 평론으로서는 다 담아낼 수 없다고 생각하여서 소설 「전망」을 발표한다.

이 작품은 중일전쟁을 배경으로 펼쳐지는데 백철에게 있어 중일전쟁은 친일 파시즘에 협력하는 새로운 세계의 진전을 가져다준 결정적 계기였기 때문에 그러한 것이다. 그리하여 중일전쟁 이후 펼쳐지는 새로운 세계를 중심으로 이에 적응하는 인물과 그렇지 못한 인물을 극적으로 대비시킨다. 작가의 분신이라 할 수 있는 화자는 과거 사회주의의 세계관에서 벗어나 이 새로운 세계의 현실에 적응하는 인물로 그려져 있는 반면, 김형오라는 같은 고향에 사는 친구는 이 전쟁을 바라다보면서 절망하고 끝내 자살하는 것으로 설정한다. 김형오는 현실에 적응하지 못하고 죽는 반면 화자인 작가는 그렇지 않은 것을 설명하기 위하여 그를 영

마음을 늦추어서 이때까지의 전승의 결과를 헛되이 하는 실패에 빠져서는 안 된다."(조선총독부, 「한구 공략과 지금으로부터의 각오」, 1938.10)

웅주의와 자기애적 폐쇄적인 인물로 만들어 놓고 있다. 같은 조건에 놓여 있으면서도 김형오는 성격적 결함으로 인하여 결국 자살하고 말고 자신은 한 차례 열병을 겪고 난 다음 세상에 복귀할 정도로 탄력성이 있는 인물이기에 새로운 세계에 진입할 수 있다는 식이다. 이러한 자기 합리화는 새로운 세대와의 만남으로 이어진다. 열두 살 난 영철과의 만남에서 지난 시절과는 다른 세계를 접하는데 그것은 추상적 이상의 세계가 아닌 구체적으로 증명 가능한 세계에 대한 신뢰이다. 영철이 과학 탐구를 좋아하는 것으로 설정하고 이를 증명 가능한 세계라고 이름 붙이는 데서 명징하게 드러나고 있는 것처럼 백철은 현실을 그 자체로 받아들이는 태도를 견지하고 이것만이 인간을 허망함과 추상에서 구해줄 수 있는 것처럼 그려 놓고 있다.

이상에서 보는 것처럼 백철의 친일 파시즘에의 협력은 외부의 강요도 생계 유지의 방편도 아닌 현실 수리론에 입각한 철저하게 자발적인 것이다. 또한 거기에는 봉건의 성문을 파괴하고 근대를 구축하는 과정으로서의 세계사의 전개를 수용하는 내적 논리가 놓여 있는 것이다. 동양이라고 하는 것에 주목한다면 일본의 중국 침략을 설명할 수 없는 것이기에 봉건에 대한 근대의 승리라고 설명한다. 그런 점에서 그는 근대화론에 편입하게 되는 것이며 그 폭력으로부터 자유롭지 못한 것이다.

이러한 인식은 비단 백철에게만 드러나는 것이 아니다. 이 시기에 들어 친일 파시즘에 협력하게 되는 이광수를 비롯한 많은 문학인들에게서 공통적으로 확인할 수 있는 것이다. 단지 거기에 이르는 과정이 개별 작가에 따라 약간의 차이가 있을 뿐이다.

3. '동양'의 부상으로서의 신체제론—변형된 근대화론의 함정

　일제 말 파시즘을 떠올리면 생각나는 단어 중의 하나가 신체
제론이다. 그렇기 때문에 이에 대한 정확한 이해 없이 막연하게
당시 시대를 상징하는 어휘 중의 하나로만 기억하고 있다. 하지
만 신체제론이란 것은 일제 말 파시즘의 전체를 통용할 수 있는
것도 아니고 일정한 시기에 들어서면서 만들어진 개념이다.

　신체제론이라고 불리기 시작한 것은 1940년 10월 이후이다.[2]
신체제는 구체제에 대비되어 새로운 체제를 말하는 것이다. 그
러면 무엇이 구체제이고 무엇이 신체제인가? 구체제라는 것은
유럽이 중심이 되어 아시아를 비롯한 비서구가 유럽의 대상으로
되었던 체제라면 신체제라는 것은 과거의 이러한 방식이 더 이
상 통용되지 않는 다시 말하여 동아시아가 동양의 이름으로 떠
오르면서 유럽적 가치에 의해서 일방적으로 규정당하지 않는 시
대를 일컫는 것이다. 서구의 동점 이후 형성된 불구적 체제를 극
복하고 동양이 이제 스스로 자기 목소리를 내면서 더 이상 서양
의 노예가 되지 않는 것을 말하는 것이다.

　그러면 왜 이 신체제가 1940년 10월 이후에 이르러 이렇게 세
상을 떠들썩하게 만들었는가? 일본의 동원 체제의 국가 기구였

---

2) 신체제란 말이 공식적으로 사용되기 시작한 것은 1940년 10월 16일 조선 총
　독 미나미 지로가 행한 임시 도지사 회의에서의 연설에서이다. 미나미 지로의
　훈시와 그 의미에 대해서는 조선총독부 발행의 『半島ノ國民總力運動』(조선
　총독부, 1941), 67~72면 참조

던 국민정신총동원을 국민총력조선연맹으로 이름을 바꾸면서까지 했던 이유는 무엇인가? 하나는 중국의 '신국민정부' 즉 왕정위의 신남경 정부의 수립이고 다른 하나는 파리의 함락이다.

왕정위 정부란 1940년 3월 남경에 세워진 친일 정권을 일컫는다. 일본은 이를 중화민국의 정식 정부로 승인하고 특명전권대사를 보내서 일본과 중국의 평화를 여는 계기로 홍보하고자 하였다. 그 동안 일본 정부는 동양의 단결과 평화를 이야기하면서도 중국을 침략하였기 때문에 스스로 명분을 얻지 못하였다. 그러던 차에 왕정위의 정부가 수립되자 이제 중국인도 스스로 일본 주도의 동양 건설에 참가한 것으로 선전할 수 있게 되었던 것이다. 잘 알려져 있는 것처럼 왕정위는 장개석과 더불어 손문의 핵심 참모로서 북벌에 참가한 인물이다. 중일전쟁 이후 처음에는 장개석과 더불어 반일을 하다가 무한과 광동 함락 이후 중경으로 쫓겨간 후에 주전론을 외치던 장개석과 달리 화평론을 주장하였다. 그러다가 이견이 좁혀지지 않자 베트남으로 탈출하였고 이후 남경에 와서 '신국민정부'를 세우게 된다. 일본측에서는 왕정위의 친일 정권 수립을 호기로 삼아 일본 조선 중국 삼국의 대통합을 이룩하게 되었다고 선전하였다.

당시 조선의 문학인들을 비롯한 지식인들에게 왕정위의 '신국민정부' 수립은 적지 않은 충격을 주었던 것으로 보인다. 중국 정부가 무한과 광동에서 패배하여 중경으로 쫓겨간 이후에도 한 가닥 희망을 가지고 있었는데 이제 중경에서 왕정위가 탈출하여 나와 새로운 정부를 수립하는 단계에 이르자 여간 놀라워했던 것이 아니다. 중일전쟁이 일어난 직후 특히 무한과 광동이 함락된 직후의 그것과는 비교가 되지 않을 정도로 충격이 컸던 것이다. 중국인 스스로 이렇게 자발적으로 일본 중심의 동양 사회에 편입되는 것을 보고 이제 명실공히 일본 중심의 동양 건설이란 것을 받아들이기 시작하였다. 이제 민족의 해방이 물 건너 간 정도가 아니고 동양이란 것이 구체적으로 현현되는 순간처럼 보였던 것이다. 당시 이러한 충격이 얼마나 컸던가 하는 것을 잘 보여주는 것으로 박태원의 「아세아의 여명」(『조광』 1941.2)을 들 수 있다. 박태원은 왕정위의 탈출 과정을 상세하게 기록하면서 이를 아시아의 여명이라고 표현하였다. 그가 이를 아시아의 여명이라고 보았던 데에는 이제 중국마저도 일본 중심의 동양 건설에 참여하였고 그 동안 서구에 매달리던 중국이 일본으로 돌아섰기 때문에 이제 완연히 동양 혹은 아시아의 독자적 진로가 마련되었다고 보았기 때문이다.

동양의 이러한 부상은 결코 그 자체로만 이루어진 것이 아니다. 그것은 구 서양의 몰락과 맞물렸기 때문에 실체를 더한 것처럼 느껴졌다. 구 서양의 몰락은 파리의 함락이다. 1940년 6월 독일에 의해 파리가 함락되자 그 동안 인민전선 등의 형태로 그나마 유지되어 오던 불안한 구석이 현실로 드러났다. 서구 문학의 전통 속에서 파시즘과 맞서 싸울 수 있는 원천이 있다고 믿었던 많은 문학인들에게 파리의 함락이란 바로 구 서양의 몰락으로 비추어졌던 것이다. 최재서가 이를 계기로 하여 친일 파시즘에의 협력을 하게 된 것도 그런 점에서 우연이 아니다. 최재서처럼 서양의 교양에 젖줄을 대고 있던 이들에게 파리의 함락이란 것은 더욱 크게 다가올 수밖에 없었던 것이다. 독일과 이태리는 일본과 더불어 그 해 9월에 삼국동맹을 맺으면서 새로운 세계체제를 구상하기에 이른다.

무한 삼진의 함락으로 인한 '동양협동체'의 부상과 파리 함락으로 인한 '구서양'의 몰락'이란 정세의 전개로 말미암아 많은 조선의 지식인들이 신체제가 실제로 가능한 것이라고 믿게 되었다. 신체제론이 나온 직후 이루어진 '문예보국강연대'의 일원으로 참가하였던 최재서가 서북 지방에서 한 연설인 '신체제와 문학'은 이 시기에 이르러 식민주의적 파시즘에 협력한 문학인들의 내면을 아주 잘 보여준다.

올해 6월 17일 프랑스가 히틀러 총통의 전격전을 당해 급기야 파리를 넘겨주고 나치스 독일이 여러 해 동안 품어왔던 구라파 신질서의 건설을 표면적으로 내세웠을 무렵부터 우리들 사이에서는 동아공영권의 확립이라는 말이 들리기 시작했던 것입니다. 그리고 지금까지는 국민대중에게는 비교적 인연이 먼 것으로 생각되었던 프랑스 네덜란드 등의 나라들이 갑자기 각광을 받으며 우리 앞에 나타난 것입니다. 이런 와중에 지난 9월 27일 일본 독일 이탈리아의 동맹이 체결되고 일본은 세계에 뜻을 같이하는 독일이나 이탈리아와 함께 세계의 새 질서를 건설한다는 확고한 신념이 국민 전반에 미치게 되었던 것입니다. (…중략…—인용자) 프랑스 혁명 이래 150년에 걸쳐 세계를 지배해온 구질서는 완전히 역사적 사명을 다하고 지금은 오히려 인류의 발달을 저해하는 질곡으로 되었습니다. 이 질곡을 타파하고 인류를 새로운 질 속에 해방하지 않으면 안됩니다. 이 역사적인 대사업을 담당하는 나라가 어디일까요? 그것은 신흥국가 즉 구라파에 있어서는 독일과 이탈리아이며 동양에 있어서는 일본입니다. 특히 동양은 오랜 동안 구미제국의 제국주의에 지배되어 무척이나 발달을 저해받아 왔습니다. 그들 제 민족을 해방하고 진정으로 자주적인 동양을 건설해 나가지 않으면 안됩니다. 그리고 그것을 제대로 수행할 수 있는 것은 우리 일본입니다.[3]

왕정위 정부의 수립으로 상징되는 동양의 부상과 파리 함락으로 상징되는 서양의 몰락은 상승작용을 하면서 구체제와 신체제로 대비되었다. 봉건에 대한 근대의 승리로서 중일전쟁을 보던 백철의 근대화론의 시각과 프랑스 혁명 이후의 근대질서를 구체제라고 부르고 이를 넘어선 새로운 체제를 구상하는 최재서의 시각 사이에는 엄연한 차이가 존재하는 것이다. 서양 중심의 세계사가 아닌 새로운 세계사를 서술하는 것이 가능할 것처럼 보였기에 근대의 극복이란 구호가 어렵지 않게 자리를 잡게 되었다.

실제로 이러한 흐름 속에서 근대 극복의 문제를 들고 나온 작가들이 한 둘이 아니었다. 채만식은 서구 근대의 개인주의를 극복하는 차원에서 '멸사봉공'을 외치면서 이를 근대 극복의 새로운 경지로 보았고, 서정주는 서양의 정신세계에서 탈출하여 동양의 정신을 찾으려고 노력하였으며 이것이야말로 그 동안 서양이 보여주었던 한계를 넘어서는 근대 극복의 장이라고 판단하였던 것이다. 이 외에도 이 시기에 들어 많은 조선의 문학가들은 자기식으로 근대 극복의 도정에 나서고 있다는 자부심과 긍지를 강하게 가지고 있었던 것이다. 중일전쟁 이후 일제 파시즘에 협력하였던 작가들은 이러한 사태를 아주 어정쩡하게 받아들일 수밖에 없었던 반면 그 동안 긴가민가하여 조심스럽게 처신하였던 작가들의 경우에는 서슴지 않고 자신의 논지를 펼쳤다.

당시 이러한 내면의 변화를 아주 잘 보여준 작품이 이석훈의 「고요한 폭풍」(일본어로 발표되었는데 원제는 「靜かな 嵐」이다)이다.

---

3) 최재서, 「新體制と 文學」, 『전환기의 조선문학』, 인문사, 1943, 28~29면.

이 작품은 3부의 연작으로 구성되어 있는데 각각 발표 시점이 다르다. 1부는 『국민문학』 1941년 11월호에, 2부는 『국민문학』 1942년 6월호에, 3부는 『녹기』 1942년 11월호에 각각 발표되었다. 1부에서는 1940년 12월에 열린 작가들의 '문예보국강연대' 준비를 다룬 것이고 2부는 함경도 방면으로 떠난 제4반의 문학가들이 현지에서 겪는 일이고 3부는 태평양전쟁이 일어난 이후 과거에 주인공의 이러한 시국 강연을 비난하였던 이들이 자신의 잘못을 뉘우치고 화해하는 것이다.

흥미로운 것은 이 작품의 출발이 1940년 12월에 있었던 작가들의 전국 순회 시국강연을 다룬 것이라는 점이다. 신체제론이 공표되기 직전인 1940년 10월 12일 38명의 문학인들이 일본 장교의 안내로 양주에 있는 지원병 훈련소에 일일 입소를 하였다.4) 물론 신체제론이 공표된 것은 그 달 16일지만 이미 이에 대한 논의가 신문 지상으로 보도되었기 때문에 이것도 관련이 있는 것으로 보아야 할 것이다. 대규모의 작가들이 참여한 이 행사는 그 이전에 이루어진 중국 전선 방문 같은 것과는 비교가 되지 않을 정도로 대대적인 것이다. 그렇지만 이것은 작가들의 시국 강연 즉 '문예보국강연대'의 활동과는 비교가 되지 않는다. 이 강연활동은 신체제 공표 직후에 이루어진 것이라는 점 이외에 작가들의 본령인 사상적 강연이라는 점에서 그러하기 때문에

---

4) 『매일신보』에서는 당일 「신체제와 문인의 사명」이란 사설을 내보냈고 잡지 『삼천리』는 여기에 참가하였던 이들의 소감을 받아 그 해 12월호에 내보내기도 하였다. 홍효민은 『매일신보』 1945년 10월 15일부터 25일까지 9회에 걸쳐 보고문(「감격의 일일―육군지원병 훈련소를 보고」)을 발표하였다.

시국에 대한 당시 작가들의 자세를 잘 보여주는 것이라 할 수 있다. 11월에 논의를 거쳐 12월에 이루어진 이 전국 순회 강연은 전체 4개의 반으로 나누어져 각 반마다 3~5명 정도가 참여하였다.5) 이석훈 역시 제4반인 함경선반에 참여하여 순회강연을 하였기에 「고요한 폭풍」은 이를 바탕으로 쓰여진 것이다.

이 작품에서 흥미로운 것은 작가들의 순회 강연을 비난하던 사람들이 결국 자신의 행동을 뉘우치고 화해하게 되는데 그 계기가 태평양전쟁의 발발과 징병 발표라는 점이다. 이미 신체제론이 등장하였을 때 그것을 서양의 몰락과 동양의 부상을 통한 근대의 극복이라고 믿었던 많은 작가들이 이를 받아들였다. 그런데 이 시기에도 이러한 것을 신뢰하지 않고 여전히 망설이던 사람들이 태평양전쟁이 일어나는 것을 보면서 동양과 서양의 대립을 실감하게 되고 신체제론을 받아들인다는 설정이다. 시기의 차이는 있고 그 계기는 다르지만 결국 연속되는 것은 서양의 몰락과 동양의 부상이라는 현실이다. 그런 점에서 신체제론 이후 일제 파시즘에 협력하였던 조선의 작가들에게는 근대의 극복이란 것이 핵심임을 알 수 있다.

그런데 이 근대의 극복이란 것이 그 동안 지속되었던 유럽 중심주의에 대한 반발임에는 분명하지만 그것의 진정한 극복이라

---

5) 제1반인 경부선반에는 김동환·유진오·박영희 등이 참여하였고, 제2반인 호남선반에는 정인섭·이헌구 등이 참여하였고, 제3반인 경의선반에는 백철·최재서 등이 참여하였고, 제4반인 함경선반에는 이석훈·함대훈 등이 참여하였다. 제1반의 소식은 김동환이 『매일신보』 1940년 11월 13일자에, 제2반의 소식은 정인섭과 이헌구가 14일자와 16일자에, 제4반 소식은 함대훈이 17일자에 썼다.

기보다는 또 다른 중심주의 즉 전도된 오리엔탈리즘으로서의 동양주의에 지나지 않는다는 것이다. 그런 점에서 그것은 국가주의로서의 변형된 근대화론에 불과할 뿐이다. 서구의 근대를 따라잡기 위해 벌인 추격전에 지나지 않는다.

4. 친일문학과 근대화론에의 포섭

친일 파시즘문학은 결국 근대를 넘어서지 못하였다. 근대 자체에 대한 추종이든 근대 극복을 주관적으로 지향했던 관계없이 종국에는 근대 속에 포섭되었던 것이다. 이것이 친일 파시즘문학의 비극이었다. 특히 근대를 추종하였던 사람들보다는 근대를 극복한다고 믿었던 이들에게는 더욱 그러한 것이다. 이 점은 근대를 극복한다는 것이 얼마나 어려운 일이며 또한 얼마나 신중하게 접근해야 하는 일인가 하는 점을 새삼 일깨워주는 것이기도 하다.

그런데 일제하 한국 근대문학이 모두 친일 파시즘문학으로 귀결된 것이 아닌 데서 잘 드러나는 것처럼 한국문학이 모두 근대화론의 감옥에 가두어졌던 것은 아니다. 친일 파시즘문학에 가담하지 않았던 문학인들은 그런 점에서 일단 근대화론의 함정에서 벗어난 이들이라고 할 수 있다. 물론 개중에는 내면적으로 근대에 대한 강한 반성과 저항이 준비된 경우와 그렇지 않은 경우가 공존하였다. 일제 파시즘에 협력하지 않았다고 해서 필연적으로 근대화론에서 벗어났다고 말할 수 있는 것은 아니다.

친일 파시즘문학은 한국문학의 근대성을 논의할 때 그 시금석이 될 정도로 중요하다. 친일 파시즘문학은 그냥 우연히 일어난 하나의 에피소드나 해프닝이 아니다. 그것은 한국 근대문학의 중간 결산일 정도로 그 이전부터 진행되어 오던 근대문학의 연장선상에 놓여 있는 것이다. 그런 점에서 친일 파시즘문학의 근대화론에의 포섭 문제는 한국 근대문학의 근대성 일반 논의로 이어질 때 더욱 넓고 깊은 역사적 전망을 얻을 수 있는 것이다.

제4장

채만식 – '멸사봉공'을 통한 근대 초극

1. 자발성과 내적 논리

자발성을 띤 경우에만 친일문학이라고 할 수 있고 거기에는 항상 내적 논리가 있다는 필자의 견해는 이전의 친일문학 연구자의 그것과 다른 핵심적인 대목이라 할 수 있다. 흔히 친일문학을 이야기하면서 친일을 단순히 자신의 재산과 지위를 얻고 유지하기 위하여 행한 것으로 보거나 혹은 외부의 압력에 굴하여 지조를 꺾는 것 정도로 간주하기 쉬운데, 이러한 틀로는 친일문학을 제대로 해명할 수 없다는 것이 필자의 오래된 생각이다.

이러한 것은 비단 문학의 경우에만 한정되는 것이 아니고 그 이외의 분야에 걸쳐 공통적으로 적용될 수 있는 것임을 잘 보여주는 경우로 윤치호를 들 수 있다. 해방 직후에 나온『친일파 군상』에서 식민주의에 협력한 윤치호를 "친일과 전쟁 협력이 옳지 않음을 알면서도 자기의 재산 또는 지위의 보전, 신변의 안전 등을 위하여" 친일 행위를 했다고 적고 있는데, 이는 윤치호가 쓴 일기를 읽어보면 사실과 매우 다르다는 것을 금방 알 수 있다. 윤치호는 단순히 자신의 재산이나 지위를 유지하기 위하여, 그리고 신변의 안전을 위하여 일제의 식민주의에 협력하는 것이 잘못된 것임을 알면서도 친일을 한 것은 아니다. 그는 자신이 읽어내는 세계사의 흐름 위에서 가장 객관적인 관찰자라 생각하고 그러한 선택을 하였던 것이다.

　3·1운동이 일어났을 때 윤치호는『경성일보』지면에 이를 반대하는 견해를 피력한 바 있는데, 당시는 물론이고 후세의 많은 이들도 그가 일제 당국의 협박으로 인해 이러한 글을 썼을 것이라고 생각하였다. 독립협회를 주도하였고 신민회에 참가하여 투옥되기도 했던 그였기에 이렇게 생각할 수 있는 것이다. 하지만 당시에 씌어진 윤치호의 일기를 보면, 그가 얼마나 진지하게 자기 식으로 조선의 문제를 국제적 현실 속에서 파악하였으며 또한 이것이 전적으로 자발적으로 이루어진 일임을 짐작할 수 있다. 조선 문제가 파리강화회의에 상정되지 않을 것이라는 점, 그리고 미국이나 유럽의 어떤 나라도 조선 독립을 위해 일본과 싸우는 모험을 감행하지 않을 것이라는 점[1]을 근거로 3·1운동을 반대하며 이에 참여하지 않겠다고 확신하였던 것이다. 이런 조

---

1) 김상태 편역,『윤치호 일기』, 역사비평사, 2001, 83면.

俳句朗詠　斎藤　勇　山本　孚江
文學の新發足　張　文環
民詩朗讀　新垣　宏一　長崎　浩
チと赤戰爭である　西川　満
文學者大會眞書朗讀　川合　三良
文學者大會の成果　浦田　良
揷　會員　矢野　禾橋

일제가 영·미와의 대립을 강조하면서 대동아를 선전하자 이에 호응하여 일본문학보국회를 중심으로 대동아문학자대회가 열렸다. 1942년의 1회를 시작으로 3회까지 열렸다. 1회와 2회는 일본에서, 3회는 중국에서 열렸다. 1회 대회 때부터 조선의 문학인들이 참가하였다. 여기에는 조선과 대만과 같은 공식적 식민지 출신의 문학인뿐만 아니라 만주, 중국, 화북 지역 등 비공식적 식민지 출신의 문학인들도 참가하였다. 사진에는 대만 출신 문인 장문환의 이름과 강연 제목이 적힌 현수막이 보인다. 이광수를 비롯하여 조선의 문학인들은 이 자리에서 대만의 문학인들과 조우하였다. 당시 '만주국' 작가들이 일본으로 가기 위해 들렀던 조선에서 조선인 작가들과 대담회도 가진 바 있다. 아시아 작가들의 공식적 대규모 첫 모임이 일제 식민주의에 의해 강요되었다는 사실은 이후 아시아 작가들 사이의 소통을 어렵게 만든 원인으로 작용하였다.

건 속에서 약자가 할 수 있는 것은 강자의 호감을 사는 것이라
고 판단하고 이를 맹신하였다. 이후에 전개된 사태를 보면 윤치
호의 이러한 예측은 부분적으로 엄연한 사실로 드러났다. 국내
외 조선의 독립세력이 그렇게 희망하였던 파리강화회의에서의
조선 문제 논의는 제대로 이루어지지 않았고, 워싱턴회의에서도
미국은 더 이상 일본의 식민지에 대해 거론하지 않았다. 3·1운
동을 비롯한 당시의 독립운동에 참여한 국내외의 인사들이 파리
강화회의와 워싱턴회의에 강한 기대를 가졌던 것을 생각하면,
윤치호의 이러한 판단은 나름대로 힘이 판을 치는 냉엄한 국제
적 현실을 고려한 것임에 틀림없다. 물론 신채호나 염상섭 등의
국내외 다른 부류의 지식인들은 이를 국제관계의 냉엄성을 인식
하면서 새로운 길을 모색하는 계기로 삼았다. 그렇지 않은 문학
인인 이광수에게 윤치호야말로 지적 거인이 되는 것이다. 3·1
운동을 전후하여 동경에서 상해로 가 임정의 일각에서 일하였던
이광수가 파리강화회의와 워싱턴회의를 지켜보고 난 다음 독립
운동을 포기하고 국내로 들어와 민족개조론을 설파한 것을 보면
이러한 사정을 어렵지 않게 짐작할 수 있다. 아마 이광수는 자신
이 그 동안 현실을 객관적으로 보는 눈을 가지지 못하였음을 탓
하는 것과 동시에 윤치호와 같은 이들이 얼마나 세상을 제대로
읽어내는가에 대해 탄복하면서 가슴속에서 우러나는 방향 전환
을 하였을 것이다. 1927년 2월 『동광』에 쓴 「규모의 인 윤치호
씨」를 보면 이러한 변화를 아주 분명하게 확인할 수 있다. 상해
에서 3·1독립운동의 소식을 기다리고 있을 때 이광수는 독립선
언서에 서명한 사람 중에 윤치호가 당연히 들어 있을 것이라고

상상했는데 그가 들어 있지 않을 뿐 아니라 오히려 반대하고 있다는 것을 전해 듣고 극구 비난하였다. 그러다가 워싱턴회의에서 조선 문제가 거론조차 되지 않는 것을 보고 귀국한 이후에는 윤치호에 대한 존경심을 갖게 되었으며, 이때의 심정을 "씨에게 대하여 알려 하는 일종의 호기심을 가지고 귀국 이래로 씨의 사상과 인격을 알아보려 하였다"2)라고 적고 있을 정도이다.

중일전쟁 이후 친일 파시즘의 길에 적극적으로 나섰던 시기에도 윤치호는 이러한 확신을 견지하였다. 이 시기의 일기에서도 여전히 국제적 흐름 속에서 한반도의 정세를 파악하였고, 이것에 따라 움직이는 윤치호의 내면 논리를 읽을 수 있다. 윤치호는 단순히 자신의 지위나 재산을 유지하기 위하여 혹은 외부로부터의 강요에 의한 변절에 의해서 친일 파시즘의 길을 걸은 것이 아니라 내부로부터의 자신의 객관적 판단에 따라 친일 협력을 하였던 것이다.

문학 분야의 경우 글이 남아 있기 때문에 친일 협력의 내적 논리를 재구성하는 것이 다른 분야에 비해 상대적으로 수월하지만, 그 글의 성격이 윤치호의 일기와 같이 내밀한 것이 아니기 때문에 직선적으로 접근할 수 없다. 문학의 이러한 특수성을 충분히 고려하면서 다가갈 때 다른 분야에서는 좀체 엄두를 내기 어려운 가능성을 확인할 수 있으며, 이는 타 분야의 연구, 특히 한국 근대의 지성사와 사상사의 재구성에 결정적인 역할을 할 수도 있을 것이다.

---

2) 『이광수 전집』 8, 삼중당, 1971, 497면.

2. 채만식 문학의 친일 파시즘화와 그 계기

채만식이 언제 어떤 계기에 의해 친일 파시즘에 경사되었는가를 설명하기 위해서는 친일 파시즘을 옹호하는 그의 처음 글이 무엇인가를 파악하고 이를 주의 깊게 따져보아야 한다. 중일전쟁 이후 많은 문학인들이 집단적으로 친일 파시즘의 길에 들어서는 1938년 말과 1939년 초 무렵에 씌어진 채만식의 글 어디에도 그러한 기미를 엿볼 수 없다. 1938년 10월 동방의 마드리드라고 불렸던 무한 삼진이 일본군에 함락되자 많은 문학가들이 이 새롭게 전개되는 현실을 그 자체로 수긍하고 이를 새로운 지적 틀로 해석을 가하기 시작할 때, 채만식은 이에 동참하지 않았다. 그러한 채만식이 1940년 중반에 들어서면서 친일 파시즘의 경향을 뚜렷하게 보여주는 글을 발표하기 시작하였는데 「나의 '꽃과 병정'」이 그 신호탄이다. 1940년 7월 『인문평론』에 발표된 이 글은 다소 낯설고 엉뚱한 제목으로 하여 채만식 연구자들이 그냥 지나쳐 왔지만 그의 사상적 전환을 이해하기 위해서는 이 글에 대한 구체적 천착이 필요하다.

1937년 7월에 시작된 중일전쟁의 3주년을 맞이하는 시점에서 나온 이 글은 신남경정부라고 일컬어졌던 왕정위 정부의 수립과 떼놓을 수 없다. 일본의 무한 함락으로 인해 장개석 국민당 정부는 중경으로 수도를 옮겼지만 그 내부는 일본과의 전쟁을 계속해야 한다는 쪽과 일본과 강화해야 한다는 쪽으로 나누어지기 시작하였다. 왕정위는 일본과의 강화를 주장하면서 중경을 탈출하여 남경에 새로운 정부를 수립하였고, 이것을 가리켜 왕정위 정부, 즉 신남경정부라 불렀다. 한때 손문의 핵심 참모로서 활동하면서 장개석과 더불어 양 날개를 이루기도 했는데 일본의 아시아 패권 장악을 둘러싼 현실 앞에서 나누어졌던 것이다. 신남경정부의 수립이 바로 1940년 3월에 이루어졌는데, 이 사건을 보면서 채만식은 현실을 긍정하는 수밖에 없다고 판단한 듯하다. 무한 삼진의 함락을 수긍하는 당시의 문학인들과 거리를 두었던 그로서도 이제는 더 이상 변화하는 안전의 이 현실에 눈을 감아서는 안 된다고 생각했던 것 같다. 중국의 왕정위가 일본에 투항하고 협조하는 현실 앞에서는 달리 판단을 할 수 없었던 것으로 보인다. 무한 삼진의 함락이 일본이 무력으로 중국을 공략하고 피해 당사자인 중국 국민당 정부가 이에 대해 저항한 것이라면, 신남경정부 수립은 바로 그 국민당의 핵심 인물이 일본 중심의 새로운 동북아 질서를 기꺼이 받아들이려고 한다는 점에서 분명 다르게 판단하였던 것으로 보인다.

물론 이 사건에 대한 이러한 태도 변화는 비단 채만식에게만 국한된 것은 아니다. 이 사건을 계기로 하여 이전까지만 해도 전혀 친일 파시즘에 동요하지 않던 문학인들이 서서히 친일 파시즘의 새로운 현실을 받아들이기 시작했는데, 그 대표적인 인물이 박태원이다. 박태원은 이 충격을 「아시아의 여명」이란 작품을 통해서 드러내고 있다. 왕정위의 중경 탈출과 신남경정부 수립을 아시아의 새로운 여명으로 상징하여 그리고 있는 이 작품 역시 박태원이 친일 파시즘의 길을 걷는 첫 작품이다. 그 외에도 많은 문학가들이 이를 계기로 하여 같은 길을 걸을3) 만큼 이 사건은 큰 의미로 다가왔던 것이다.

당시에 채만식이 이 사건을 어떻게 받아들이고 있으며 또한 그것이 얼마나 큰 충격을 주었는가 하는 점은 다음 인용문에서 확연하게 느낄 수 있다.

> 사변도 이제는 왕정위 씨를 수반으로 한 신국민정부가 탄생이 됨으로써 제3기에로 들어가, 소기턴 이상과 더불어 그 효과도 한 걸음 현현이 되어오고 있는 터이다. 즉 대일본제국을 맹주로 한 신흥 만주국과 신생 중화민국이 같이서 일체가 되어 경제적으로 동일 블록을 결성하여 상부상조 대외적으로는 구미의 착취와 침노를 물리치고 사상적으로는 방공 배적(排赤)으로써 공존 공영의 우의적 연계 아래 새로운 질서가 동아 천지에 확립이 될 날이 바야흐로 멀지 않은 것이다.4)

조선과 대만의 식민지를 가지고 있는 일본제국이 만주사변 후 만들어진 일본 괴뢰국 만주국과 이제 막 만들어진 왕정위를 수반으로 하는 신생 중화민국 즉 신남경정부를 포괄하는 블록을 형성함으로써 새로운 동아시아 질서를 수립할 수 있다는 확신에 찬 기대감을 표시하고 있는 것이다. 그 동안 국민당을 위시한 중국이 일본에 저항하고 있었기 때문에 사실 일본을 맹주로 한 새로운 동아 질서라는 것이 앞으로 어떻게 전개될지 막연하고 또 그러한 방향으로 나아간다는 것도 보장되지 않은 상태였지만, 이제는 확실한 것이기 때문에 이러한 현실의 재편을 두고 애써

---

3) 친일 파시즘문학의 두 계기로서 첫째는 1938년 말의 무한 삼진의 함락을 들 수 있고, 둘째는 1940년 중반을 전후하여 벌어진 중국에서의 왕정위 정부의 수립과 파리 함락을 들 수 있다.
4) 『인문평론』, 1940년 7월호.

눈을 감는다는 것은 스스로 관념론자가 되는 것이라고 채만식은 생각하였던 것으로 보인다. 지식인이 현실에 기반을 두지 못하고 관념에 가두어질 때, 그것은 맹목이라고 보았기 때문에 스스로 인식의 전환을 해야 하는 것이 지식인의 책무라고 채만식은 판단하였다. 현실과 동떨어진 관념의 포로가 되는 것을 내심 두려워하였던 것으로 보인다.

채만식의 이러한 현실 판단에 기반한 인식의 변화가 단순한 정치적 판단에 머무는 것이 아니고 자신의 문학적 세계에까지도 파급되는 그러한 성격임을 이 글은 또한 잘 보여주고 있다. 이 글의 마지막에서 채만식은 "「나의 '백일홍과 병정'」을 테마하여 한 편의 소설도 엮어보고 싶은 생각이 간절하다"라고 했는데, 이 대목은 설명이 필요하다. '백일홍과 병정'이라고 따옴표를 붙인 것은 얼핏 보아 강조하는 것 정도로 생각하기 쉬운데 그 이상의 맥락을 갖고 있다. 당시 조선의 문학계와 지식인 사회에서 아주 널리 읽혀진 책이 바로 히노 아시헤이[火野葦平]의 『보리와 병정』이다. 젊었을 때 일본 프로문학에 심취하였다가 중일전쟁을 계기로 천황제 파시즘에 급속하게 기울어 일본 전향문학의 한 표본이 되었던 히노 아시헤이[5]가 중일 전쟁터인 소주전선에 나가 보고 겪은 것을 1938년에 발표한 것이 바로 이 작품이다.[6] 당시 조선총독부에서는 20년간 조선총독부 경무국 도서과에서 검열을 맡고 있던, 조선어를 귀신같이 하는 것으로 악명이 높았

---

5) 飛鳥井雅道, 『日本プロレタリア文學史論』, 八木書店, 1982, 187~203면.
6) 히노 아시헤이는 『보리와 병정』 이후에 『땅과 병사』(1938), 『꽃과 병사』(1939) 삼부작을 내놓은 바 있다.

던 총독부 경무국 소속의 통역관 니시무라 신타로[西村眞太郎]로 하여금 번역을 하게 하여 1939년 7월에 단행본으로 내놓았다. 이 책은 당시 친일 파시즘문학의 길을 걷기 시작하였던 문학인들에게는 새로운 전쟁문학의 모범으로 칭송을 받았다.[7] 채만식이 '백일홍과 병정'을 써보고 싶다고 했던 것은 바로 이 책을 염두에 두고 한 말이다. 결국 이 글의 제목이 「나의 '꽃과 병정'」이라고 되어 있는 것도 바로 이러한 맥락을 파악하고 있을 때만이 그 의미가 제대로 드러난다. 이러한 콘텍스트를 고려하지 않고 텍스트에만 집착할 때 그 의미는 드러나지 않는다.

채만식은 동북아에서 전개되고 있는 새로운 국제적 현실을 보면서 나름대로 가야 할 길을 선택한 것이고, 이는 외면적 정세 파악을 넘어서 내면화되어 작품화의 충동에까지 미치고 있는 정도임을 알 수 있다.

3. '멸사봉공'의 이데올로기

남경의 신정부 수립을 계기로 한 동북아시아의 새로운 질서에의 수용이 세계적 규모에서의 새로운 체제의 창출과 또한 새로

---

7) 박영희는 「보리와 병정—명저 명역의 독후감」(『매일신보』, 1939년 7월 25~26일)에서, 백철은 「이상주의의 신문학」(『동아일보』, 1939년 1월 15~21일)에서 각각 이 책을 고평하였다.

운 인간관의 수립으로 연결되고 있음을 파악하는 것은, 이 시기 채만식 문학의 전모를 헤아리는 데 결정적 중요성을 갖고 있다. 신남경정부가 수립될 무렵에 유럽에서는 파리가 함락당하면서 인민전선이 완전히 궤멸되었고 독일의 파시즘이 유럽을 장악하는 형국이 벌어졌다. 근대 자유주의가 종언을 고하고 파시즘이 진군하는 이 상황과 동북아시아에 새로운 질서가 정착되는 과정이 맞물려 진행되었기 때문에, 동북아시아의 이러한 흐름은 금방 세계사적 차원으로 해석될 소지를 내적으로 안고 있었다. 채만식은 이러한 역사적 해석을 과감하게 시도하면서 자신의 새로운 진로, 즉 신체제에의 희망을 드러내고 있다.

1941년 잡지 『삼천리』에 발표한 「문학과 전체주의」는 이러한 맥락에서 읽을 수 있는 글이다. 일본의 한 방적회사가 그동안 비밀로 하였던 자신들의 기술을 사익의 차원이 아닌 국민 전체의 차원에서 공개하기로 하였다는 신문 보도를 보고 난 다음 적은 이 글에서, 채만식은 동북아시아의 새로운 질서가 단지 이 지역만의 문제가 아닌 세계사적 문제임을 강조하고 있다. 이 조그마한 기사가 일본군이 프랑스 지배하에 있던 지역에 진주하는 뉴스 못지 않게 큰 충격을 준 것이라고 말하는 대목에서, 그가 내면적으로 얼마나 이 새로운 근대를 넘어서는 과정으로서의 신체제에 대한 열망이 강했는가를 확인할 수 있다. 채만식은 이제 신체제에 들어서면서 과거 유럽에서 배태된 자유주의와 자본주의는 서서히 종언을 고하고 이를 대신해서 전체주의가 들어설 수밖에 없음을 역설하고 있다. 서양의 지배 질서가 막을 내리고 이제 동북아시아의 새로운 질서, 즉 신체제가 새로운 세계사적 전환의 중심에 서 있다는 인식을 하게 된다.

> 인류는 바야흐로 새로운 역사를 창조하려 위대한 아침을 맞이했다. 그리고 방금 몰락하고 있는 구라파적인 자본주의와 더불어 탄생하여 더불어 성장하고 더불어 번영을 누려오던 자유주의나 개인주의도 그와 더불어 몰락 또한 같이할 운명을 짊어진 자이어서 지금에 그 종언을 고하게 된 것이다. 새로운 역사의 거대한 행진과 발을 맞추어 우리는 시방 동아의 전역에서 세계 신질서의 일환인 신동아 질서 건설의 대업을 수행하고 있는 중이다. 이러한 새로운 역사의 추진력으로써 그리고 명일의 세대를 담당한 태세로써 우리는 내부적으로 신체제를 이미 가지게 되었다. 소화유신이라는 역사적인 국민운동이 외부의 그와 같은 객관적 정세와 호응하여 마침내 적극적인 실천운동으로 발전을 했던 것이다.[8]

채만식이 말하는 신체제 즉 전체주의는, 인용에서 잘 드러나고 있는 것처럼, 자유주의와 자본주의의 극복이다. 자유주의와 자본주의가 개인의 이익을 우선에 두고 있는 만큼 국민 전체의 이익을 대변할 수 없기 때문에 필연적으로 종말을 고할 수밖에 없고 이를 대신해서 국민 전체의 이익을 국가가 보장하는 체제인 국가주의의 새로운 체제가 도래할 수밖에 없다는 것이다. 또한 자본주의를 극복한다고 천명하면서 나온 사회주의도 개인의 이익 대신에 프롤레타리아만의 이익을 대변하려고 하였기 때문에 또 다른 근대의 문제점을 낳았다면, 신체제의 전체주의는 국가가 주도하기 때문에 국민 전체의 이익을 보장할 수 있다는 파시즘의 논리에 채만식은 깊이 매료당하였음을 알 수 있다.

바로 여기에서 멸사봉공의 이데올로기가 나온다. 서구의 자유

---

8) 『삼천리』, 1941년 1월호.

주의가 개인의 이익을 앞세운 것이라면 동북아시아의 전체주의
는 국민 모두의 이익을 보장하는 것이라는 점에서 공적인 것이
라는 논리이다. 그리하여 사를 멸하고 공을 받든다는 '멸사봉공'
의 이데올로기가 바로 신체제의 논리이며, 채만식은 이러한 점
이 인류의 새로운 희망이라고 보았던 것이다. 그가 신체제를 두
고 이제 막 인류의 역사가 새로운 아침을 맞이하고 있는 것이라
고 했던 것은 결코 외부의 압력이 아닌 세계사에 대한 채만식
나름의 진단에서 도출된 것이었고, 특히 근대 자본주의가 빚어
낸 엄청난 모순에 대한 부정이기도 한 것이다. 채만식이 오랫동
안 자본주의에 대한 강렬한 비판자였던 것을 고려하면 이러한
전환이 한층 그 내적 연속선상에서 파악될 수 있을 것이다.

채만식은 1941년 7월 『신시대』에 노몬한전투를 그린 소설 「혈
전」을 발표한다. 일본인 장교의 수기를 바탕으로 쓴 이 글은 전
쟁을 직접 다룬 것으로는 처음이다. 그런데 흥미로운 것은, 이
시기에 식민지 파시즘에 경도했던 많은 조선인 작가들이 전쟁을
다룬다고 했을 때 주로 중국과의 전쟁을 배경으로 한 반면 채만
식은 소련과의 전쟁을 다루고 있다는 점이다. 채만식으로서는
왕정위 정부가 들어선 마당에 같은 아시아인이 서로 싸우는 전
쟁을 다루고 싶지 않았을 것이다. 그렇기 때문에 서양의 백인과
싸우는 전쟁인 노몬한전투에 깊은 관심을 가졌을 것이다. 서구
의 자본주의와 소련의 사회주의를 모두 근대의 산물로 보고, 이
를 넘어선 새로운 체제를 보려고 했을 때 그에게는 백인과 황인
의 구분이라는 인종주의적 탈유럽주의가 강하게 스며 들어오고
있음을 확인할 수 있다.9)

채만식이 '멸사봉공'의 차원에서 서양과 동아시아를 나누고 이를 기반으로 새로운 인류의 역사 창조를 예감하고 준비하려고 하고 있었기 때문에, 그 해 말에 일어난 '서구의 적자'인 미국과의 태평양전쟁은 그에게 별로 큰 충격이 아니었으며 오히려 새로운 역사의 창조가 한층 구체화되고 깊어지는 결정적 계기로 받아들여졌을 공산이 크다.

4. 전쟁 동원과 '군국의 아버지'

태평양전쟁을 단순한 전쟁이 아니고 세계사적 전환을 가져다 주는 것으로 파악하는 것이, 서양 근대 유럽과 동양의 탈근대라는 이분법 속에서 새로운 체제를 구상하고 있던 채만식에게는 결코 낯선 것이 아니었다. 1942년 12월 태평양전쟁 1주년을 맞이하여 그가 쓴 세 편의 글 「추모되는 지인태 대위의 자폭」(『춘추』, 1943년 1월), 「지인태 대위 유족 방문기」(『신시대』, 1943년 1월), 그리고 「위대한 아버지 감화」는 이러한 세계관이 낳았던 것이라 할 수 있다.

조선문인협회는 1942년 12월, 전쟁 1주년을 맞이하여 작가들

---

9) 이러한 점은 1942년 12월 태평양전쟁 1주년을 맞이하여 전쟁에 참여한 병정들의 유족을 방문할 때 노몬한전쟁에서 전사한 지인태의 가족을 방문한 데에서도 확인할 수 있다. 이 둘 사이에는 깊은 친연성이 있음을 알 수 있다.

을 각 지역별로 파견하여 전쟁에서 죽은 군인들의 가족을 위문하는 행사를 가졌다. 채만식은 전북 지역을 맡았고 노몬한사건 당시 일본군 항공 조종사로 전투에 참여하였다가 1939년 7월 2일 전사한 지인태의 고향 전주를 방문하였다. 노몬한사건은 중일전쟁 와중에 일어난 일본과 소련 사이의 전투로, 채만식은 이를 서구 백인과 동북아의 황인과의 싸움으로 보았던 것 같다. 태평양전쟁과 이 전쟁은 직접적으로 연관되지는 않지만 서양세력의 동점에 맞서 동북아시아를 방어하고 있다는 점에서 그 맥락을 같이한다고 채만식은 판단하였던 것으로 보인다. 서구의 자본주의뿐만 아니라 소련의 사회주의도 극복하는 것이 바로 동북아의 신체제라고 믿었던 채만식으로서는, 백인의 서양에 맞서 싸운다는 점에서 미국과의 태평양전쟁과 소련과의 노몬한전투는 결코 다른 것이 될 수 없었던 것이다. 그렇기 때문에 채만식 내부에서는 연속적인 의미를 가졌던 것이다.

그런데 흥미로운 것은 이러한 전쟁에 대한 채만식의 견해가 세계사의 전환이라는 정치적·역사적 판단에만 그치는 것이 아니라 인간상에 대한 새로운 인식과도 이어져 있다는 점이다. 「추모되는 지인태 대위의 자폭」이나 「지인태 대위 유족 방문기」가 지인태 대위의 가족을 방문하여 전사 이후의 가족 풍경을 묘사하는 성격이라면, 「위대한 아버지 감화」는 그 내적 동력에 대해 이야기하고 있는 것이다. 아들의 입대를 말리거나 주저하는 것이 아니라 황군으로서의 자긍심을 갖게 만드는 아버지의 모습이 부각되고 있다. 어릴 때부터 아들에게 미래의 군인의 모습을 끊임없이 심어주고, 아들이 일본의 육군사관학교에 입학하였다는 소식을 듣고서야 숨을 거두는 아버지의 모습에서 '군국의 아버지'를 그리고 있는 것이다. 이런 '군국의 아버지'를 형상화한 것은, 그가 단순히 전쟁의 세계사적 의미를 강조하는 것에 그치지 않고 그 내면에 깊숙이 닿아 있음을 알 수 있다. 이 '군국의 아버지'라는 지극히 가부장적 국가주의의 이데올로기는 나중에 쓰게 되는 『여인전기』의 '군국의 어머니'와 짝을 이루게 되면서 상승작용을 하게 된다.

지인태와 그의 가족 이야기를 다루는 것이 태평양전쟁과 간접적인 연관성을 띠고 있다면, 「군신」10)은 직접적이다. 이 보고문은 『半島の光』 1944년 3월호부터 7월호까지 5회에 걸쳐 연재된 것으로, 태평양전쟁 중에서 싱가포르 함락을 다룬 것이다. 말레이반도를 점령하고 있던 영국군을 물리치고 마침내 최후의 거점이라고 영국이 자랑하던 싱가포르에 입성하기까지의 일본 군인들의 용맹함을 상세하게 묘사하고 있는 이 글은, 마치 종군을 직접 하면서 보고 들은 것을 옮겨놓았다고 느낄 정도로 박진감이 넘친다. 친일 파시즘에 동조하였던 조선의 작가들 중 싱가포르 함락에 대해 글을 쓰지 않은 사람이 없을 정도이지만 이 글보다 더 강한 인상을 주는 글을 달리 찾아보기 어려울 정도이다.

또한 이 글에서 중요하게 보아야 할 것은 그가 지속적으로 견지하고 있던 세계사적 변화와 이 전쟁의 연관성이다. 채만식은 앞서 지적한 것처럼 동아 신체제의 건설은 비단 동양에 국한된

---

10) 『半島の光』 1944년 3월호에는 제목이 「신군」으로 되어 있으나 4월호(2회)부터는 「군신」으로 바뀌었다. '신군'은 '군신'의 오기로 보여 여기서는 '군신'으로 통일하였다.

문제가 아니라 서양의 기존 체제를 근본적으로 혁파하는 것이라
고 생각하였다. 유럽의 개인주의적 자유주의와 그 변형태인 사
회주의의 병폐를 넘어서는 것이 바로 일본을 중심으로 하는 신
체제가 인간 해방에서 갖는 새로운 역사적 의의라고 보았던 것
이다. 그렇기 때문에 기존 유럽의 대변자였던 영국과 그 적자라
고 할 수 있는 미국을 굴복시키는 것은 인간 해방의 도정에서
새로운 이정표를 놓은 것이다. 구 유럽의 대변자였던 영국의 아
시아 침략의 상징이었던 말레이반도, 특히 싱가포르를 빼앗아
오는 것이 아시아의 해방이자 동시에 인류의 해방이라고 간주되
었던 것이다. 다음 대목은 그의 이러한 내면의 일단을 보여주고
있다.

> 적군의 패한 군사들은 길은 외줄기의 한 길뿐인데 다리라는 다리는 죄다
> 우리 군사가 차지하고 있어 우선 다급한 대로 정글 속으로 도망을 하였었다.
> 그러나 독한 벌레와 뱀이 시글시글하고 먹을 것도 없고 한 정글 속에서 오래
> 견뎌내이는 재주가 없어 도로들 팔을 쳐들고 나와 항복을 하였다. 이렇게 하
> 여 사로잡힌 적군의 포로들이 수십 명 혹은 수백 명씩 열을 지어 휘적휘적
> 걸어가다가 뒤쫓아오는 우리 군사에게 연방 경례를 하는 양은 보기에도 속이
> 후련하였다. 그렇게도 저이만 잘난 체 코가 우뚝하여 천하를 활개치며 돌아
> 다니는 양코들이 아니었던고[11]

유럽 근대의 제국주의적 침탈에 대한 이러한 비판에서 인종주
의적 혐의를 찾는 것은 그렇게 어려운 일이 아니다.[12] 이 글이

---

11) 『半島の光』, 1944년 5월, 31면.
12) 태평양전쟁 1주년을 맞이하여 『경성일보』에 발표한 「포로의 示唆」에서도
　　이러한 시선이 드러난다.

발표된 것은 1944년 초로 실제 싱가포르 함락이 이루어진 지 2년
이 넘은 시점이다. 친일 파시즘에 동참한 많은 문학가들이 싱가
포르 함락에 대해 썼지만 그것은 주로 함락 직후 무렵이다. 당시
의 신문과 방송에 전하는 소식을 접하면서 바로 쓴 것인 데 반해
채만식의 글은 2년이 지난 후 어느 정도의 거리가 확보된 시점이
었다. 이러한 정황에서 새삼스럽게 싱가포르 함락의 세계사적 의
미에 대해 장황하게 늘어놓고 있다는 것은 그의 세계사적 전환
에 대한 현실인식이 결코 우연이 아님을 증좌하는 것이다.

5. 전쟁의 서사시화와 '군국의 어머니'

『여인전기』에 이르면 채만식의 친일 파시즘에의 경사가 한층
내면화되어 가고 있으며 또한 현재의 관점에서 과거의 역사를
통일적으로 바라보기 시작함으로써 자기완결적 성격을 갖추어
나가고 있음을 알 수 있다.

주인공인 문주라는 한 여인의 삶을 축으로 전개되고 있는 이
작품에서, 가장 눈에 띄게 드러나는 것은 모두에 등장하는 '군국
의 어머니'상이다. 문주는 하나뿐인 아들을 중국 전선에 내보내
고 한편으로는 아들의 죽음에 대해 걱정하기도 하지만 다른 한
편에서는 그러면 장한 어미가 되지 못한다고 자기를 다독거려가
면서 애써 슬픈 낯빛을 드러내 보이지 않으려고 노력한다. 갈등

은 하지만 이를 잘 극복해 나가는 어머니의 모습을 통해 '군국의 어머니'의 상을 만들어나가고 있는 것이다. 앞서 지인태란 장교의 아버지를 통하여 '군국의 아버지'를 그려내었던 것과 마찬가지의 맥락이라 할 수 있다.

이와 더불어 이 작품에서 쉽게 눈에 띄는 것은 이 작품의 마지막 대목에 나오는 내선일체의 부분이다. 문주의 아버지 임경식은 갑신정변 때 정변에 참여하였다가 김옥균 등과 함께 도일하여, 그곳에서 망명생활을 하였던 아버지의 주선으로 일본으로 건너가 일본군 장교로 성장한 사람이다. 그가 일본에서 성장하여 일본인 여자와 결혼하여 가진 아들—문주와는 이복형제이다—임무일이 아버지 고향에 살아 있는 형제를 만나보기 위하여 전선으로 향하던 도중에 시간을 내어 만나고 일체감을 확인한다. 군국의 어머니로 변신하고 있는 문주와 일본군 장교로 중국 전선에 나가는 임무일의 만남에서 내선일체의 분위기를 강하게 느끼게 된다.

그런데 이 작품에서 놓쳐서는 안 될 것은 위에서 언급한 '군국의 어머니'나 '내선일체'의 경향이 아니다. 이 작품에서 매우 중요한 역할을 하고 있는 러일전쟁의 적극적 해석과 노기 마레스케[乃木希典]의 영웅화이다. 태평양전쟁이 한창인 시기에 씌어진 이 소설에서 작가는 러일전쟁을 끌어들이고 있다. 문주의 아버지 임경식이 러일전쟁에서 전사한 것으로 설정하면서 태평양전쟁과 러일전쟁을 같은 가치의 지평 속에서 다루고 있다. 태평양전쟁이 가열화되고 있는 시점에서 러일전쟁을 중요한 부분으로 작품의 한가운데로 끌어들이고 있다는 것은, 분명 이 두 전쟁에 대한 작가의 가치 평가가 내적으로 연속되고 있음을 알게 한다. 서구의 자유주의와 맞서 싸우면서 일본을 중심으로 한 동아의 신체제를 열어 가는 태평양전쟁의 전사(前史)로서 러일전쟁을 새롭게 해석하는 작가의 이러한 견해는 결코 낯선 것이 아님을 당시의 다음 글에서 쉽게 찾아볼 수 있다.

> 일로전쟁은 서구의 동아 침략에 대하여 처음으로 일본제국이 그 진로를 저지한 바이니 이 일전에 의하여 구미인이 비로소 동아인의 무서움을 알게 되고 백인종이 비로소 그 오만하던 우월감을 버리게 되고 동아의 모든 침략된 국민을 비로소 서구의 질곡에서 벗어나서 동아인의 동아를 세울 가능성이 있음을 각성케 되었다.13)

이 글은 당시 대동아공영권의 논리에 포섭된 지식인의 러일전쟁 해석으로서 태평양전쟁과 러일전쟁을 동일한 가치체계 속에서 연속적으로 보는 자기완결적 역사 이해의 진면목을 보여준다. 작가 채만식의 역사관 역시 이러한 것에 맞닿아 있기에 『여인전기』와 같은 소설이 나올 수 있었던 것이다. 그가 견지해 오던, 서구의 개인주의와 자유주의의 폐해에 대한 강한 비판으로서의 전체주의의 경사에서 본다면 자연스럽기까지 한 것이다. 또한 이것을 소설 속에 끌어들임으로써 국민의 위대한 역사적 과거를 이야기하는 서사시적 차원마저 획득하고 있다.

이러한 점은 노기의 영웅화와 관련할 때 더욱 그러하다.14) 임

---

13) 류광렬, 「일러전쟁 회고와 국민의 성찰」, 『조광』, 1943년 4월.
14) 노기 마레스케 일가, 즉 노기의 어머니와 부인은 당시 군국의 어머니의 대표적인 인물로 널리 선전되었다. 박태원의 「군국의 어머니」(『조광』, 1942)에서는 노기 마레스케의 부인 노기 시즈코[乃木静子]를 '군국의 어머니'로 그리

경식에 대한 노기의 자상한 배려와 그 유가족에 대한 관심은 그를 한층 인간적인 존재로 만들어준다. 당시 일본의 군국주의가 최고로 이상화시킨 바로 그 노기를 이렇게 그려냄으로써 침략과 식민주의의 이미지를 철저하게 은폐시키고 있는 것이다. 러일전쟁의 영웅이자 일본 군국주의의 최고의 이상인 노기를 등장시키고, 이를 임경식을 매개고리로 하여 문주 일가와 연결시킴으로써 태평양전쟁과 현재를 자연스럽게 이어지게 하고 있는 것이다. 그리하여 문주라는 이 여인은 일본 장교를 아버지로 둔 딸로서, 현재 일본 장교인 이복동생과 전쟁터에 나가 있는 아들을 갖고 있는 더할 나위 없는 '군국의 어머니'로 그려지고 있다. 그런 점에서 채만식의 친일 파시즘에의 경도는 결코 외삽적인 수준의 것이 아닌 내면적인 것임을 알 수 있다.

6. 협력에 대한 고독한 반성과 냉전의 거부

채만식은 해방 이후에 자신의 친일에 대한 반성을 담은 작품 「민족의 죄인」을 발표하였다. 당시 친일 파시즘에 동참하였던 많은 문학인들이 반성은커녕 오히려 과거를 미화시키려고 힘썼던 것을 고려하면 이러한 노력은 매우 소중한 것으로 평가해야

고 있다. 김상덕의 『어머니의 힘』(남창서관, 1943)에서는 노기 마레스케의 어머니 노기 히사코[乃木壽子]를 '군국의 어머니'로 그리고 있다.

할 것이다. 일체의 문학단체에 적을 두지 않고 혼자 고독하게 작품을 썼던 것은 단지 그 자신의 오랜 결벽증에만 연유하는 것이 아니다. 과거 자신이 행한 것에 대해 일정하게 책임을 지어야 한다는 생각 때문에 이러한 처신을 했던 것으로 볼 수 있다.

하지만 채만식의 「민족의 죄인」은 자못 실망스럽다. 자신이 친일 파시즘에로 경도되었던 내적 논리 — 16세기 이후 유럽에서 시작된 근대에 대한 근본적인 반성에서 나온 인간 해방 — 에 대한 근본적 비판이 빠져 있기 때문이다. 이 작품의 인물을 통해서 보여주는 친일 파시즘에의 경도는 이러한 내적 요구의 소산이 아니라 원고를 팔아 생계를 유지해야 한다는 절박함의 소산으로 치부되고 있다. 그렇기 때문에 채만식은 식민주의 파시즘의 문제를 공론화하고 이를 반성적으로 성찰할 생각은 가지고 있었겠지만 이를 드러내놓고 보이기에는 용기가 나지 않았던 것으로 보인다. 당시의 일반적 풍토가 친일 파시즘에 복무하였던 문학가들이 하나같이 과거를 은폐하려고 하는 현실이었기에 그 혼자서 이 막중한 일을 하기는 곤란하였을 것으로 짐작된다. 그렇기 때문에 그로서는 「민족의 죄인」이란 작품으로 우회적으로 이를 수행하였고 이 점은 근대문학사에서 아주 아쉬운 대목으로 남게 된다.

하지만 채만식은 해방 이후의 한반도 현실을 대해 이를 작품화하는 과정에서는 과거의 교훈을 결코 잊지 않고 있음을 확인할 수 있다. 냉전적 대립이 점차 현실화되고 제도화되려고 하는 시점에서 미국과 소련이라는 강대국의 실체를 제대로 읽어내면서 한반도에서 전쟁을 막으려고 하였고, 통일 독립국가를 건설

하는 것의 중요성을 인식하고 이를 작품화하였던 그의 노력[15]은
민족문제에 대한 제대로 된 인식 없이는 이루어질 수 없다. 당시
의 다른 작가들에게서 쉽게 찾아볼 수 없는 이러한 민족문제의
인식은 과거 자신이 행했던 역사적 판단에 대한 진지한 자기 반
성이 없이는 용이하게 이루어질 수 없는 성격의 것이었음은 말
할 필요가 없다.

---

15) 김재용, 「세계질서의 위력과 주체 부재의 저항」, 『채만식 문학의 재인식』(문
학과사상연구회 편), 소명출판, 1999.

제 5 장

서정주-전도된 오리엔탈리즘

1. 친일문학의 자발성과 내적 논리

친일문학은 자발적이다. 자발적으로 이루어지지 않은 것은 친일파시즘문학이라고 할 수 없다. 친일파시즘문학이 자발적이라고 했을 때 거기에는 내적 논리가 반드시 존재한다. 내적 논리가 없이 어떻게 자발성을 가질 수 있겠는가? 정지용이나 김정한의 경우처럼 강요된 것에는 내적 논리가 없다. 반면 이광수나 서정주의 친일문학에는 자발성에 기초한 내적 논리가 엄연히 존재한다. 이 내적 논리는 심지어 '해방'의 성격도 갖고 있었다. 친일파시즘문학을 행하였던 문학가들은 하나같이 새로운 세계를 접한다는 흥분에 젖어 있었고, 지난 시절의 질서가 해체되고 새로운

세계가 열리고 있다는 이러한 개안은 '해방감'의 원천으로 작용
하였다. 그 동안 친일문학에 대한 연구가 과녁을 제대로 맞추지
못한 데에는 이들 친일문학가들의 마음속에서 깊이 자리잡고 있
었던 내적 논리의 실체를 재구성하는 데까지 미치지 못하고 즉
자적인 비판에 머물렀던 것이 주된 원인이었다.

　징병을 예찬했던 문학을 예로 들어보자. 과거 일제하 친일문
학가들의 작품을 읽을 때 아연하지 않을 수 없는 것 중의 하나는
징병제도가 선포되었을 당시 그 많은 친일문학가들이 감격과 희
열을 감추지 못하고 심지어 눈물을 흘렸다는 사실이다. 자기 동
족을 전쟁터로 몰아넣는 것에 기쁨을 감추지 못한 채 흥분된 어
조로 글을 쓰고 있는 이들 작가들의 행동이 믿기지 않아 자발적
이기보다는 외부로부터의 강요에 의한 것이라든가 혹은 정신적
으로 불안정한 상태에서 이러한 짓을 하였을 것이라고 추측하게
된다. 하지만 사실은 전혀 그렇지 않다. 징병제도가 발표되는 것
을 보고 쓴 숱한 글들을 찬찬히 뜯어 볼 때 거기에는 외부로부터
의 강요가 아닌 자발성과 내적 논리가 있으며 또한 그것은 '해
방'의 성격마저도 갖고 있었다는 점이다.

　중일전쟁이 일어난 직후에 친일의 길에 들어서 내선일체의 황
민화를 주장하였던 이들은 징병이야말로 의무일 뿐 아니라 특권
이라고 생각하였고, 그 동안 조선 민중들이 식민지 백성으로 받
아왔던 차별과 불평등이 사라지고 진정으로 일본인과 동등한 대
우를 받는 내선일체의 완성이라고 보았던 것이다. 그 동안 일본
인과 조선인 사이의 차별이 존재하였는데 이제 징병제도가 실시
됨으로써 조선인들도 일본인과 마찬가지로 어엿한 국민으로서

대우를 받게 되었다는 점에 감격하였던 것이다. 그렇기 때문에 이제 일본인에게 적용되던 징병이 조선인에게도 동등하게 적용되는 것을 계기로 그 동안 받았던 차별과 불평등을 일거에 극복하는 것이라 생각하였고 이런 이유로 해방감을 느끼면서 눈물을 흘렸던 것이다. 일제가 징병을 실시하면서 조선인들의 의무교육을 약속하였다는 사실에서 당시 일제가 조선인들의 전쟁 동원을 실현하기 위하여 얼마나 정교하게 접근하였는가와 당시 내선일체론자들이 이것에 어떻게 현혹되었는가를 짐작케 한다. 태평양전쟁이 일어난 것을 전후하여 친일의 길에 들어서 대동아공영론을 외쳤던 이들은 징병이야말로 영국과 미국에 맞서 싸우게 되는 기회의 획득이라고 보았고, 서구 중심의 세계에서 벗어나 동양을 발견함으로써 그 동안 100년 넘게 자신들의 머리를 짓눌렀던 구세계에서 벗어나 새로운 세계로 진입하는 결정적 사건으로 간주하였던 것이다. 자신들을 괴롭혔던 그 모순들을 일거에 넘어설 수 있는 기회를 가지게 됨으로써 갑자기 머리가 맑아지는 기분을 느꼈던 것이다.

내선일체의 황민화의 입장에 서는가 혹은 대동아공영론의 입장에 서는가에 따라 징병을 바라보는 시각은 다르지만 공통적인 것은 이 두 경우 모두 철저한 내적 논리에 입각하여 해방감을 맛보고 있다는 것이며 이것이 바로 그들이 가졌던 감격의 원천임을 알 수 있다. 그런 점에서 친일문학은 철저하게 자발적이다. 이는 강요에 의하여 친일적 요소를 드러내는 경우와 대비시켜 보면 한층 분명해진다.

친일적인 요소를 갖고 있는 경우에는 외부로부터의 강요에 의

한 것이기 때문에 그 내적 논리라는 것이 있을 수 없다. 따라서 반복적이거나 지속적이지 않고 일회적이거나 단발적인 것으로 끝나거나 혹은 그 작품이 내면적으로 수미일관하지 않다는 특색을 갖는다. 정지용의 「이토」가 전자의 경우라면, 김정한의 「인가지」는 후자의 경우에 해당한다.

정지용을 친일작가라고 이야기할 때 그 근거로 드는 것이 「이토」이다. 이 작품에 대한 해석에는 여러 가능성이 있다. 태평양전쟁을 찬미하고 그 승리를 촉구하는 것으로 읽혀질 수도 있고, 일본의 전쟁에 어쩔 수 없이 동원되어 이국 땅에서 외로운 죽음을 맞이해야 하는 원혼들에 대한 것으로 읽을 수도 있다. 이 작품의 심층 의미가 무엇이든지 간에 당시 이 작품이 태평양전쟁의 승리를 독려하는 작품으로 읽혔던 것은 사실이다. 『국민문학』에 발표되었던 이 시가 삼천리사에서 펴낸 전쟁 시집 『승전가』라는 시집에 다른 전쟁시와 나란히 실렸다는 사실은 이를 잘 말해주고 있다. 그런데 중요한 것은 그가 이후 이런 시를 더 이상 쓰지 않았다는 사실이다. 그는 결코 반복해서 이런 경향의 작품을 썼던 것은 아니다. 그런 점에서 그를 친일작가로 보는 것은 타당하지 않다. 물론 정지용이 「이토」와 같은 작품도 쓰지 않았다면 하는 아쉬움을 갖지만 그렇다고 그것을 근거로 친일을 했다고 말할 수는 없는 것이다. 그는 외적인 강요로 인하여 어쩔 수 없이 이렇게 했다고 보는 것이 타당할 것이다.

김정한의 경우는 정지용의 경우와는 다른 측면에서 접근되어야 한다. 임종국 선생이 자신의 『친일문학론』 부록에 '관계작품 연표'를 작성하면서 김정한의 「인가지」란 희곡작품의 제목을 들었고 이것이 김정한도 친일을 했다는 간접적 근거로 작용하였다. 이 작품은 「이토」와도 달라 명백하게 친일적인 요소가 있다고 말할 수 있는 여지도 거의 없다. 지원병의 가족을 등장시켰다는 점, 그리고 중간에 이 지원병의 아버지가 이에 대해 한두 마디 한 것 이외에는 찾아 볼 수 없다. 작품 전체를 놓고 볼 때 이것은 아주 지엽적인 것에 불과한 것으로 작품 전체의 흐름과 연관시켜 볼 때 결코 수미일관한 그 무엇을 갖고 있지 못하다. 아마 김정한은 이런 식으로 당기고 밀고 하면서 그 어려운 시기를 통과하려고 했던 것으로 보인다. 그렇기 때문에 정지용과는 또 다른 의미에서 친일적이라고 볼 수 없는 것이다.

정지용이나 김정한과 같은 경우는 친일적인 요소를 갖는다고 해도 그것은 단발적이며 또한 내적으로 수미일관하지 않다는 특징을 보여주기 때문에 결코 친일문학이라고 말할 수 없다. 그것은 외부의 강요에 의해 어쩔 수 없이 행한 것으로 보아야 한다. 물론 그들이 시대적 압력에 더 강하게 대처했으면 하는 아쉬움이 없는 것은 아니다. 중일전쟁 이후 특히 태평양전쟁이 시작된 이후의 억압적 상황을 고려할 때 이는 어느 정도 이해할 수 있는 것이다.

친일적인 요소를 갖고 있는 문학이 강요된 것이기 때문에 내적 논리가 없는 것과는 달리 친일파시즘문학은 철저하게 자발적이며 또한 확연한 내적 논리를 갖추고 있다는 것이 명료해진 자리에서 중요한 것은 일제 말의 작가들 중 어떤 이들이 내적 논리를 갖춘 자발성의 친일파시즘문학이며 또한 어떤 작가들이 그렇지 않은 것인지를 구분하는 일이다. 특히 이 과정에서 작가들의 사후 발언 즉 친일파시즘의 행적이 사회적으로 문제가 되자 이를 호도하기 위하여 자신의 행동을 무조건 강요된 것이라고 항변하는 태도는 친일파시즘문학을 희석화하는 것으로 면밀한 분석이 요망된다. 이 글에서 본격적인 분석의 대상으로 삼는 서정주의 친일파시즘 행적을 탐구하는 출발점에 있어 이 점은 매우 중요하다. 왜냐하면 그는 사회적 비난이 가속화됨에 따라 자신의 친일을 강요된 것으로 설명하게 되고 이는 암암리에 친일문학의 내적 논리를 재구성하는 것을 방해하였기 때문이다.

서정주는 자신의 친일에 대해서 상반되는 글들을 남기고 있다. 그의 자서전 속에서 일제 말의 친일에 대해 언급하면서 창피하다고 말했는가 하면, 다른 글에서는 친일에 대한 사회적 여론이 사라지지 않고 일어나자 이를 변명하기도 하였다. 전자에서는 자신의 친일이 외부의 강요에 의한 것이 아니고 어디까지나 당시의 상황에 대한 가장 객관적인 관찰의 결과에 의거하고 있다는 점을 강조하고 있다. 그런데 후자에는 입장을 바꾸어 자신의 친일은 일제의 가혹한 탄압에 연유한 것이라고 설명하고 있다.

자서전에서 자신의 친일을 이야기하는 다음 대목은 친일이 결코 강요된 것이 아닌 어디까지나 자발적인 것임을 분명히 하고 있다.

나는 제2차 대전에서 싱가포르가 일본군에 함락당했다는 기별과 그 축하 잔치를 보고 들은 뒤부터는 일본과 독일과 이태리의 동맹한 주축국이란 것이 마침내 이기지 않을까하는 생각을 한쪽으로 가져왔다. 그러다가 1944년 여름에 와서부터는 그들의 승리를 불가피한 것으로 예상하기에 이른 것이다. 이것은 이제 와서 보면 어이없는 일이 되었지만 그때의 내 식견과 성찰력으로는 그 이상이 될 수는 없었던 것이다. 미국 태평양 지구 총사령관 맥아더 장군이 일본군에게 포로가 되어 형편없이 끌려다니는 영화가 영화관마다 상영되었다. 싱가포르뿐만 아니라 아시아의 전역은 거의 다 일본군에 점령되어 가고 있는 소식만이 날이 갈수록 번성해 갔다. 중국의 독립정부는 중경 구석으로 몰린 채 재기한다는 기별은 영 캄캄하고 유럽은 완전히 히틀러와 뭇솔리니의 손아귀에 들어간 걸로 알려져 왔다. 거기다가 일본 중심의 대동아 공영권이라는 것은 벌써 장차의 시베리아 총독엔 한국인을 기용한다는 소문까지 길거리에 파다하게 퍼뜨려지고 있었다. 물론 콧수염을 익살맞게 단 맥아더 장군 포로의 영화를 비롯해서 거짓말이 너무나 많은 보도들이었을 것이지만 그게 거짓이라는 걸 알게 된 건 1945년 8월 15일 해방 뒤의 일이고 이때엔 나는 이걸 거부할 만한 딴 지식을 가지고 있지 못했다. 그래 창피한 대로 꽤 길 미래의 일본인의 동양주도권은 기정 사실이니 한국인도 거기에 맞추어서 어떻게든 살아 견뎌야 한다는 생각을 세우고 만 것이다. 정치세계에 대한 내 부족한 지식이 내 그릇된 인식을 만들었고 이 그릇된 인식에서 나온 언행들이 내 생애의 가장 창피한 일들을 빚었다. 그러나 그때에는 나는 나를 가장 객관적인 관찰가라고 생각했던 것이다.[1]

서정주는 자신을 '가장 객관적인 관찰자'라고 말하고 있다. 당시의 세계정세를 고려할 때 자신처럼 판단하고 행동하는 것이 가장 객관적인 관찰과 식견에 근거한 것이라고 보고 있는 것이다. 이 점은 그의 친일이 결코 외부로부터의 강요가 아닌 어디까지나 주변의 현실과 세계사의 흐름에 대한 자신의 판단에 기초한 자발적인 것임을 잘 말해주고 있는 것이다. 태평양전쟁 이후 일본이 승승장구하면서 그 동안 영국이 최후의 보루로 생각하였던 싱가포르를 함락시키는 것을 보면서 나름대로 세계사적 변화 속에서 현실을 판단하였고 이에 기초하여 자신의 진로를 설정하

---

1) 『서정주 문학전집』 3, 일지사, 1972, 238~239면.

면서 친일의 길로 나아간 것이다. 자신의 친일이 가졌던 내적 논리를 섬세하게 밝히지 않고 지나간 것은 유감이지만 최소한 그것이 외부로부터 강요된 것이 아님을 밝힌 것은 중요하다고 할 수 있다. 서정주가 참으로 자신의 친일을 반성한다면 이러한 논리를 더욱 자세하게 밝히고 왜 자신은 그러한 판단을 했는가를 드러내어야 했던 것이다. 그래야만 지식인이 당면한 현실에서 판단을 잘못했을 때 얼마나 엄청난 폭력을 행사할 수 있는지에 대한 적절한 반면교사의 역할을 할 수 있었을 것이고 이는 이후 문학인들을 포함한 지식인들이 이러한 우를 다시 범하지 않는 사회적 효과를 가져왔을 것이다.

그런데 서정주는 이후 자신의 이러한 입장을 바꾸어 마치 자신의 친일이 외부로부터의 강요에 의한 것으로 말을 바꾸고 있다. 오늘날 서정주를 연구하는 사람들에게 더욱 혼란을 부추기고 있는 이러한 변명은 그의 친일문학에 대한 접근을 한층 더 어렵게 만들게 된다.

다만 내가 내 어느 시집에도 넣지 않고 내던져 버린 소위 '친일적'이라는 시 몇 편이 있지만 그것은 내가 징용에 끌려가지 않기 위해 징용령에서 면제되는 잡지사였던 인문사의 편집기자로 있을 때 조선총독부의 또 하나의 새로 생긴 이름인 '국민총동원연맹'의 강제 명령에 따라 어쩔 수 없이 쓴 것들이니 이 점은 또 이만큼 이해해주셨으면 고맙겠다.[2]

다음의 분석에서 더욱 분명하게 밝혀지겠지만 서정주의 친일

---

2) 서정주, 「나의 문학인생 7장」, 『80소년 떠돌이의 시』, 시와시학사, 2001, 102 ~103면.

은 결코 강요에 의한 것이 아니고 자발적인 것이다. 그리고 거기에는 매우 정교한 내적 논리가 수반되었다. 이것은 비단 그의 친일 시에 그치는 것이 아니고 이후 그의 시적 세계에도 깊은 영향을 미치는 그러한 사상적 전환과 밀접한 연관을 갖고 있다. 따라서 힘을 들여 해명하여야 할 것은 그의 친일에 대한 즉자적이고 단세포적인 반응이 아니라 그로 하여금 자발적으로 나서게 하였고 때로는 해방감마저 안겨 주었던 내적 논리의 재구성과 이에 기초한 비판이다.

2. 태평양전쟁과 친일문학의 새 양상

서정주 친일문학의 내적 논리를 해명함에 있어 눈여겨보아야 할 대목은 친일 시점이다. 친일을 언제 시작하느냐에 따라 친일의 내적 논리가 달라지기 때문에 해당 작가가 언제 친일을 하게 되는가를 면밀하게 따지는 작업은 친일작가의 개별 연구에서 매우 중요하다. 친일문학의 내적 논리는 크게 두 가지 양태로 나누어진다. 하나는 내선일체의 황민화이고 다른 하나는 대동아공영론의 전쟁 동원이다. 자발성을 띠고 있는 친일문학은 이 두 가지 논리 중의 하나를 자기의 것으로 하면서 등장한다. 이러한 성격을 갖지 못한 채 등장하는 이 시기의 많은 논의와 글은 친일문학으로 보기 어렵다.

서정주가 친일을 하게 되는 시점은 태평양전쟁이 난 후 일본이 싱가폴을 공략한 1942년 2월 이후이다. 1938년 10월 이후 많은 문학가들이 친일의 길에 들어서 내선일체의 황민화를 부르짖고 있었지만 그는 여기에 동의하지 않았다. 그러던 그가 1942년 중반에 들어서면서 친일의 글을 발표하기 시작하고 이후 지속적으로 시와 산문을 발표한다. 결코 일회적이 아닌 이러한 그의 태도에는 나름의 논리가 존재하였다. 그렇기 때문에 친일을 하면서 그 속에서 해방감도 가졌으며 세계사적으로 중요한 전환기에 서서 자신이 중요한 일 — 역사적 사명 — 을 하고 있다는 기꺼움도 가졌던 것이다. 서정주처럼 태평양전쟁을 전후하여 대동아공영론에 기반을 두고 친일의 길에 들어선 이들이 갖는 특징을 규명하기 위해서는 중일전쟁 직후부터 내선일체의 황민화를 내걸면서 친일을 한 대표적인 인물이라 할 수 있는 이광수의 친일 논리와 대비시켜 관찰하는 것이 한 방법일 것이다.

이광수가 친일을 하기 시작한 것은 일본이 중국의 무한 삼진을 함락시킨 1938년 10월 직후로 보인다. 상해와 남경이 일본으로 넘어간 후 무한 삼진마저 무너지자 중국 국민당은 중경으로 이동하였고 대부분의 중국의 거점 도시들이 일본의 수중에 들어갔다. 일본에 항거하는 중국의 노력은 더 이상 불가능하고 이제 동아시아의 질서는 일본 주도로 이루어질 수밖에 없다고 판단하였다. 국망 이후 국외로 이주한 독립운동 세력들이 근거지로 삼았던 곳이 중국이고 보면 중국의 주요 거점 도시들이 일본의 영역이 되어 버린 현실은 이광수에게 독립이란 것은 이제 완전히 불가능한 것이고 이를 바라는 것은 현실을 몰라도 너무나 모르는 관념적인 일로 간주되었다. 물론 이광수는 그 이전에도 즉각 독립이 되리라는 전망을 가지고 있지는 않았다. 1차 대전이 끝난 후 잠시 국제적으로 민족자결의 기운이 높았을 때 이러한 희망을 가졌고 따라서 상해로 가 독립운동의 일선에 나선 적도 있기는 하지만 그 이전과 그 이후에는 항상 실력양성론에 기반을 두고 활동하였다. 이 실력양성론이라는 것이 많은 문제를 내포하고 있지만 최소한 독립을 근원적으로 불가능한 것으로 보는 그러한 관점은 아니었다. 언제가 오게 될 먼 훗날의 독립에 대비하여 실력을 키우는 일이 중요하다고 보았던 것이다. 그러한 판단이 현실적으로 가능한가 불가능한가에 관계없이 이광수는 그렇게 판단하고 이에 기반하여 활동하였다. 그러나 중일전쟁 이후 특히 무한 삼진이 일본으로 넘어가는 것을 보면서 절망하고 이후 이러한 독립의 전망을 완전히 접고 새롭게 변신한 채 출발하였다.

독립이 원천적으로 불가능한 일이라면 이제 그에게 중요한 것은 자신이 일본 국민임을 전제하고 그 속에서 조선인들이 일본인과 동등한 대우를 받아 더 이상 식민지 백성으로서의 차별과 불평등을 겪지 않는 것이다. 이러한 노력을 하는 것이 지식인으로서 자신의 책무이며 이를 저버리는 것은 이천만 민중에 대한 지식인의 직무유기라고 생각하였던 것이다. 지원병을 권유하는 것, 창씨개명을 하는 것 등이 바로 조선인과 일본인이 차별 없이 동등해지는 과정이라고 보았던 것 역시 이러한 문맥에서 이해될 수 있을 것이다. 일본 국민으로서 편입되고 동등하게 대우받기 위해서는 그 동안 일본이 조선인들에게는 부여하지 않았던 제반 사항들을 하나하나 이루어나감으로써 동등한 권리를 행사하는 것이다. 바로 그런 시각에서 지원병 입대와 창씨개명 등을 대하고 또한 앞장섰던 것이다. 그가 이러한 일들을 행하면서 감격의 눈물을 흘릴 수 있었던 것은 차별과 불평등에서 벗어나 동등해진다고 느꼈기 때문에 가능한 것이다. 그런 점에서 그에게 가장 긴요한 과제는 내선일체였다.

내선일체는 당면한 정치현실에서의 이러한 인식과 더불어 역사 특히 고대사에 대한 새로운 해석으로 이어지게 되었다. 일본과 한국이 과거에는 한 뿌리에서 나왔다는 것을 증명하는 것이야말로 내선일체가 우연한 역사의 소산이 아니라 역사적으로 근원을 두고 있는 필연적인 일임을 확인하는 것이다. 이러한 작업은 중국과 조선의 관계가 이루어지기 이전의 역사적 단계로 거슬러 올라가게 되어 결국 조선과 고려 이전의 삼국시대에 주목하게 된다. 유교가 조선에 들어오기 이전의 삶을 이상화시키기 시작한 이광수가 주목한 것은 불교와 신도였다. 천황의 자손으로 일본과 조선이 하나일 수 있었던 것 역시 바로 이러한 '고신도'의 세계 하에서다. 불교와 신도의 세계에서 조선과 일본은 하나였는데 이후 일본은 변하지 않고 이를 보존하여 내려온 반면 조선은 중국의 영향을 받아 퇴락했다고 보는 것이다. 그러다가 이제 내선일체를 함으로써 비로소 다시 과거의 상태를 회복할 수 있게 되었다고 역사를 해석하였다. 중국을 철저하게 타자화하는 이러한 작업은 유교에 대한 강한 비판에 기초한 것으로, 동아시아의 공영이나 평화와는 거리가 멀고 일본이 중국을 침략한 역사적 현실을 애써 합리화시키는 일에 지나지 않았던 것이다.[3]

보리와兵丁

火野葦平 著
西村眞太郎 譯

車輛工場

채만식이 친일 협력의 길에 들어 발표한 「나의 '꽃과 병정'」은 당시 일본의 종군작가였던 火野葦平의 『보리와 병정』을 의식하고 쓴 것으로 당시 일본 작가에 의한 종군문학의 영향을 짐작할 수 있게 해준다. 火野葦平는 원래 일본 프로문학의 영향하에서 작가생활을 시작하였다가 전향하여 일제 식민주의를 찬양하는 종군작가가 되었다. 중국 전선에서의 일본군들의 모습을 그린 이 작품으로 하여 그는 일약 일본의 유명 작가가 되었다. 당시 조선총독부에서 도서 검열을 담당하여 악명이 높았던 西村眞太郎은 이 책을 번역하여 조선총독부의 이름으로 널리 보급하였다. 채만식뿐만 아니라 많은 조선의 작가들이 이 책을 보고 난 후 자신들도 이런 책을 쓰고 싶다고 말하였다.

朝鮮軍 第一次 報道演習

1943년 이후 일제는 문학인들을 보도연습에 참여시켰다. 보도연습은 작가들이 조선군의 전쟁 훈련에 직접 참가하여 이를 글로 옮기는 작업으로 일종의 종군문학이었다. 1943년 평양에서 이루어진 조선군 보도연습을 시작으로 여러 차례 보도연습이 있었다. 서정주는 미·영에 맞서 동양이 승리하기 위해서는 조선의 문인들도 글을 통해 전쟁을 이바지하여야 한다고 생각하여 이 훈련에 참여하였고 여러 편의 글을 남겼다. 사진은 보도연습에 나가기 전에 남산에 있는 조선 신궁에서 참배를 하는 모습이다. 서정주도 신궁 참배를 마치고 전북 지역으로 나가 보도연습에 참여하였다.

당시 일본 당국이 중국을 침략하면서 동양의 평화 운운하는 것이 얼마나 허구에 찬 것인가 하는 것을 이광수는 철저하게 보지 못하였기 때문에 이러한 어처구니없는 현실인식과 역사의식을 가질 수 있었다.

이러한 기형적 논리가 이광수 내부에서 파탄을 맞이하는 것은 태평양전쟁 이후이다. 일본은 태평양전쟁을 대동아 공영을 위해 불가피한 것이라고 선전하면서 미·영을 위시한 서구에 대한 강한 비판을 전쟁의 동원 논리로 삼았다. 근대 이후 서구가 아시아를 침략하여 이루어진 불평등을 이제야 비로소 극복한다는 점에서 이것을 성전이라고 불렀던 것이다. 그런데 내선일체의 황민화론을 설파하였던 이광수로서는 매우 곤혹스러운 상황에 처한다. 그 동안 일본과 조선이 같은 하늘에서 나온 다른 자손으로 설명하면서 유교를 비롯한 중국의 모든 것을 비판하였는데 이제 서구에 맞서 동양의 개념을 설정하려고 할 때 중국을 배제하고 이를 수행하기가 어렵게 된 것이다. 그리하여 이전과는 달리 중국의 유교를 복원시키면서 서구에 대한 대타의식으로서의 아시아 전체를 묶을 수 있는 개념으로서 도의·예 등을 내세웠다.

중일전쟁 이후 벌어진 동아시아의 현실에 순응하는 과정에서

---

3) 중국을 침략하면서 '동아'의 평화를 이야기하는 것이 그 자체로 앞뒤가 맞지 않기 때문에 작가들은 이에 쉽게 호응하지 않았다. 친일 활동을 하기 시작한 작가들 스스로 이 문제에 대해서는 이렇다할 답을 구하지 못하고 그냥 현실에 휩쓸려 따라가고 있음을 친일문학가들인 김기진, 박영희 그리고 김동환이 참여하여 행한 한 토론회(〈전쟁문학과 조선작가〉, 『삼천리』 1939.1)에서의 김기진의 다음 발언이 잘 말해준다. "결국 제반 문제가 동아 신협동체의 건설에 있으니까 그 협동체의 정치적 윤곽이 좀더 분명하여지지 않고는 문학자로서의 활동도 그렇게 적극적이 될 수 없지 않을까요"

나온 내선일체의 황민화론이 태평양전쟁 이후 서양과 동양이란 이분법의 새로운 파시즘적 세계관에 적응하는 과정에서 야기되는 이러한 내적 모순은 중일전쟁 이후의 친일과 태평양전쟁 이후의 친일이 각각 다른 지반 위에서 출발했음을 잘 말해준다.

태평양전쟁 이후에 친일을 시작하는 문학가들의 경우 중일전쟁 이후에 친일로 들어서는 작가들과는 다른 태도를 보여주고 있는데 그 핵심은 대동아공영론이다. 중일전쟁 이후에 친일을 해온 작가들이 태평양전쟁 이후에 벌어진 새로운 현실에 자신을 적응시키기 위해 이전의 논리를 개변시킨다 하더라도 그 핵심은 역시 내선일체의 황민화인 반면, 태평양전쟁 이후에 친일을 하기 시작하는 작가들의 경우에는 서양과 동양의 이분법 위에서 시작한다. 내선일체의 황민화가 일본의 국민으로서 동등하게 인정받기를 위해 노력하고 그 과정에서 나름대로의 해방감을 가졌다면, 대동아공영론은 서구로부터의 해방이라는 점에서 또 다른 억압으로부터 해방 위에 서 있었다. 그렇기 때문에 이들은 내선일체라든가 이에 입각한 역사 해석으로서의 황민화와 같은 것에 대해서는 그렇게 깊은 관심을 보이지 않는다. 그 대신에 이들을 사로잡은 것은 바로 근대를 지배한 서구의 세계에 대한 대타의식으로서의 동양의 설정이고 이 '동양'에 입각하여 서구의 근대를 비판하는 것이었다. 오리엔탈리즘을 거꾸로 세운 것이다.

서정주가 친일을 하는 경로는 바로 이 대동아공영론으로서, 서양에 대한 동양의 반발이 그 기본 축을 이루고 있다. 이후 그의 작품에서 내선일체의 황민화보다는 서양에 대한 거부로서의 대동아공영론이 두드러지게 드러나는 것은 바로 이러한 친일의

동기와 밀접한 연관을 갖고 있다. 그렇기 때문에 서정주의 친일
문학을 제대로 이해하기 위해서는 친일문학의 일반적인 관점뿐
만 아니라 대동아공영론의 시대적 사상적 배경과 연관시켜 이해
하는 작업이 필요하다. 그럴 때만이 그가 한편으로는 대동아공
영권 건설을 위한 전쟁 동원을 역설하는 작품을 쓰고, 다른 한편
으로는 전근대 시기 조선의 전통을 비롯하여 동양을 자각하는
시를 썼던 것을 통합적으로 이해할 수 있다.

3. 서구 근대의 비판과 전근대 동양의 신화화

서정주의 초기 시는 근대 문명의 속물성을 이겨내려는 노력으
로 점철되었다. 르네상스 이후 특히 계몽주의 이후, 자유, 평등
그리고 박애의 기치 아래 역사의 무대에 등장하였던 서구의 부
르주아 사회는 시간이 갈수록 자신들의 이해관계를 지키기 위해
안간힘을 썼고 따라서 자신들이 역사에 등장할 때 내세웠던 온
갖 명분들을 내팽개쳤다. 근대 사회는 위선과 부패에 시달리기
시작하였고 이러한 속물근성에 대한 비판이 그 내부로부터 성장
하면서 근대 문명을 혁파하려는 움직임으로 이어졌다. 그 중의
하나가 근대문명의 때가 묻지 않은 건강한 육체를 찬미하고 이
속에서 곤혹스러움을 돌파하는 것인데, 서정주의 초기 시는 바
로 이러한 흐름 속에서 나왔다. 거짓 이성이 지배하는 위선적인

근대 문명으로부터 자유로운 육체의 본능을 찬미하고, 육체의
결합 속에서 오염되지 않은 타자와의 소통을 갈구하는 것이었
다. 그런 점에서 서정주가 이 시기 자신의 시를 가리켜 "육체의
건전한 돌진으로 모든 비극을 이겨내려던" 것이라고 한 것은 당
시의 내적 지향을 적절하게 말해 준 것이라 할 수 있다.

　치열한 이러한 시 정신은 조금의 타협도 허락지 않는다. 자신이
익숙해 있는 사물에 발을 들이는 순간 이 정신은 산산조각이 나고
시는 추락하기 때문이다. 서정주가 이러한 정신의 긴장을 유지하
기 위하여 얼마나 노력했는가를 잘 보여주는 것이 산문 「랭보의
두개골」과 시 「바다」이다. 랭보가 유럽을 떠나 바깥으로 나갔다
가 죽음을 앞두고 고향으로 돌아와 누이와 가족 옆에서 가톨릭에
귀의하였던 것을 비판하고 있는 「랭보의 두개골」4)은 당시 서정주
가 얼마나 속물스런 세계와의 타협을 단호하게 거부하였는가를
단적으로 말해주는 것이다. 그의 이러한 지향은 시 「바다」에서 다
음과 같은 표현을 얻는다.

　　　　애비를 잊어버려,
　　　　에미를 잊어버려,
　　　　형제와, 친척과, 동무를 잊어버려,
　　　　마지막 네 계집을 잊어버려,

　　　　알라스카로 가라, 아니 아라비아로 가라,
　　　　아니 아메리카로 가라, 아니 아프리카로

---

　4)『조선일보』 1938년 8월 14일자에 실려 있는 이 수필은 당시의 서정주 문학
　　을 이해함에 있어 매우 중요한 글이지만 그 동안 거의 주목을 받지 못하였다.

가라, 아니 침몰하라. 침몰하라. 침몰하라.[5]

익숙한 주변과 결별하면서 낯선 곳으로의 탈출을 촉구하는 시인의 외침에서 유럽의 근대로부터 벗어나려고 하는 지향을 읽는 일은 그리 어렵지 않다. 서구의 시인 랭보가 근대의 속물성과 폭력성을 벗어나고자 서구의 바깥으로 눈을 돌렸다가 거기에서 제국주의적 상행위의 중개꾼으로 전락하고 다시 서구 세계 속으로 귀환하는 것을 목격하면서 서정주는 랭보를 비롯한 유럽의 아방가르드 시인들과는 다른 길을 모색하려고 하였다. 이 시에서 서구가 아닌 알라스카, 아라비아, 아메리카 그리고 아프리카를 들먹이는 것은 서구 안에서는 더 이상 탈출구나 대안을 찾기 어렵다는 것을 뼈저리게 느끼고 있었기 때문에 가능한 것이다. 그럴 수밖에 없었던 것은 근대 세계에서 벌어지는 속물성과 이로 인한 인간의 비극성은 결코 근대를 낳았던 서구 그 자체 내에서는 해결되기 어렵다는 사실을 예감하였기 때문이다. 따라서 서정주는 과거의 시 세계에서 벗어나 새로운 세계를 찾아 떠나고자 하였다.

랭보만큼이나 몰입하였던 보들레르의 세계로부터도 떠나게 된다. 서정주가 깊이 심취하였던 보들레르에서 떠날 때의 내면 정경은 「수대동시」에서 만날 수 있다.

흰 무명옷 갈아입고 난 마음
싸늘한 돌담에 기대어 서면
사뭇 쑥스러워지는 생각, 고구려에 사는 듯,
아스럼 눈 감았던 내 넋의 시골

5) 서정주, 『화사』, 남만서고, 1941.

별 생겨나듯 돌아오는 사투리.

등잔불 벌써 키어지는데……
오랫동안 나는 잘못 살았구나.
샤를르 보들레르처럼 괴로운 서울 여자를
아조 아조 인제는 잊어버려

선왕산 그늘 수대동 14번지
장수강 뻘밭에 소금 구워 먹던
증조 할아버지적 흙으로 지은 집,
오매는 남보단 조개를 잘 줍고,
아버지는 등짐 서른 말 졌느니,

여기는 바로 10년선 옛날
초록 저고리 입었던 금녀, 꽃각시 비녀 하여 웃던 3월의
금녀, 나와 둘이 앉던 곳.

머잖아 봄은 다시 오리니
금녀 동생을 나는 얻으리.
눈썹이 검은 금녀 동생
얻어선 새로 수대동 살리[6]

　식민지 근대의 한 복판인 서울의 뒷골목에서 근대의 속물성을
비판하던 그가 근대 이전의 자취를 강하게 지니고 있는 고향 마
을(수대동은 그의 향리인 선운리 옆 마을이다)의 의미를 발견하게 된
것은 획기적이다. 그 동안 자신이 침잠하였던 세계 즉 보들레르
로 대표되고 있는 서구의 세계―그것이 서구 근대의 속물스러

---

6) 서정주, 『화사』, 남만서고, 1941.

운 문명을 비판하고 있는 것이라 하더라도—에서 떠나 서구의 근대가 이 세계를 휩쓸기 이전의 비서구의 삶에 대한 관심으로 이어진다고 할 수 있다. 이 시에서 "고구려에 사는 듯"이라고 한 것은 그런 점에서 매우 주목해야 할 대목이다. 서구의 근대에 편입되기 이전의 삶에 대한 시인의 관심을 보여주기 시작하는 것이라는 점에서 이후의 향방을 암시한다.

이러한 방향전환이 결코 우연이 아님은 이 시기에 쓴 수필 「질마재 근동야화」7)에서도 확인할 수 있다. 고향 마을인 질마재에서 서구 근대와는 무관하게 하늘이 내린 운명 속에서 살아가고 있는 사람들의 이야기를 적은 이 수필은 당시 그의 세계관적 변화가 얼마나 심대한 것인가를 잘 말해준다. 또한 이후 그가 힘들여 추구한 바 있는 신라의 세계와 질마재의 신화에 대한 관심도 바로 이 무렵부터 시작되었음을 확인할 수 있다.

태평양전쟁으로 일본이 영미로 대표되는 서양과 싸우기 시작하자 그는 이 시대적 현실을 자신의 지적 도정 속에서 파악하였다. 서양의 한계는 근대 이후 서구의 비서구에 대한 제국주의적 침탈에서 이미 분명하게 드러났으며, 이제 서양의 한계를 넘어서는 것은 동양에 깊이 그림자를 드리우고 있는 서양 제국주의를 완전히 몰아내는 것이라고 보았던 것이다. 그 동안 서양의 그늘에 가려 제대로 하늘을 보지 못하였지만 이제 그 베일을 벗고

---

7)『매일신보』1942년 5월 12일부터 21일까지 연재된 이 글 역시 「랭보의 두개골」과 마찬가지로 서정주 문학 연구에서 거의 주목받지 못했던 것으로 질마재의 신화화 작업의 뿌리가 어디에 있는가 하는가를 잘 보여주는 수필이다. 질마재 신화는 해방 후에 이루어진 것이 아니라 그가 친일활동을 시작할 무렵에 동시적으로 이루어진다.

진짜 푸른 하늘을 볼 수 있다고 생각하였던 것이다.

이러한 그의 판단은 서양과 동양의 대립을 낳게 하였고 이 속에서 세계를 관찰하기 시작하였다. 일본의 초국가주의에 심하게 경사되고 있음을 보여주는 「시의 이야기-주로 국민시가에 대하여」는 바로 이러한 새로운 세계인식에 기초해 있는 글이다. 이 글에서도 그는 자기가 한때 심취하였던 랭보와 보들레르에 거리를 두면서 그것과는 다른 동양의 미학에 눈을 돌리고 있다.

> 동방의 시인들은 자기 감정의 노골한 토로를 즐기지 않는 점잖은 신사도를 가지고 있었다. 그들이 얼마나 자기 감정의 노골한 토로나 대상에의 조급한 자기소회를 꺼려했는가는 한시 작품을 조금만 읽어본 사람이면 대개는 짐작할 것이다. 그들은 심지어 벌어질 낙(落)자나 슬플 비(悲)자 같은 걸 여간한 경우가 아니면 시구에 집어넣기까지를 꺼려했던 것이다. 생각건대 그것은 우리들의 회고만으로도 글 읽는 어린 아이는 15세면 벌써 성인이어야 했던 것이다. 우리의 선인들의 누가 대체 랭보와 같이 자기의 바지에 구멍이 난 것을 싯줄 위에 얹었으며, 보들레르와 같이 보기 싫은 유리 장수의 등떼기에 화분을 메어붙인 것을 글로 쓴 것이 있었던가. 그들은 그런 것을 벌써 사춘기의 어둠 속에 묻어버리고 절대로 백일 아래에 드러내는 일이 없었다.[8]

랭보와 보들레르에 심취하는 과정에서 얻은 것이 없는 것은 아니나 그것은 어디까지나 민중의 공감을 얻지 못하고 외래사상의 번역에 지나지 않았다고 자기 비판하면서 이들로부터 거리를 두고자 하는 서정주의 내심에는 서구의 전망으로부터 벗어나 그동안 망각하고 돌보지 않았던 동양의 세계에 눈을 뜨기 시작하는 과정이 놓여 있다. 동양의 교양에 주목하면서 이를 천착하고

---

8) 서정주, 「시의 이야기」, 『매일신보』, 1942.7.12~17.

자 하는 생각은 이 시기에 이르러 한층 강화된 대동아공영론과 밀접하게 연관되어 진행된다. 태평양전쟁 이후 일본이 내세운 것이 바로 대동아공영권으로서 이는 그 동안 서구로부터 동양이 일방적으로 억압되었던 것에서 벗어나 동양을 해방하자는 것이 며 동양의 도의로 서양의 저속함을 극복하고자 하는 것이었다. 서양으로부터 탈출과 동양의 발견이 이미 준비되어 있던 터라 서정주는 대동아공영론에 빠지게 되며 그 과정에서 서구의 제국 주의를 새롭게 반복하는 일본의 또 다른 제국주의에 대해서는 비판적 안목을 갖지 못하였다.

> 서구 제국의 문화가 그 근원에 있어서는 조금씩이라도 모두 희랍 로마 문 화의 혜택에서 출발하는 것처럼, 동양의 정신문화라는 것은 그 전부가 근저 에 있어서 한자를 중심으로 하는 일환의 문화를 운위하는 것임은 두말할 필 요도 없다. 동아공영권이란 또 좋은 술어가 생긴 것이라고 나는 내심 감복하 고 있다. 동양에 살면서도 근세에 들어 문학자의 대부분은 눈을 동양에 두지 않았다. 몇몇 동양학자들이 따로 있어 자기들이 일상 사용하는 한자의 낡은 문헌들을 자의적으로 해석해 내는 정도에 그쳤었다. 시인은 모름지기 이 기 회에 부족한 실력대로도 좋으니 먼저 중국의 고전에서 비롯하여 황국의 전적 들과 반도 옛것들을 고루 섭렵하는 총명을 가져야 할 것이다.9)

동양의 자각과 대동아공영론을 구분하지 못함으로써 초국가 주의의 친일파시즘문학으로 들어서게 되는 서정주의 모습을 확 인할 수 있다. 당시 문학가들 중에서는 동양의 자각을 강조하지 만 이를 대동아공영론과 분리시켜 이해하려고 했던 이들이 친일 파시즘문학으로 침몰하지 않았던 것과 퍽 대조된다.

---

9) 서정주, 위의 글, 1942.7.12~17

　　동양의 자각과 대동아공영론을 구분하지 않은 채 이전과는 다른 새로운 세계에 접어든 서정주가 펼치는 작업은 두 가지였다. 하나는 대동아공영권을 건설하기 위한 노력을 '성전'으로 생각하면서 이에 바치는 시적 작업을 하는 것이고, 다른 하나는 동양의 자각에 기초하여 전근대 시기의 옛것들에서 새로운 의미를 읽어내는 시적 작업을 하는 것이다. 이 둘은 서정주에게 결코 분리될 수 있는 성질의 것이 아니었다. 대동아공영권을 지키기 위해 싸우는 것이 현실의 실천적 문제라면, 서구가 침범하기 이전의 옛것에서 새로운 세계를 찾아내는 것은 이를 지탱해주는 정신적 세계를 구축하는 문제이었다.

　　태평양전쟁 이후 새로운 길에 들어선 서정주가 대동아공영권의 전쟁 동원을 촉구하면서 쓴 시는 현재 네 편이다. 가장 먼저 쓰여진 「항공일에」는 대동아공영론과 동양의 발견이 내면적으로 이어져 있음을 환기시킨다는 점에서 주목할 필요가 있다. 그 이후에 쓰여진 다른 세 작품들은 직접적으로 전쟁 동원을 이야기하기 때문에 그러한 측면이 덜한 반면, 이 시는 하늘로 날아가 영미의 적을 쳐부수는 특공대의 비행과 무구한 세계를 상징하는 전근대 동양의 삶으로서의 하늘이 같은 층위에서 제시되고 있기 때문에 동양적 세계의 발견으로 나아가는 서정주의 과정이 아무런 모순 없이 대동아공영권의 전쟁 동원으로 직결되고 있음을 보여준다.

　　　여린 숨을 푹푹 내쉬며
　　　내 귓가에서 자그마한 서운녀(西雲女)가

일곱 살 사투른 고향 말씨로
아이 하늘은 서울이레야,
속삭이던 그 하늘이구나

마늘이랑 파랑 고추를 먹고
기름때 절은 하이얀 옷을 입은
뜨겁디 뜨거운 가슴을 안은 이들이
산비들기 울던 노오란 길을
가고 가던 진초록
바로 그 하늘이구나

아아 애달파라 아직은 감을 수 없는 눈과 눈이여
잊을 수 없는 파아란 정
해 저물어 밤이 되면
별똥은 반짝거려
아아 애달파
지금 사랑하는 사람들
스러져 나날이 하늘은 깊어만 가고

여기 있는 건 내 덧없는 몸짓과 말뿐
메아리와 파도소리와
해맑은 좁은 마당엔
꽃 축제 올리는
쇠가죽 북소리만 은은해

아아 날고프구나 날고 싶어
부릉부릉 온 몸을 울려
사라진 모든 것
파랗게 걸린 저 하늘을
힘차게 비상함은

내 진작 품어온 바람!10)

이 시에 자주 나오는 하늘이란 것은 그가 서구의 근대 속에 취해 살면서 망각하였던 전근대 자연의 세계이다. 천명에 순응하면서 살아가고 있는 죄 없는 사람들의 세계가 바로 하늘인 것이다. 서양 제국주의에 대한 일본의 전쟁을 잃어버린 하늘을 새롭게 찾는 일로 보고 있으며, 또한 그 동안 서양의 근대로 인하여 보지 못하였던 하늘을 일본이 서양과의 전쟁을 통하여 회복시켜 주고 있다고 보는 것이다. 그렇기 때문에 마지막 연에서 "파랗게 걸린 저 하늘을 / 힘차게 비상함은 / 내 진작 품어온 바람"이라고 강하게 말할 수 있게 된다.

이 시기에 썼지만 발표는 해방 후에 한 것으로 시인 자신이 거듭 확인하고 있는 「꽃」은 「항공일에」를 비롯한 당시의 전쟁 동원의 시들과 같이 읽을 필요가 있는 작품이다. 오늘날 보는 작품이 당시의 작품 그대로라고 말할 수는 없지만, 시집 『귀촉도』에 실린 작품 중 일제 말에 쓴 작품들이 별다른 수정 없이 그대로 수록되어 있는 것을 미루어 볼 때, 이 시집에 실린 「꽃」을 대상으로 논하는 것이 크게 어긋나지는 않을 듯 싶다. 흥미로운 것은 이 작품에서 이조백자에 그려져 있는 꽃을 통하여 근대가 침범하기 이전의 한국의 옛것을 재현하고 있다는 점이다. 시인은 이를 곧바로 하늘이라고 하면서 바로 그 곳에서 옛사람의 노래를 듣는다. 이조 백자의 색에서 시상을 떠올렸다고 하면서 자기

---

10) 이 시는 원래 일본어로 발표되었다. 번역은 김규동·김병걸 공편의 『친일문학작품집』 2(실천문학사, 1986)에서 취하였다.

시작 생활에 전기를 가져온 작품이라고 말하고 있는 것이 결코 과장이 아니다. 서정주는 이 시를 가리켜 "시집 『화사』 속의 백열한 그리이스 신화적 육체나 부엉이 같은 암흑이나 절망이나 그런 것들에서도 떠나서 죽은 저 너머 선인들의 무형화된 넋의 세계에 접촉하는 한 문(門)"11)이라고 말한 바 있는데, 이는 시적 변모의 내면을 잘 말해주는 대목이다.

이처럼 서정주는 한편으로는 대동아공영권의 전쟁 동원에 관한 시를 쓰고, 다른 한편으로는 서양이 침범하기 이전의 전근대 세계를 재현하는 시를 썼다. 이 둘은 앞서 말한 것처럼 시인에게 결코 모순된 것이 아니며 양립 가능한 것이었다. 이것은 한 작품 속에서 결합되어 나타나기도 하고 때로는 비슷한 시기에 다른 시에서 동시적으로 드러나기도 하였던 것이다. 전통의 세계와 정한에 대한 서정주의 탐구는 결코 해방 후에 시작된 것이 아니다. 일제 말 친일문학을 쓰기 시작할 무렵에 형성된 것이다. 그런 점에서 서정주가 말하는 근대 이전의 동양의 세계라든가 전통이라는 것은 결코 민족적인 것과는 아무런 관련이 없음을 알 수 있다. 오히려 민족적인 것을 철저하게 억압하는 과정 속에서 이루어진 것임을 확인할 수 있다.

대동아공영권의 전쟁 동원이라는 것과 동양의 자각을 구분하지 않고 동시에 밀고 나갔다는 것은 그가 이 시기에 보여주기 시작하였고 해방 이후 심화 확대하고 있는 전근대 옛 사람들의 세계의 추구란 것이 현실의 구체성을 결한 것이며 또한 근대와

---

11) 『서정주 문학전집』 3, 일지사, 1972, 228면.

의 팽팽한 긴장 속에서 나온 것[12]이 아님을 말해준다. 현실의
역사성에 대한 이러한 안이한 접근 혹은 무지는 자신이 그토록
거부하려고 하였고 피하려고 하였던 폭력에 자신도 모르게 동참
하게 되는 동력이 됨을 여실히 말해주는 것이다. 실제 이러한 장
면을 이후 그의 시적 편력에서 어렵지 않게 발견한다.

4. 서정주의 길과 오장환의 길

근대 문명의 속물성을 비판하는 데서 출발하여 태평양전쟁의
개시 이후 대동아공영론과 동양의 자각을 아무런 내부적 모순
없이 동시에 받아들였던 서정주의 시적 도정은 비슷한 길을 걸
어 왔으면서도 친일파시즘이 아닌 내적 망명 즉 우회적 글쓰기
를 선택하였던 오장환에 비추어 볼 때 그 한계가 훨씬 더 분명
하게 드러난다.
오장환이 '시인부락'에 합류한 이후 서정주와 오장환은 한국
근대문학사에서 달리 그 예를 찾기 어려울 정도로 밀접한 관계
속에서 시작활동을 하였다. 서정주의 첫 시집 『화사』가 나온 것

---

12) 전근대 민중 공동체의 삶에 대한 천착이 항상 근대와의 팽팽한 긴장 속에서
　　이루어지고 있는 백석의 세계와는 이런 점에서 확연하게 다르다. 백석의 경우
　　전근대 민중의 세계에 대한 민속적 접근은 항상 근대의 억압과 관련되어 이루
　　어지고 있으며 그것은 또한 공동체에 대한 지향에 맞닿아 있다.

도 오장환이 경영하고 있던 남만서고였고, 이 시집의 발문을 쓴 김상원이 이 발문은 당연히 오장환이 써야 한다고 토를 달 정도로 그 둘 사이의 관계는 친밀하였다. 이 두 시인이 그러한 관계를 유지할 수 있었던 것은 근대 부르주아 문명의 속물근성을 그 내부로부터 혁파하려고 하였던 공통점에서 찾을 수 있다. 그렇기 때문에 서정주가 「바다」란 시를 썼을 때 오장환은 이 시에 공명하여 글13)을 쓰기도 하고, 랭보의 최후를 비판하는 서정주의 글을 읽은 후 감동에서 우러나는 글14)로 화답하기도 하였고, 「귀촉도」가 나왔을 때 이에 호응하는 시 「귀촉도」15)를 발표하기도 하였던 것이다.

그러던 이 두 시인이 다른 길을 걷기 시작한 것은 태평양전쟁 이후 서정주가 급속하게 친일파시즘의 대동아공영론으로 전락할 때부터이다. 오장환 역시 유럽 중심주의에 의해 일방적으로 규정되고 있는 조선과 동양의 현실을 개탄하면서 이를 극복하여야 한다고 주장하였다. 동양의 자각을 깊이 체감하면서도 그는 서양과 동양의 이항대립을 서양중심주의에서 동양중심주의로 전도시켜 이해하는 것이 결코 대안이 될 수 없으며 또한 일본이 서구 제국주의를 다른 방식으로 되풀이하는 것에 지나지 않는다고 보았기에 대동아공영론에 빠지지 않고 이를 거부하였다.16) 그에게는 조

---

13) 오장환, 「여정」, 『오장환전집』, 실천문학사, 2002.

14) 오장환, 「팔등잡문」, 『오장환전집』, 실천문학사, 2002, 241면.

15) 서정주가 『여성』 1940년 5월호에 「귀촉도」를 발표하자, 오장환은 『춘추』 1941년 4월호에 「귀촉도−정주에 주는 시」로 호응한다.

16) 유럽중심주의에서 벗어난 동양의 자각을 강조함에도 불구하고 대동아공영론으로 빠지지 않는 경우는 오장환 이외에도 여럿 있다. 김남천의 「전환기와

선과 동양의 자각과 대동아공영론은 전혀 다른 차원의 것이었다. 그는 대동아공영론은 동아시아의 평화를 촉진하는 것이 아니라 오히려 그것을 파괴하는 것이라고 보았던 것이다. 그렇기 때문에 그는 현재 벌어지고 있는 현실에 결코 절망하지 않을 것을 자신과 주변에 권유하면서 이 힘든 난세를 날카로운 긴장감으로 버텨나갔다.

> 안한(安閑)한 수엽 속에 즐거이 노래하던 무릇 작은 새들이여! 구주(歐洲)문단이란 울창한 거수의 도괴로 말미암아 너희들의 안주할 둥지는 어느 곳이냐. (…중략…―인용자) 내가 이때까지 가지고 있는 것은 무엇이었던가. 내가 이때까지 믿고 있었던 것이란 무엇이었던가. 이조 이후 더 나아가서는 고려 이후로 우리의 문화가 자주성을 잃은 대신에 남의 귀틈으로만 살아온 슬픔을 생각해 보라. 4천년이나 되는 문화를 가지고 이것이 중간에 와서 한번도 자기를 반성함이 없이 덮어놓고 외계로만 향한 속절없음을 생각해 보라. 그렇게도 우리의 풍토와 문화 속엔 돌아볼 재산이 없었는가. 험악한 불모의 지에 괭이질을 하며 새로운 씨를 뿌리려던 신문학 초창기의 개척자들도 결과에 있어선 앞서 말한 바에서 한 걸음도 나아가지 못하였다. (…중략…―인용자) 고전이 없는 슬픔은 실로 막대하다. 자신까지도 믿을 수 없는 무기력 속에서나마 다만 우리들은 절망에 빠지지 않도록 경계해야만 된다. 피맺힌 발로 무연한 백사지를 헤매이는 청년들이여! 숨막히는 열사 속에서 건강한 육신이 돋구고 몇 해씩을 별러 가슴이 무여질 듯 피어나오는 선인장의 빨간 꽃송이, 그 빨간 꽃송이의 꿈을 아끼지 않으려는가.[17]

서양에 대한 환멸이 곧바로 조선과 동양에 대한 환상으로 나아가지는 않기 때문에 대동아공영론과 같은 전도된 오리엔탈리즘으로 향하지 않는다. 또한 중국의 영향이 미치기 전의 고대세계

작가」(조광, 1941.1)나 김기림의 「동야에 대한 단장」(『문장』 1941.4)은 그 대표적인 것들이다.
17) 오장환, 「방황하는 시정신」, 『오장환 전집』 실천문학사, 2002, 229~232면.

를 근거 없이 이상화하면서 그곳으로 나아가지도 않았다. 억압적 현실의 힘에 가위눌리면서도 절망하지 않고, 척박한 사막에서 오랜 시련을 겪으면서 피어나는 선인장처럼 희망을 잃지 않으려고 노력하였다. 당시의 억압적 현실의 무게를 고려할 때 이러한 태도는 결코 쉬운 일이 아니지만 그는 부당한 현실과의 안이한 타협을 거부하면서 끝까지 버텨내었던 것이다. 그가 일제하에서 마지막으로 발표한 1943년의 작품 「탑」을 보면 무엇이 그로 하여금 이렇게 억압적 현실에 굴하지 않고 견뎌내게 했었는가를 짐작할 수 있다.

서정주는 문학적 자서전에서 일제하에서 그렇게 친하게 지냈던 오장환이 해방 후 친일을 했다고 자신을 멀리 했던 사실을 회고하면서 깊은 아쉬움을 토로한 바 있다. 한때 비슷한 문학적 경향으로 절친하였던 그들이 일제 말에 다른 길을 걷게 됨으로써 다시는 더 이상 만날 수 없었던 것이다. 이 두 사람이 선택한 길은 문학인이 현실을 어떻게 보고 대응하느냐 하는 것이 얼마나 중요한 것인가를 새삼 일깨워준다.

제 6 장

최정희―모성과 국가주의의 결합

1. 여성 문학인 친일 협력의 두 가지 길

1938년 10월 무한 삼진의 함락과 1940년 6월의 파리 함락을 겪으면서 일제 말 여성 문학인들은 협력과 저항으로 현저하게 나누어지기 시작하였다. 강경애는 1938년 말 이후 변화된 현실을 추수하지 않으려고 버티면서 속을 앓았고 결국에는 이 과정에서 얻은 마음의 병으로 하여 육체까지 잃는 사태에 이르렀다. 임순득은 일본어를 통하여 자신의 저항의지를 드러내면서 끝까지 저항하였다. 침묵과 우회적 글쓰기를 통한 이들의 저항과 달리 일부 여성 문학인들은 친일 협력의 길을 기꺼이 걸었다. 최정희와 모윤숙 등의 문학인들은 동양의 해방이란 이름하에서 식민주의 파시즘에 동참하였으며 그렇게 하는 것이 여성을 보호하는 것이라고 생각하였다. 여성 문학인들 개개인이 선택한 협력과 저항의 내적 논리를 재구성하는 것은 매우 중요한 일이나 여기서는 협력의 길에 나섰던 여성 문학인 특히 최정희를 중심으로 친일 협력의 내적 동인을 규명하고자 한다.[1]

친일 협력은 외부로부터의 강제에 의해서가 아니라 자발적으로 이루어진 것이며 거기에는 내적 논리가 존재한다는 것은 일제 말 여성 문학인의 친일 협력의 경우에도 예외가 아니다. 여성 문학인들 역시 그 자신들이 이전부터 견지해오던 입장의 연장에서 일제의 헤게모니적 지배에 포섭되었고 그 이후 내부의 화학적 융합을 통하여 내면화의 과정을 거쳐 확고한 자발적 친일 협력을 길을 걸었던 것이다. 따라서 이전에 자신이 견지해오던 입장 즉 여성문제를 어떻게 보는가에 따라 두 가지의 양상으로 나누어졌다.

첫째는 가정이란 틀 내에서의 여성성에 주목하였던 작가들이 친일 협력에 나서는 길이다. 남성과 다른 여성의 세계에 주목하면서 이를 지속적으로 추구하였던 작가들의 경우 친일 협력을 할 때 철저하게 가정의 영역 내에 머무른다. 일제 말 일본의 국가주의는 식민지 조선의 여성들을 동원하기 위하여 다양한 이데올로기를 전파하였다. 군국의 어머니를 비롯하여 생산의 증강에 이르기까지 다양한 역할을 요구하였다. 잘 알려져 있는 것처럼

---

1) 일제 말 여성 작가의 협력과 저항의 상이한 길을 걷게 되는 전반적 과정에 대한 대비적 고찰에 대해서는 이상경의 「식민지에서의 여성과 민족의 문제― 일제 파시즘하의 최정희와 임순득」(『실천문학』, 2003년 봄)을 참조할 수 있다.

식민지 조선의 여성들에게 성적 노예의 역할까지도 요구하였던 것이다. 이러한 다양한 역할 중에서 이들 작가들은 가정의 영역을 벗어나는 것은 여성이 수행해야 할 역할이 아니라고 생각하면서 가정을 고수하였다. 남성과 다른 여성의 세계에 집착하였던 이들은 국가가 가정 바깥에서의 역할을 요구하였을 때 쉽게 나설 수 없었던 것이다. 그렇기 때문에 이들은 가정 내에서 여성이 할 수 있는 역할 즉 전시 가정생활을 충실하게 꾸려나가는 데 있어서 여성이 해야 할 역할을 모색하였고 최정희의 경우가 이의 대표적인 경우라 할 수 있다.

둘째는 남성의 영역이라는 사회적 공간에 동등하게 참여하기를 요구하였던 작가들이 친일 협력에 나서는 경우이다. 남성과 다른 여성의 세계에 갇혀 있었던 작가들의 경우와 달리 이들 작가들은 여성들이 기존의 남성들의 영역에까지 나아가기를 요구하였기에 국가주의가 여성의 동원을 요구하였을 때 쉽게 나아갈 수 있었다. 특히 이들은 가정 바깥에서 이루어진 동원에서도 남성과 마찬가지로 나설 것을 촉구하였다. 생산 증강의 현장에서부터 전선에 이르기까지 남성들이 나서는 모든 영역에 여성들도 나서기를 바랐던 것이다. 때로는 이러한 기회를 오히려 여성들이 사회적 공적 영역으로 진출할 수 있는 좋은 기회라고 생각하여 더욱 열성적으로 나서기까지 하였다. 모윤숙이 이의 대표적인 경우라 할 수 있다.

이러한 두 가지 입장이 확연하게 대중 앞에 선을 보인 것은 태평양전쟁이 일어난 직후 경성의 부민관에서 이루어진 여성들의 시국강연회 서상이다. 1941년 12월 27일 부민관에서는 조선

임전보국단 주최의 여성 강연회가 이루어졌는데 여기에 문학인으로서는 최정희와 모윤숙이 등장하여 강연을 하였다. 최정희는 전시하에서 여성들이 할 수 있는 것으로 '군국의 어머니'를 내세웠다. 가정이란 테두리 내에서 여성이 할 수 있는 것은 전쟁터에 나가는 군인들을 강하게 키우는 어머니의 역할이라고 주장하였다. 아이들을 강하게 키워 장래에 군인으로 내보내는 것이라든가 현재 군대에 나갈 아들을 붙잡지 않고 대범하게 보내는 것 등에서 강한 어머니의 역할이 필요하다는 것이다. "여성은 약하다하지만 어머니는 강하지 않습니까"라고 말한 최정희 연설의 한 대목은 남성과 다른 여성의 세계에 주목하였던 작가들이 국가주의에 동원되는 방식을 압축적으로 보여주는 것이라 할 수 있다.

모윤숙은 여성들이 가정 바깥의 세계에 진출하여 국가주의적 동원에 호응할 것을 강하게 주장하였다. 여성도 전사가 되어야 한다고 하면서 전쟁에 나간 남자들을 대신하여 공장이나 회사로 나가야 한다고 주장하였다. 당시 여성들이 군인이 될 수는 없었기 때문에 남자들이 전쟁터에 나가 비어있는 공장이나 회사에 여성들이 진출하여 후방의 전사로 활약해야 한다는 것이 모윤숙의 주장이다. "가문에서 쫓겨나더라도 나라에서 쫓겨나지 않는 아내 며느리가 됩시다"라고 말한 모윤숙 연설의 한 대목은 남성의 영역에 여성들이 진출해야 한다고 평소 생각하던 여성 문학인들이 국가주의에 동원되는 방식을 확연하게 보여주는 것이라 할 수 있다.

태평양전쟁 이후 일본 제국주의의 국가주의적 동원방식이 한층 강화되자 여성 문학인들의 호응 방식이 이처럼 선명하게 나누어지기 시작하였다. 후자 즉 기존의 남성들이 독차지한 사회적 영역에 여성들이 진출하기를 바라는 경우도 많았지만 전자 즉 남성과 다른 여성의 영역에서 국가에 충성해야 한다는 견해 역시 만만치 않았던 것으로 보인다.

2. 동양의 발견과 협력의 시작

일제 말 문학인들이 친일 협력을 하는 계기는 두 개이다. 하나는 1938년 10월 무한 삼진이 일본군에 의해 함락당하는 사건이다. 이를 지켜보면서 동북아는 일본 제국의 영역 속에 편입되었다고 판단하고 조선의 독립을 바라는 것은 비현실적인 것이라고 믿게 되어 현실을 인정하고 그 속에서 차별을 벗어날 수 있는 길을 모색하고자 하였다. 다른 하나는 1940년 6월의 파리 함락과 연이어 선포된 신체제 사건이다. 서구 근대 사회의 몰락과 이를 대신할 동양의 발견 속에서 세계사의 전환을 예감하면서 새로운 문명의 건설에 나서야 한다는 강한 의무감이 휩쓸기 시작하였다.

최정희는 두 번째 사건을 계기로 하여 친일 협력의 길에 나선 것으로 보인다. 첫 번째 사건 역시 그에게 일정한 영향을 미쳤겠지만 그로 하여금 친일 협력의 길에 나서게 할 만큼 강한 것은 아니었음을 알 수 있다. 동양의 발견이란 것이 그에게는 매우 중요한 계기를 마련했음을 엿보게 하는 것이 소설「환영 속의 병사」이다.

1941년 2월『국민총력』에 일본어로 발표된 이 작품에서 동양의 발견이란 것이 그로 하여금 새로운 세계로 다가가게 하는 관문의 역할을 하고 있음을 확인할 수 있다. 이 작품은 표면적으로는 내선인 간의 연애를 통한 내선일체를 이야기하는 작품처럼 보이지만 내적으로 보면 결코 거기에 머물지 않음을 알 수 있다. 조선인 여자 영순과 일본 출신인 군인 야마모토 사이의 애정이 기본선을 이루고 있어 내선일체를 말하는 것으로 보인다. 그런데 이 작품에서 중요한 것은 내선일체가 아니라 동양의 발견이다. 야마모토와 영순이 조선에서 서로 만나는 것으로 이 작품이 끝났다면 이 작품은 내선일체에 바쳐진 작품이라고 단언할 수 있다. 하지만 야마모토가 중국 전선에 가서 그곳에서 중국과 조선이 비슷하다는 것을 강조하는 대목에 이르면 이 작품의 참된 주제가 내선일체가 아니라 일본, 조선 그리고 중국을 하나로 묶는 동양의 발견임을 알 수 있다.

야모모토가 영순에게 보낸 편지의 다음 일절은 이 작품의 참된 주제가 내선일체가 아닌 동양의 발견임을 명확하게 보여주고 있다.

당신이 써준 당신의 이름과 언문을 보면서 당신을 느끼고 당신 어머님과 친척들과 같은 동포인 전체를 느낍니다. 그리고 언문의 모양이 조선의 가옥구조와 지나의 가옥구조와 닮았다는 것을 생각하며 지나와 조선과 일본은 아

주 오래 전의 신대로부터 연결되어 있다는 것을 믿지 않을 수 없습니다.[2]

　야마모토가 다른 일본군 병사들처럼 낙동강 근처로 이동하여 근무하였다면 영순과 야마모토의 연애감정은 내선일체에 국한되었을 것이다. 그런데 야마모토가 중국 전선으로 가서 그곳에서 조선의 가옥과 중국의 가옥이 비슷한 형태로 되어 있음을 깨닫고 중국과 조선이 과거에 하나의 끈으로 연결되어 있음을 발견한다. 그리하여 일본, 조선 그리고 중국이 결코 동떨어진 것이 아니라 과거에 하나였음을 깨닫게 된다. 이를 묶어 주는 것이 바로 동양이다.

　중일전쟁 이후 일본은 내선일체를 내세우면서 중국을 타자화하였다. 조선의 역사에서도 중국의 영향을 받기 이전의 역사를 중시하면서 그 시기의 조선이 일본과 연결되어 있다고 강조하였다. 일본과 조선이 서로 동일한 문명 속에 존재하다가 일본은 이후 중국의 영향을 받지 않고 지속된 반면, 조선은 중국의 영향을 받아 이탈되었다고 보았던 것이다. 그리하여 조선이 다시 중국의 강한 색채를 벗어나서 원래의 세계로 돌아가야 하고 그럴 때만이 다시 내선일체가 구현된다고 보는 것이다. 이를 위해서는 중국의 영향에서 벗어나 일본의 영향 속으로 편입되어야 한다고 주장하였다. 이렇게 내선일체를 강조하다 보니 중국은 철저하게 배제되었다. 조선을 받아들이고 중국을 배제하였던 내선일체의 틀로서는 중국과의 전쟁과 그 이후를 제대로 설명할 수 없게 되었다. 그리하여 중국을 포함한 새로운 틀이 요구되었고 그것이

---

2) 김재용 외 편역, 『식민주의와 협력』, 역락, 2003, 46면.

바로 동양의 발견이었다. 조선과 중국을 동양이란 틀 내에서 묶고 이를 일본이 대표하는 방식으로 이끌어 나가고자 하였다. 그 과정에서 동양이 재발견되었고 서양이라는 새로운 타자가 필요하였던 것이다.

이 작품은 바로 이러한 동양의 틀을 새롭게 인식하기 시작하는 과정을 보여준 작품으로 기존의 내선일체와는 분명 차이를 보여주고 있다. 이러한 갈등은 만주국 내에서도 발견된다. 만주국은 표면적으로 오족협화를 내세웠기 때문에 그 속에서는 분명 일본인과 조선인의 구분이 있었다. 오족에는 일본인과 조선인이 각각 별개의 종족적 그룹으로 분류되었다. 그런데 한반도 내에서는 내선일체가 널리 선전되면서 일본과 조선은 하나라는 것이 강조되다 보니 만주국 내에 거주하고 있는 조선인들의 입장이 복잡하게 되어 버린다. 내선일체의 시각에서 보면 조선인은 일본인이지만, 오족협화의 입장에서 보면 조선인은 일본인과 분명 다른 그리하여 일본인과 동등한 만주국 구성원인 것이다.

일본의 제국주의 지배가 조선을 넘어서 만주와 중국으로 확산되면서 자기 내부의 이러한 모순이 심각하게 일기 시작하였다. 이것을 넘어서는 것이 바로 동양이라는 새로운 틀이었다. 최정희는 중국의 배제를 전제로 하는 내선일체에 대해서는 거리를 두었지만 중국을 포함하는 동양의 틀에 대해서 깊이 이끌린 것으로 보인다. 그렇기 때문에 그는 신체제가 공표되면서 동양이 부상하는 지적 분위기 속에서 머뭇거림 없이 친일 협력의 길을 걸을 수 있었던 것으로 보인다. 「환영 속의 병사」가 신체가 선포된 직후에 발표되었다는 것은 결코 우연이 아니다. 이런 과정을

거치면서 최정희는 일본주의적 국가주의에 급속하게 포섭되어
나갔다.

3. 동양론을 매개로 한 모성과 국가주의의 결합

　동양의 발견을 통하여 신체제에 합류한 최정희로서는 그 동안
자신을 교양시켰던 서구를 지워내는 것이 큰 과업이었다. 조선
의 여성들이 받아온 그 동안의 교육은 비록 일본의 식민지 교육
이긴 하지만 기본적으로 서구에 그 기원을 두고 있는 것들이었
다. 특히 조선에 나와 있는 선교사들이 주축이 되어 설립한 학교
에서 교육을 받은 이들에게는 이러한 경향이 더욱 강하였던 것
이다. 따라서 서양인 교장과 선생들 밑에서 근대 서구 교육을 받
은 이들에게 동양의 발견이 곧바로 서양의 비판으로 이어지지
않았던 것이다. 바로 이러한 문제를 다룬 것이 소설 「여명」이다.
　이 작품에 등장하는 세 여성은 모두 서양인들이 주축이 되었
던 미션 계통의 여학교를 다닌 이들이다. 젊었을 때 받은 서구의
교양으로 인하여 서양중심주의에서 쉽게 벗어나지 못한다. 그렇
기 때문에 세 여성은 일정한 편차를 갖고 신체제에 접근한다. 경
자는 서양중심의 교육에서 이미 벗어나 부민관에서 미국과 영국
을 비판하고 동양을 역설할 정도로 진전되었다. 은영은 아직 대
중 앞에서 연설을 할 정도로 나아가지는 못하였지만 서양중심주

의에서 벗어나지 못한 친구를 설득할 정도로는 된다. 혜봉은 가장 뒤떨어진 인물이다. 마음속으로는 서양중심주의에서 벗어나야 한다고 생각하지만 예전에 자신을 가르쳐 주었던 선생들에 대한 감사함으로 인하여 쉽게 영국과 미국을 비판하지는 못하는 것이다. 결말에서 가장 낙후되었다고 간주되었던 혜봉이 친구의 설득으로 인하여 서구중심주의에서 벗어나 동양의 발견에 나서는 것으로 설정되어 있다. 그런 점에서 이 작품은 근대 서구의 교육을 받은 이들이 그곳에서 빠져나와 그 동안 까맣게 잊어먹고 있었던 동양을 발견하는 여정을 다루고 있다. 그런 점에서 앞서 보았던 「환상 속의 병사」의 문제의식에 닿아 있는 것이다.

그런데 이 작품이 이전 작품과 달라지는 것은 모성의 문제이다. 세 여자 중에서 가장 낙후한 것으로 간주되었던 혜봉이 자기 아이에 대한 애정으로 인하여 과거와 결별하고 미래에로 나아간다는 것이다. 세 여자의 아이들은 학교에서 자신들의 어머니가 받았던 교육과는 전혀 다른 내용을 배우고 있다. 영국과 미국은 나쁘며 동양을 해치는 악한 존재라고 학교에서 배운다. 그렇기 때문에 길을 가다가 서양인들이 길을 물었을 때 길의 방향을 가르쳐 주는 어머니를 못마땅하게 생각할 정도이다. 나쁜 서양인들이 정보를 습득하여 스파이 노릇을 할 수 있기 때문에 항상 경각심을 가져야 한다고 배웠기 때문이다. 따라서 길을 묻는 서양인에게 방향을 가르쳐 주는 어머니를 이해할 수 없게 되는 것이다. 아이들이 학교에서 받는 이러한 교육과 어머니들이 과거 선교사들이 세운 학교에서 배웠던 것 사이에는 엄청난 거리가 존재하는 것이다. 이 간극을 넘어서게 하는 것이 모성이다. 혜봉이 친구의 조언에도 불구하고 머뭇거리다가 아이들의 이러한 세계를 받아들이기로 결심하면서 서양중심주의에서 벗어나 동양을 확신하고 나아가 국가주의에로 나아가는 것으로 설정된 것에서 서양중심주의에서 벗어나는 과정에서 모성이 행한 역할을 읽을 수 있다. 이미 서양중심주의에서 벗어나 있던 은영마저도 모성을 통하여 동양의 발견을 더욱 내면화하고 있는 대목에서 모성의 국가주의적 결합을 더욱 분명하게 읽을 수 있다.

모성을 매개로 하여 이룩한 이러한 동양에의 확신은 막연한 시대의 흐름으로서의 신체제 및 동양을 발견할 때와는 비교가 되지 않을 정도로 내면화된다. 그렇지만 이러한 동양의 발견과 확신이 일본의 국가주의로 바로 이어지는 것은 아니다. 동양을 서양으로부터 구하는 전쟁에 참가할 정도로 될 때 비로소 국가주의에 포섭되는 것이다. 그런데 남성과 다른 여성의 세계를 견지하려고 하였던 최정희에게 이러한 기획은 쉽지 않다. 여성들이 남성의 세계인 전쟁에 참여라는 것이 결코 내키지 않은 일인 것이다. 또한 남성들이 전쟁터에 나간 후에 비어있는 공장이나 회사에 나가는 것도 내키지 않는 것이다. 그렇기 때문에 최정희가 고안한 것은 '군국의 어머니'이다. 즉 전쟁에 나갈 아들을 용감하게 키우는 것이다. 이것은 여성이 갖고 있는 모성을 최대한 발휘함으로써 가능할 뿐 아니라 가정 바깥의 사회적 영역으로 나아가지 않고도 가능하기 때문이다. 그렇기 때문에 최정희는 동양의 발견과 그것의 확신을 넘어 이제 모성과 국가주의의 결합에로 나아가는 것이다. 「야국초」는 바로 이러한 내적 지향을 보여주는 작품이다.

이 작품에는 앞선 작품들에서 나왔던 동양주의는 더 이상 나오지 않는다. 최정희가 동양주의를 통하여 스스로 신체제를 받아들였던 것을 생각할 때 의외일 수도 있다. 하지만 이미 두 작품에서 동양주의의 세계를 이야기한 바 있는 그로서는 더 이상 여기에 대해서 언급할 필요성을 느끼지 않았을 것이다. 동양의 발견을 「환상 속의 병사」 속에서, 동양의 확신을 「여명」 속에서 이미 이야기한 그로서는 이제 이를 매개로 하여 국가주의로 나아가는 과정이 필요하였던 것이다. 동양을 서양의 위협으로부터 구하기 위해서는 일본 제국의 대서양전쟁이 필요하고 이 전쟁에 어떤 방식으로 참여하여야만 이러한 동양주의를 관철할 수 있다고 믿기 때문이다. 따라서 필요한 것은 어떤 과정을 통하여 이러한 국가주의로 나아가는가 하는 점이다. 전쟁에 나가게 될 아이들을 일본의 정신으로 씩씩하게 무장시키고 키우는 일이 바로 여기에 해당한다. 여성의 세계 즉 모성을 견지하면서도 궁극적으로 서양을 극복하는 이 신성한 전쟁에 참여하게 되는 것이다.

1942년 5월 징병령이 내린 이후에 승일의 어머니는 아이를 데리고 지원병 훈련소를 방문한다. 평소 집회에서 친분이 있던 하라다 교관의 도움으로 훈련소를 아이에게 견학시킨 후 앞으로 아이를 훌륭한 군인으로 키울 결심을 한다. 그렇게 하는 것이 자신과 아이를 버리고 떠난 남편에 대한 복수이자 동시에 국가에 대한 충성인 것이다. 최정희 자신의 말처럼 여성으로서는 약하지만 어머니로서는 강하다는 자신의 신념을 그대로 표현한 것이다. 지위와 명예를 중히 여기는 남자에 의해 버림을 받는 것은 여자로서 약한 것의 표현이지만, 아이를 군인으로 키우는 군국의 어머니의 표상은 강한 모성의 표현이기도 한 것이다. 그런 점에서 최정희는 자신이 여성의 세계를 지키면서 국가의 전쟁에 참여할 수 있는 길을 확보할 수 있게 되는 것이다. 바로 이 점으로 하여 최정희의 문학에서 모성과 국가주의의 결합이 자연스럽게 이루어진다.

최정희의 이러한 확신은 매우 뿌리 깊은 것으로 이후 그의 여러 산문에서 되풀이되어 나타나고 있다. 태평양전쟁이 일어난 직후에 쓴 「군국의 어머니」(『대동아』, 1942.5), 조선에 징병령이 내린 직후에 쓴 「5월 9일」(『半島の光』, 1942.7), 전쟁이 한참 막바지에 도달하였던 1944년에 쓴 「군국의 어머니들」(『半島の光』, 1944.2~4), 「군국모성찬」(『半島の光』, 1944.6~7)이 여기에 속하는 글들이다.

4. '남성적 힘에 대한 찬미'

동양론을 매개로 하여 확보한 군국모성은 모성과 국가주의의 결합을 가장 잘 보여주는 것으로 그가 평소 피력한 신념인 여성으로서는 약하지만 어머니로서의 강하다는 주장에 그대로 이어져 있다. 이로써 그는 일본주의의 국가주의에 충실성을 다하지만 전쟁이 더욱 격화되어 갈수록 국가가 여성들에게 요구하는 역할은 광범위하여졌다. 하지만 여성의 영역을 지키면서 국가의 전쟁에 참여해야 한다는 자신의 생각을 견지하는 한 국가의 이러한 요구에 쉽게 응하기 어려운 것이다. 그가 고안해낸 군국모성론만으로는 여기에 부응할 수 없는 것이어서 심각한 고민에 빠진다. 한편으로는 여성의 영역을 지켜야 한다는 신념이 존재하고 다른 한편에서는 국가의 전쟁에 이바지하여야 한다는 요구가 존재하는 것이다. 이러한 고민을 해결하기 위해서는 여성의 영역 안에서 국가의 전쟁에 이바지할 수 있는 영역을 군국모성 이외에서 찾는 것이다. 그 중의 하나가 바로 가정의 틀을 벗어나지 않으면서도 국가의 전쟁에 참여할 수 있는 애국반 활동이다. 애국반 활동이라는 것은 가정의 틀 내에서 이루어지는 것이기 때문에 여성들이 맡아도 문제가 될 것이 없다고 생각하였다. 그 동안 애국반장을 맡은 사람들은 주로 남자였지만 여자들이 이를 대신한다고 해서 여성의 영역을 벗어나는 것은 아니다. 남성들의 영역이었던 공장과 회사에 나가 일하는 것과는 명백하게 구분되는 것이다. 그렇기 때문에 최정희는 이러한 여성 영역의 확충으로서 애국반에 주목하고 이를 소설화하였다. 「2월 15일의 밤」과 「장미의 집」이 바로 이러한 모색의 과정에서 나온 작품이다.

일본이 싱가폴을 점령한 직후에 쓰여진 「2월 15일의 밤」은 가정 주부로서 살던 선주가 애국반장이 되고 이를 남편이 이해한다는 퍽 짧은 소설이다. 하지만 이 작품은 최정희의 이 시기 문학세계에서 매우 중요한 의미를 갖고 있는 작품이다. 선주가 애국반장이 되었을 때 남편이 매우 못마땅하게 생각하는 것은 여성은 가정 내에서 일을 해야 한다는 생각 때문이다. 선주 역시 남편의 이런 생각에 동의하기 때문에 여성의 아름다움을 잃지 않는 범위 내에서 국가의 일을 하고자 한다. 선주는 애국반장 일이 가정 내에서 하는 일이기 때문에 결코 이런 틀을 벗어나지 않는 것이고 따라서 남편이 이해해 주리라 생각한다. 하지만 남편은 강하게 반대한다. 그러나 영국의 아성이었던 싱가폴을 일본군이 점령했다는 소식을 듣고서야 남편이 아내의 이러한 선택에 수동적으로 동의한다.

이 작품의 핵심은 여성의 영역인 가정을 벗어나지 않으면서도 국가의 전쟁에 이바지할 수 있는 길로서 애국반장의 역할이다. 애국반장은 당시 총동원체제에서 매우 중요한 역할을 하는 조직의 구성원이다. 국민총력 조선연맹의 가장 말단 조직이었던 애국반을 책임지고 이끌어 나가는 인물이 바로 애국반장이다. 그런 점에서 당시 일본의 총동원체제에서 애국반장이 행하는 역할의 비중은 매우 크다. 애국반장은 또한 가정의 부인으로서도 충분히 행할 수 있는 자리이기도 하다. 공장이나 회사가 아니고 가정의 연장에서 애국반장 일을 할 수 있기 때문에 가정이라는 여성의 영역을 벗어나지 않고도 수행할 수 있다. 남편이 선주의 이러한 결정에 궁극적으로 동참할 수 있었던 데에는 싱가폴 함락이라는 역사적 사건도 한 몫을 했지만 애국반장의 일이 가정의 테두리를 벗어나지 않고도 할 수 있는 성격의 것이라는 점도 크게 작용하였을 것이다. 만약 그렇지 않다면 남편은 끝까지 반대하였을 것이고 선주 역시 남편의 의견을 쫓아 애국반장을 포기하였을 것이다.

최정희는 남성과 다른 여성의 영역을 중요시하였고 이를 지키면서 국가의 전쟁에 이바지할 수 있는 길을 모색하였다. 그 중의 하나가 앞서 언급한 군국모성이었지만 여기에 멈출 수는 없었

남자의 영역이라고 간주되었던 곳에 여성이 진출함으로써 전쟁에 기여해야 한다는 모윤숙의 입장과 달리 여성성을 고수하면서 전쟁에 이바지하는 길을 모색하였던 최정희가 포착한 것 중의 하나가 군국의 어머니였다. 당시 지원병과 징병된 군인들이 훈련소에서 겪는 가장 큰 어려움은 군대에 나갈 때 눈물을 흘리는 어머니의 모습이었다고 한다. 그리하여 일본 제국주의는 강한 어머니상을 주문하였는데 최정희는 작품에서 '군국의 어머니'상을 창조함으로써 이에 호응하였다. 군대에 나가는 아들 앞에서 눈물을 흘리지 않고 의연한 태도를 취하는 어머니의 모습을 담은 사진은 일제가 널리 선전한 '군국의 어머니' 모습이다. 당시 여성 작가 임순득은 바로 이러한 여성문학을 강하게 비판하면서 비협력의 길을 걸었기에 최정희와는 대조된다.

다. 그렇기 때문에 가정의 틀을 벗어나지 않으면서 국가의 전쟁에 도움이 될 수 있는 일로서 애국반장에 주목하게 된 것이다. 이처럼 최정희는 자신의 시각 내에서 영역을 확충하기 위하여 다각도로 노력하였고 그 결과가 「2월 15일의 밤」이고 이를 확대한 것이 「장미의 집」이다.

1942년에 이르러 최정희는 삼천리사에서 나와 경성방송국에 근무하였다. 이는 당시 남성들이 전쟁터에 나가면서 비게 된 곳에 여성들이 나가 일을 하게 되는 그러한 종류의 것이었다. 노천명이 매일신보사에 들어가게 된 것과 맥을 같이 하는 것이다. 최정희는 실제 현실에서는 가정의 영역을 벗어나 회사에서 일을 하게끔 요구받았고 이를 이행했지만 작품의 세계에서는 이러한 것에 끝내 동의하지 않았던 것으로 보인다. 그렇기 때문에 일제 말 마지막 시기까지 계속하여 여성들의 사회적 활동의 참여에 대해서는 부정적이었고 어디까지나 가정이란 여성의 영역을 확충하는 데 그치고 말았던 것으로 보인다. 이러한 것을 잘 보여주는 것이 1945년에 발표한 「징용열차」이다.

징용을 가는 이들이 영문도 모르고 끌려나와 차를 타고 가는 도중에 선생과 교장들이 행하는 연설을 들으면서 비로소 자신이 영미를 구축하고 동양 민족을 구원할 중대한 사명을 갖는다고 자각하고 막연한 두려움과 슬픔에서 빠져나와 명랑해진다는 것을 담은 작품이다. 동양의 사람들이 서양의 종이 되지 않기 위해서는 모든 일을 다해야 한다는 최정희의 오래된 동양주의가 그대로 지속되고 있음을 보여주는 작품이다. 그런데 여기서 중요한 것은 징용에 대한 여성의 반응이다.

　이 열차의 연설원 중에는 국민동원총진회라는 응징사들을 고무, 격려하는 단체의 일원으로 몸뻬를 입은 두 명의 여자가 포함되어 있는데 하나는 여선생이고 다른 한 사람은 여교장이다. 앞서 보았던 것처럼 최정희는 가정이란 여성의 영역을 지키면서 국가의 전쟁에 참여하여야 한다고 생각한 사람이다. 좀 더 넓히더라도 남성과 다른 여성의 아름다움을 지키면서 국가의 전쟁에 이바지하여야 한다고 믿고 있었다. 남성들이 국가에 충성을 다하는 방식과 여성들이 국가에 충성을 다하는 방식은 명백하게 구분된다고 보고 있는 것이다. 이런 입장을 갖고 있는 최정희로서는 징용이란 문제가 전면에 대두되었을 때 이를 다루기가 쉽지 않은 것이다. 작가로서 협력을 다하기 위해서는 당시 중요한 문제였던 이 징용의 문제를 피하기 어렵고 그렇다고 해서 이를 직접 다루기에는 징용이란 것은 남성의 영역이지 여성의 그것은 아닌 것이다. 이를 해결하고자 설정한 것이 징용을 가는 남성들을 위로하는 연설을 여성들이 행하는 구도이다. 그렇게 되면 여성은 자신의 영역을 지키면서 징용이란 국가의 총동원에 이바지할 수 있는 것이기 때문이다. 따라서 이 작품에 등장하는 두 명의 여성 연설원은 자신들의 여성적 영역을 지키면서 징용의 당위성을 설파하는 것으로 설정된다.

　처음에 등장하는 여교사는 오빠가 학병으로 나가고, 남편이 남방에 기술자로 갔고, 남동생이 징용을 갔다고 하면서 아버지 아들 아저씨 남편 오빠 모두가 나서야 할 때라고 연설한다. 과거 군국의 어머니와는 사뭇 다른 모습이다. 군대에 나갈 아이를 키우는 어머니의 역할에 그치지 않고 국가의 총동원에 오빠와 남편을 흔쾌하게 보낼 수 있는 마음 자세를 갖는 여성의 모습을 그리고 있다. 다음에 등장하는 여교장 역시 마찬가지이다. 평소에 남성들을 대수롭지 않게 여기는 자신이 국가의 총동원에 나서는 남자들을 보면서 남성들의 위대한 힘을 알게 되었고 존경하기 시작했다고 말한다.

> 남자의 힘은 위대한 것이라고 탄복했습니다. 남자의 힘으로는 못할 것이 없다고 믿어졌습니다. 산을 헐어 바다를 만드는 힘도 남자에게 있는 것을 알았습니다. 어찌 남자 앞에 머리를 안 숙일 수 있습니까. 나는 여러분 앞에 오늘 이 자리에서 머리가 땅에 닿도록 머리를 숙여도 시원치 않습니다. 내 앞에 앉은 이 소년에게까지도 머리를 숙입니다. 소년은 남자이기 때문입니다. 크고 큰 힘을 가진 남자이기 때문입니다. 이제 이 차를 타고 가서 우리를 업신여기고, 우리를 학대하고 우리의 피를 빨아먹으려고 아귀처럼 달려드는 적 아메리카를, 영국을 때려 부술 비행기를, 대포를, 군함을 만들 위대한 힘을 가진 남자이기 때문입니다.[3]

여성들이 근접할 수 없는 남성의 영역을 힘의 세계로 설정하고 찬미하는 방식을 택하는 것이다. 이렇게 될 경우 여성들은 여성의 영역을 지켜내면서 국가의 전쟁에 이바지하게 되는 셈이다. 바로 이것이 최정희가 일제 말에 지속적으로 관철해내고 있는 세계인 셈이다. 최정희는 여성의 아름다움을 잃지 않고 국가의 총동원에 참여하는 결과를 얻게 되는 셈이다. 바로 이것이 평등의 페미니즘을 외치면서 국가총동원에 참여할 것을 주장한 이 시기 다른 여성 작가들의 친일 협력과 명백하게 다른 점이다. 최정희는 이러한 생각을 1940년 말 친일 협력을 하면서부터 1945

---

3) 『半島の光』 1945.2, 25면.

년 해방 이전까지 변함없이 일관되게 관철하였음을 확인할 수
있다.

5. 민족문제가 결여된 여성문제 인식의 한계

　최정희는 친일 협력에 나서기 전에 이미 여성성에 대한 나름의
천착을 소설을 통해 수행한 바 있다. 그 자신 등단작이라고 이야
기한 바 있는 「흉가」(1937)를 비롯하여 「정적기」(1938), 「지맥」(1939),
인맥(1940), 「천맥」(1941) 등은 그 대표적인 작품들이다. 이들 작품
에서 공통적으로 추구하고 있는 모성이란 것은 차이의 페미니즘
산물이기보다는 더 많이는 기존의 사회 제도에서 부여된 여성의
역할을 전제로 한 미약한 자의식의 산물이었다. 그런 한계에도 불
구하고 최정희는 여성성에 대한 집요한 추구를 통하여 자신의 문
제의식을 이어나갔다.
　이러한 문학적 행로 속에서 친일 협력의 계기를 맞이하였기
때문에 모성의 문제를 중요한 한 축으로 삼으면서 당시 일제의
지배 논리를 내면화시켰 나갔다. 동양주의에 눈을 뜨는 것을 계
기로 하여 친일 협력의 길을 선택하였던 그는 두 가지의 길을
추구하였다. 하나는 서양으로부터 동양을 구하는 국가의 전쟁에
가정의 틀을 지키면서 어떤 식으로 기여할 것인가에 대한 모색
이었고 이는 군국 모성으로 귀결되었다. 다른 하나는 이 국가의

성스러운 전쟁에서 요구되는 가정 바깥의 제반 동원 정책에 여성성을 견지하면서 참여할 수 있는 길을 탐구하는 것이고 이는 근거 없는 남성성에 대한 찬미로 이어졌다.

일본의 식민주의가 빚어낸 민족문제에 대한 구체적 천착 없이 여성의 문제를 고립적으로 접근해나감으로써 식민주의적 억압에 동참하였던 최정희의 일제 말 문학적 행로는 식민주의에 대한 인식이 없는 여성성과 여성해방의 추구가 얼마나 위험한 것인가를 새삼 일깨워준다.

제 7 장

송영—왜곡된 국제주의

1. 프로문학과 송영

　프로문학 하면 거기에 속해있던 작가들의 구체적 개성보다는 프로문학 전체의 경향이 먼저 떠오른다. 프로문학이 카프라는 조직 속에서 이루어진 측면이 크기 때문에 이러한 생각은 상당한 타당성을 갖고 있다. 따라서 프로문학 내에 속해 있는 개별 작가들의 고유한 목소리와 미적 개성에 대해서는 별다른 관심을 가지기 어려웠던 것이 그 동안의 연구 현실이다. 또한 중요한 한두 작가에 대한 작가론이 이루어진다 하더라도 그것이 곧바로 프로문학을 대표하는 것으로 여겨지는 분위기라 내부의 차이는 드러나지 않거나 혹은 부분적으로 조명된다 하더라도 곧잘 지워지곤 하였다.

송영은 가장 이른 시기에 프로문학을 시작한 작가이다. 이기영과 한설야가 프로문학에 가담한 것은 송영이 프로문학의 닻을 올린 이후이다. 염군사의 중추였고 나중에 파스큘라와 합동하여 카프를 조직할 때 중요한 역할을 하였다는 것은 잘 알려져 있는 사실이다. 그런 송영이 이기영과 한설야에 비해 제대로 조명을 받지 못 하고 있는 것은 단지 송영 작품의 수준 문제 때문만은 아니라고 본다. 카프 내에 여러 작가들이 갖고 있는 차이와 개성에 대해 주목을 하지 않으려고 하는 연구 풍토와도 일정하게 관련이 있다고 생각한다. 송영의 문학을 통해 이기영과 한설야의 문학이 더욱 잘 드러날 수 있고 이기영과 한설야의 문학을 통해 송영의 문학이 갖고 있는 개성이 잘 드러날 수 있음에도 불구하고 이러한 작업은 제대로 이루어지지 못한 것이 아닌가 한다.

프로문학은 사회주의를 기반으로 하고 있는 만큼 기본적으로 국제주의를 지향한다. 따라서 인류를 하나로 묶는 데 있어 항상 계급을 원칙으로 삼는다. 네이션(nation) 같은 것은 일시적인 것에 불과할 뿐이며 계급만이 영원한 것이다. 한국의 프로문학가들도 기본적으로 이러한 생각을 공유하고 있었던 것으로 보인다. 그런데 한국이 다른 나라들과는 달리 식민지의 형태로 근대 세계체제에 편입되었기 때문에 프로문학가들 내부에서는 미묘한 차이가 발생한다. 식민지라는 것은 현상적인 차이에 지나지 않기 때문에 이를 특별하게 고려하는 것은 국제주의를 포기하거나 희석시킬 수 있다고 생각하는 입장이 존재하였다. 이러한 사람들은 민족이라든가 혹은 그와 유사한 생각에 대해 대단히 예민하게 반발하고 비판하였다. 이에 반해 식민지라는 경험을 가진 한반도에서는 그렇지 못한 다른 억압국가와 사정이 많이 다르기 때문에 이를 고려하여 국제적 연대를 해야 한다고 보는 이들도 있었다. 프로문학 내에서 전자를 대표하는 경우로 송영을 들 수 있고, 후자의 대표적 경우로 한설야를 들 수 있을 것이다. 소설가 이기영은 기본적으로 전자의 경향을 강하게 지니고 있었지만 식민지 농촌의 현실을 다루었던 만큼 작품 내에서는 식민지라는 조선의 특수성이 어느 정도 드러나고 있어 한설야와 송영과는 다른 면모를 갖는다. 조선적 특수성에 대한 문제의식을 갖고 있던 한설야나, 무의식의 세계에서 조선적 특수성을 부분적으로 드러냈던 이기영의 경우와는 다르게 송영은 초지일관하게 계급주의적 국제주의에 충실하였다. 그에게 조선적 특수성에 대한 고려는 곧 민족주의에 투항하는 것에 지나지 않았던 것이다. 그렇기 때문에 그의 작품에서 민족문제 인식은 거의 드러나지 않는다. 이것이 일제 말 그가 친일 파시즘에 협력하는 중요한 근거로 작용한다고 볼 수 있다. 같은 프로문학가 중에서 민족문제에 대한 인식이 강하였던 한설야가 일제 말에 협력의 길을 걷지 않고 저항의 길을 걸은 것과 대조된다.

2. 프롤레타리아 국제주의와 식민지 조선의 괴리

송영의 초기 작품들은 공장의 노동자를 다룬 것이 주를 이루는
데 일본 동경의 공장과 그곳에서 일하는 조선인 노동자들을 다룬
두 편의 작품이 이 시기 그의 생각을 압축적으로 보여준다. 동경
에 이주한 조선인 노동자의 삶을 다루고 있는 「용광로」와 「늘어
가는 무리」는 당시 그가 국제주의에 대하여 어떤 생각을 갖고 있
었는가 하는 점을 아주 잘 보여주는 작품이다. 동경에서의 고학
을 바탕으로 한 것으로 짐작되는 이 작품은 단순히 자신의 자전
적 체험을 기록하는 것에 그치지 않고 조선의 미래에 대한 작가
의 지향을 표출하고 있어 주목을 요한다. 「용광로」(1926)는 조선인
노동자와 일본인 하층 여성의 결합을 다룬 작품이다. 주인공 상
혁은 평소에 말이 없이 지내지만 일본인 사장의 무리한 요구 앞
에서는 동료 노동자들을 선동할 만큼 각성된 의식의 소유자로 그
려져 있다. 그가 경찰에 붙들려 가게 되자 평소에 그의 성품에 남
다른 관심을 갖고 있던 하층 일본인 여성이 절규하면서 그를 따
라간다. 세계는 자본주의화가 철저하게 이루어지고 있으며 이러
한 조건에서 일본인이냐 조선인이냐 하는 것은 아무런 의미가 없
고 오로지 자본주의적 모순에 맞서는 것만이 중요하다고 작가는
보고 있는 것이다. 조선인과 일본인의 차이란 것은 내셔널리즘의
책동일 뿐이고 오로지 자본을 가진 자와 그러지 못한 자 사이의
대립만이 현재의 모순을 극복할 수 있는 유일한 길이라는 것이
다. 그렇기 때문에 조선인 남자와 일본인 여자 사이의 관계를 단

순한 애정 이상의 국제주의적 연대로까지 상승시키려고 노력하고 있는 것이다.[1] 식민지 억압 국가와 피억압 식민지 국가 사이의 그 어떠한 차이에 대해서도 주목하지 않을 뿐만 아니라 오히려 이러한 것을 강조하는 것 자체를 부르주아 내셔널리즘에 지나지 않는다고 판단한 데에는 조선에서도 장래에 자본주의가 무르익을 것이고 이에 따라 노동자들도 성장할 것이라고 내다보았던 현실 인식이 놓여 있다. 그런데 본격적인 공업화가 이루어지지 않았던 당시의 조선의 현실에서 이러한 경향을 읽어내는 것은 결코 쉽지 않았기 때문에 일본 동경을 무대로 선택한 것으로 보인다. 「늘어가는 무리」(1925) 역시 동경을 무대로 하여 일본 노동시장에 편입된 조선인들의 삶을 그린 것도 이런 측면에서 설명할 수 있을 것이다.

국제주의에 대한 송영의 관심이 단순히 일본과 조선의 관계에 국한되는 것이 아니고 그 이상으로 전 지구적으로 퍼져 있다는 점을 잘 보여주는 작품이 「인도 병사」(1928)이다. 중국의 영국 조계 지역을 지키는 말단 인도인 병사를 다룬 이 작품은 당시 조선의 문학계에서 매우 특이한 소재를 다룬 것이다. 송영의 관심이 중국에까지 미치고 있으며 또한 중국에서도 인도인 병사를 다루고 있다는 사실은 그가 얼마나 국제주의에 깊은 관심을 갖고 있었는가 하는 점을 아주 극명하게 보여준다.[2] 국공합작이

---

1) 같은 프로문학에 속하였던 한설야는 식민지하에서 조선인 여자와 일본인 남자 사이의 결합이 제대로 이루어질 수 없는 것을 그린 작품 「그릇된 동경」을 이 시기에 발표하고 있어 퍽 대조된다. 송영과 한설야가 일제 말에 각각 협력과 저항을 길을 걸은 것도 이런 점에 비추어 볼 때 결코 우연이라 할 수 없을 것이다.

깨어지기 전에 쓴 이 작품에서 향후 중국 사회의 미래에 있어 중국 공산당의 사회주의적 지향이 매우 중요한 역할을 할 것으로 보고 있는데 이 점은 등장인물인 사회주의자 진용시에서 잘 드러난다. 송영의 이러한 국제주의가 한층 강해진 것은 1928년 이후이다. 잘 알려져 있는 것처럼 중국의 국공합작이 장개석이 일으킨 1927년 4월의 상해 쿠데타로 인해 결렬되자 코민테른을 위시하여 당시의 사회주의 진영은 기존의 입장을 바꾸었다. 1928년에 열린 코민테른 6차 회의에서 식민지에서의 부르주아지는 결코 진보적일 수 없다고 규정하면서 사회주의 운동에서의 전반적 좌선회를 요청하였다. 당시 한국의 많은 사회주의자들이 이에 호응하여 극좌적 견해를 거침없이 토해냈는데, 기존에 식민지의 특수성을 고려하는 이들 중에서도 일부는 이러한 시대적 흐름에 휩쓸렸다. 현실보다는 책을 통해 일방적으로 사회주의를 흡수한 많은 조선의 지식인들에게 코민테른의 권위란 것은 쉽게 무시할 수 있는 대상이 아니었던 것이다.[3] 송영처럼 원래부터 프롤레타리아 국제주의에 깊은 관심을 가지면서 조선적 특수성

---

2) 이러한 입장을 갖고 있다고 해서 송영이 식민지 문제에 대해서 전적으로 둔감한 것은 아니다. 사회주의 지향의 중국인 진용시가 식민지 인도에서 차출되어 중국의 영국 조계에서 영사관 호위를 맡고 있는 인도 병사에게서 연대를 느끼는 것으로 그리는 데서 제국주의에 대한 비판을 분명 엿볼 수 있다. 그러나 식민지의 해방이란 것은 어디까지나 자본주의 중심부에서의 혁명이 이루어질 때만 가능한 것으로 보고 있다.

3) 호치민이 프랑스 사회당과 공산당의 각종 회합에서 식민지 본국 사회주의자들의 식민지 문제에 대한 무관심을 비판한 것이라든가, 소련으로 간 후 코민테른의 각종 회의석상에서 식민지의 민족문제에 대한 인식 부족을 드러내는 국제주의자들을 향해 강한 어조로 불만을 토로하였던 것과 같은 것을 당시 조선의 사회주의 지식인에서는 쉽게 찾아보기 어렵다.

을 고려하는 것은 부르주아 내셔널리즘의 전유물 정도로 생각하였던 이들에게 이 소식은 매우 고무적으로 들렸을 것이다. 자신이 그 동안 견지하였던 입장이 옳았음을 확인하였을 것이고 이러한 방향으로 박차를 가하였을 것으로 보인다.

「교대시간」과 「일체 면회를 거절하라」는 송영의 이러한 확신을 아주 잘 보여주는 작품이다. 「교대시간」(1930)은 일본에 거주하는 조선인 노동자들이 일본인 노동자와의 대립을 극복하여 공동으로 자본가에게 저항하는 것을 그린 작품이다. 처음에는 이 광산의 노동자 조직도 조선인과 일본인으로 나누어져 있었는데 이것 역시 노동자들의 단합을 저해한다 해서 합칠 정도이다. 억압 국가의 노동자와 피억압 국가의 노동자들 사이에 존재하는 차이 같은 것은 아무런 의미도 갖지 못한다. 일본인 노동자에 비해 조선인 노동자들이 받는 차별 같은 것을 문제삼는 것은 노동자들의 국제적 연대를 방해하는 불순한 기도에 지나지 않는 것으로 치부된다. 조선적 특수성으로서의 민족문제를 강조하는 것은 결국 부르주아의 이익에 복무하는 것이라고 보는 그의 입장이 고스란히 드러난 것이 「일체 면회를 거절하라」(1929)이다. 국산품 애용을 강조하면서 사실은 부르주아의 이익만을 노리는 한 조선인 자본가의 행태를 비판할 수 있었던 것 역시 식민지라는 조선적 특수성을 강조하는 것은 부르주아 내셔널리즘의 책동에서 비롯된 것이라는 그의 지론이 있기에 가능한 것이었다.

3. 식민지의 근대와 국제주의의 동요

　1930년대 후반에 들어 송영의 문학적 면모는 현저하게 바뀐다. 그가 즐겨 그렸던 공장과 노동자들의 모습은 사라지고 그 대신에 소시민들의 삶이 들어섰다. 그러나 다루는 대상이 학교 교원을 비롯한 소시민적 계층인 것이지 이를 그리는 작가의 시각이 소시민적인 것은 아니었다. 사회주의적 지향을 가진 인물들이 식민지 근대의 급속한 전개에 따라 패퇴해 나가는 과정을 주로 그리고 있어 이전과 확고한 연속성을 가지고 있었다. 이 시기 송영의 작품에서 흥미로운 것은 교육현장을 다룬 작품들을 많이 창작하였다는 점이다. 구식학교와 신식 사립강습소가 사라져 버리고 그 대신에 국가가 중심이 되는 공립 보통학교의 득세를 다루고 있는 「월파 선생」(1936), 학교 안팎에서 진보적 운동에 동참하여 노래운동을 하던 음악교원이 학교에서 쫓겨나는 과정을 다룬 「음악교원」(1937), 야학을 하다가 감옥에 간 선생과 이를 그리워하는 학생들의 관계를 다룬 「솜틀거리에서 나온 소식」(1939), 그리고 이윤추구를 위해 학교의 팽창만을 노리는 학교 운영자와 이들에 의해 결국 내몰리는 양심적인 교원을 그린 「문서」(1939) 등이 그러하다. 1930년 대 후반에 다른 작가들도 교육 현장을 다루는 작품을 발표하기는 하지만 이처럼 한 작가가 집중적으로 다루는 경우는 흔치 않다. 이들 작품 중에서 「월파선생」과 「문서」는 양심적 진보적 교사의 축출이라는 문제를 다루고 있음에도 불구하고 그 원인에 있어 상이한 양상을 보여주고 있어 흥미롭다.

「월파선생」의 경우 양심적 교육자인 박 선생을 쫓아내는 것이 이윤을 추구하는 학교 운영자가 아니라 총독부 국가 권력인 반면, 「문서」의 경우 양심적 교원 오 선생이 교육계에서 방출되는 것은 자본주의 시장의 냉엄한 이윤 추구와 계략 때문이다. 「월파선생」은 얼핏 보면 구시대적 교육과 신시대의 교육이 충돌하고 그 과정에서 과거의 것이 사라지고 새로운 것이 들어서는 현상만을 다룬 것으로 보인다. 구시대의 교육적 방법을 고수하는 월파 선생이 운영하는 시중의숙이 젊은 학생들은 물론이고 동네의 어른들에까지 외면당하는 현실이 장황하게 그려져 있고, 월파 선생 역시 옛것에 매달려 시대만을 탓하고 있다. 하지만 중요한 것은 새로운 시대의 흐름에 적응하면서 나아가는 박 선생이 운영하는 신식 대촌학교도 학생들과 부모들의 지지에도 불구하고 결국 국가 권력에 의해 문을 닫게 된다는 점이다. 일본 제국주의 국가 권력이 자신의 지향에 맞지 않는 교육적 내용, 즉 계급적 내용을 담고 있다고 해서 박선생을 잡아가고 이 학교를 폐쇄하는 것이다. 그 대신에 국가의 이념을 그대로 전파하여 국민 만들기에 충실하는 공립 보통학교만을 허용하는 것이다. 근대의 다양한 교육이 국가 주도의 신민 양성에 밀려 추방되는 과정을 통하여 작가는 근대의 폭력성을 강하게 비판하고 있고 이에 저항하는 인물들에 대한 강한 공감을 표시하는 것이다.

「문서」는 「월파선생」과 달리 국가기구의 개입이 드러나지 않는 작품이다. 학교 다닐 형편이 못 되는 아이들을 위한 학교를 운영하던 오성근은 망하는 반면, 무자격 교원과 과밀한 학생수로 이윤을 늘이면서 오로지 상업적 차원에서만 학교를 운영하는 김 원장은 흥하는 현실을 통하여 근대 자본주의 사회에서 교육이란 것이 어떤 지반 위에 놓여 있는가 하는 것을 잘 보여주고 있다. 김원장은 현재의 학교를 확충하기 위하여 오성근의 이름을 이용하여 새로운 학교를 매입하는 수완도 보여준다. 결국 오성근은 확신에 찬 교육적 노력에도 불구하고 빈털터리가 되고 만다. 그 대신에 상업적 차원에서만 교육을 해온 김 원장은 승승장구한다. 여기에는 국가기구의 개입을 발견할 수 없다. 오로지 자본주의의 시장 논리만이 작용하는 것이다. 억압적 국가기구의 개입에 의해서든, 자본주의의 이윤 추구라는 시장 원리에 의해서든 근대 한반도에서 시도되었던 모든 형태의 사회적 교육은 자리를 잡지 못하고 몰락하는 것이다. 자본과 국가의 통제를 거부하는 밑으로부터의 사회적 교육이 전면적으로 사라지는 것에 대한 강한 아쉬움을 토로하고 있는 송영의 작품에서는 식민지 문제에 대한 인식이라든가 조선적 특수성에 대한 인식이라든가 하는 것은 깊이 고려되지 않았다. 서당이나 사립학교에서 조선에 관한 것이 많이 교육되어진 반면 공·관립 보통학교에서는 조선에 관한 것이 제대로 교육되지 않았던 현실 등 민족 차별에 관한 것은 제대로 다루어지지 않았다. 또한 일본 제국주의가 조선인들에게 의무교육을 제공하지 않았던 민족차별에 관한 것도 마찬가지이다. 1942년 징병제 실시와 더불어 의무교육을 약속하였으나 이를 실현하기 전에 일본은 패망했다. 실제로 의무교육이 논의되기 시작한 것이 지원병제도를 도입하기 직전인 1937년쯤임을 고려하면 의무교육에 대한 논의는 철저하게 징병제 실시 내에서 이루어진 것이다. 일본에서 명치유신 직

후인 1872년에 의무교육이 시작되어 1910년대에 소학교 6년의
무상 의무교육이 이루어졌던 것과 비교할 때 일본이 조선에서
행한 교육이란 것은 식민지 지배에 입각한 국가동원에 국한된
것임을 알 수 있다. 물론 이들 작품에서 부분적으로 민족적 차
별의 실상이 드러나지 않은 것은 아니지만 이것은 극히 주변적
이다. 이러한 것들이 어디까지나 자본주의 근대의 모순 속에서
배태되었기에 이를 극복하면 모든 것은 해결된다는 것이다. 그
런 점에서 이전의 프롤레타리아 국제주의의 연속선상에 이 작
품들도 서 있다고 할 수 있다.

4. 민족문제 결여로서의 친일 협력

　1938년 10월 중국의 무한이 함락된 직후에 많은 문학인들이
친일 파시즘으로 경사해 갈 때에도 동요하지 않았던 그가 1943
년에 들어서면서 친일 파시즘의 경향을 띤 두 작품을 남긴다.
1943년 9월 16일부터 12월 26일까지 부민관에서 개최되었던 제2
회 연극 경연대회에 출품한 『역사』는 그의 이러한 친일 파시즘
의 경도를 가장 잘 보여주는 작품이다. 한 집안의 4대에 걸친 삶
을 통하여 전근대사회에서 계몽기로, 계몽기에서 황민화로 이어
지는 역사의 변화를 긍정적으로 그리고 있는 이 작품은 송영의
친일 파시즘화의 경도를 가장 잘 보여주는 작품이다. 한국의 근

대사를 일본화의 과정으로 일관되게 해석하고 있어 당시에 나온 일본 총독부의 역사 해석을 문학으로 그대로 옮겨 놓은 듯한 느낌을 준다. 1945년에 국민총력조선연맹에서 출판한 「조선에서의 국민총력운동사」에서는 일진회의 활동을 국민총력조선운동의 시원으로 간주하고 그 연장선에서 국민총력운동의 황민화를 자리매김하는 것을 고려할 때 송영이 이 작품에서 이 집안의 활동을 일진회의 활동부터 잡고 있는 것은 결코 우연이 아니고 당시의 식민주의 지배 이데올로기를 그대로 드러내고 있음을 알 수 있다.4) 이 작품의 주인공 원회의 아버지는 일찍이 일진회에서 적극적으로 활동한 인물로 그려져 있다.

1945년 2월부터 3월까지 열린 제3회 연극경연대회에 출품한 『달밤에 걷던 산길』역시 친일 파시즘에의 경도를 그대로 보여주는 작품이다. 국민으로 거듭나기 위해 주위의 오해에도 불구하고 서로 힘을 합치기로 맹세하고 이를 실천하는 두 남녀의 이야기를 중심으로 한 이 작품에서도 내선일체의 황민화와 대동아공영권의 전쟁 동원이 그대로 드러나고 있다. 민족을 운운하게 되면 이는 곧 바로 부르주아의 이해를 대변하는 것이라고 간주할 정도로 민족문제에 대해서는 취약하였던 그가 친일 파시즘으로 경도하는 것이 그렇게 어려운 일만은 아닌 것이다. 국제주의적 지향을 갖고 있기는 하지만 민족문제에 대해서도 깊이 고뇌했던 한설야 같은 이들이 일제 말에 친일 파시즘에 협력하지 않았던 것과 대조된다. 이는 일제 말 시기에 우연적인 선택이 아닌 그

---

4) 송영의 『역사』처럼 한국의 근대사를 일본화의 과정으로 보고 이를 그린 것으로는 채만식의 『여인전기』를 들 수 있다.

이전부터의 지적 경로와 밀접한 연관을 갖는 것이라 할 수 있다. 송영이 관심을 가졌던 것은 근대 자본주의 체제를 극복하는 것이었기 때문에 국가주의적 방식이라도 이것에 가까이 갈 수 있다면 그렇게 배척할 일만도 아니었을 것이다.

그런데 더욱 간과할 수 없는 것은 이러한 친일 협력이 아니라 해방 후 자신의 친일 행적에 대해서는 일언반구도 없이 송영이 다른 사람들의 친일 협력을 비판하는 작품을 썼다는 사실이다. 단편 「고민」(1945)과 희곡 「황혼」(1945)이 이 시기에 그가 쓴 작품들인데 모두 친일을 했던 사람들의 해방 후 행적을 비판적으로 그리고 있다. 소품에 지나지 않는 전자와는 달리 후자는 친일 했던 사람들의 해방 후 행적을 복합적으로 그리고 있어 주목을 요한다. 일제하에서 친일하지 않은 사람이 어디에 있는가 하면서 과거 친일 행적을 극구 변호하면서 새로운 외세인 미국에 선을 대기 위해 분주하게 움직이는 인물들을 비판적으로 그리고 있는 이 작품은 해방 직후의 한 단면을 잘 보여주고 있다. 하지만 문제는 과거 친일 파시즘에 협력하였던 송영이 과연 이런 작품을 쓸 수 있는가 하는 점이다. 해방 후에 친일 작가들이 자신의 과거에 대해 이야기하는 방식은 다양하다. 채만식의 경우처럼 직접적이지는 않지만 간접적으로 자신의 친일을 비판하는 방식이 있는가 하면, 박태원이나 이석훈처럼 일제하 독립 운동가들에 대한 평전을 쓰는 방식으로 이를 대신하는 경우도 있었다. 박태원은 「약산과 의열단」에서 이석훈은 「순국 혁명가 열전」에서 일제하 혁명가들의 삶을 다룸으로써 과거 자신의 잘못을 우회적으로 비판하고 있다. 송영의 방식은 이것들과는 매우 다르다. 해방 후에도 과거 자신의 잘못을 반성하지 않고 계속하여 외세에 영합하는 인물들에 대한 비판을 행함으로써 자신의 과거를 반성하려고 했는지도 모른다. 그가 소설과 희곡 모두에서 이 문제를 다룬 것을 이렇게 생각해 볼 수도 있다. 하지만 그렇게 보기에는 자의식이 너무나 부족하기 때문에 송영의 이 시기 활동은 치열한 자기반성이 결여된 것으로밖에 볼 수 없다. 과거 친일을 하지 않았던 작가들이 썼다면 이는 충분히 의미를 갖지만 그가 과연 그럴 수 있는가 하는가는 의문스럽다. 친일 협력에 대한 자의식의 결여에는 계급주의적 국제주의와 이로 인한 민족문제 인식 부족이 한몫을 한 것이 아닌가 생각한다. 친일의 문제를 식민주의와 민족문제라는 틀에서 보기보다는 단순히 일제하의 조선인 부르주아들의 계급 문제에만 직결시켜 이해하려고 하기 때문에 이러한 안이한 발상이 나온 것이 아닌가 한다. 그렇기 때문에 자신의 친일 같은 것은 극히 우연적이고 일시적인 것으로 간주함으로써 자신은 면책을 받는 그러한 기제가 발동된 것이 아닌가 생각한다.5)

---

5) 송영이 계급주의적 국제주의에 대해 비판적 자의식을 가지면서 민족문제에 눈을 뜨게 되는 것은 1946년 6월 월북한 이후일 것이다. 물론 해방 직후 친일 문제를 다루면서도 이러한 것에 대해 관심을 가졌지만 앞서 보았던 것처럼 친일의 문제를 계급적 차원에서만 이해했기 때문에 이전과는 크게 달라졌다고 보기는 어려운 것이다. 그가 민족문제를 고민하게 된 것은 역시 월북한 이후 경험한 분단의 현실이 아닌가 생각한다. 남북이 통일독립국가를 세우는 데 실패하고 분단이 되는 것을 보면서 이를 모두 계급의 문제로만 이해하기는 어렵다는 것을 조금씩 느끼기 시작한 것으로 보인다. 미국을 비롯한 외세의 문제도 그러하지만 국내에 존재하는 다양한 정치 세력의 문제를 생각할 때 이를 단순히 계급의 문제로만 환원시켜 이해하기는 어려웠을 것이다. 그렇기 때문에 송영은 민족문제에 대해서 과거와는 다른 태도를 가지려고 했던 것으로 보

인다. 이 점은 이 시기에 쓴 그의 희곡 작품 「나란히 선 두 집」(1948)과 「금산 군수」(1949)를 같이 읽어보면 어렵지 않게 알 수 있다. 해방된 북에서 여성들 이 과거와는 다른 면모로 활동을 하고 있는 것을 그린 전자와 해방된 남에서 서로 자신이 진짜 군수라고 외치면서 싸우는 모습을 다루고 있는 후자의 대비 에서 분단의 현실을 단순히 계급의 틀로서만 이해하지 않으려는 지향을 읽을 수 있다. 하지만 송영의 작품에서 계급적 국제주의의 흔적이 옅어지면서 민족 문제가 등장하는 것은 역시 한국전쟁 이후가 아닌가 한다. 한국전쟁 이후 그 의 작품은 기본적으로 항일무장투쟁의 형상화에 집중된다. 그가 왜 이 시기에 와서 이렇게 항일무장투쟁을 그리게 되었는가 하는 점은 앞으로 다각적으로 검토해보아야 할 문제이지만, 식민지에서의 민족해방을 다룬 작품을 지속적 으로 쓰고 있다는 점에서 이전과는 판이하게 다른 것임을 알 수 있다. 한국전 쟁이 끝난 직후 만주의 항일무장투쟁을 직접 취재하여 쓴 보고문인 「백두산 은 어데서나 보인다」(1956)는 그런 점에서 주목을 요한다. 항일무장투쟁 전적 지 조사단의 일원으로 참가하여 쓴 이 책은 해방 후 북의 사회에서 항일무장 투쟁을 가장 직접적으로 다루고 있는 것으로 1956년 이후 항일무장투쟁에 관 해 언급하는 대부분의 북의 책들은 이 책에 나오는 것을 근거로 삼을 정도로 절대적인 비중을 차지하였다. 이 책은 항일 무장투쟁을 다루고 내셔널리즘 그 것을 조중간의 연대 속에서 그리고 있다는 점에서 주체사상 등장 이후의 것들 과는 현저한 차이를 보여주고 있다. 또한 만주 항일무장투쟁에서 이루어진 다 양한 노래와 춤을 소개하는 장면에서는 소련의 춤과 노래도 서슴없이 나오고 있어 주체사상 이후에 나온 관련 서적과는 질적으로 다르다. 당시 그 지역에 서 활동하던 사람들의 기억과 증언을 통하여 재현하고 있어 어느 정도 사실에 부합할 것으로 판단되는 이러한 묘사에서 송영은 식민지 민족해방운동을 철 저하게 국제주의적 시각에서 보고 있는 것이다. 단지 이전의 계급주의적 국제 주의 같은 단순한 시각은 더 이상 아니라는 점이다. 「백두산은 어데서나 보인 다」가 항일무장투쟁의 전 과정을 다루고 있는 것이라면, 장편소설 「나는 다시 강을 건너 간다」(1958)는 보천보 전투를 집중적으로 다룬 작품이다. 송영은 만 주에서의 항일 무장투쟁에서 가장 빛나는 대목은 역시 보천보 투쟁을 전후한 시기라고 생각하였던 것 같다. 그렇기 때문에 「나는 다시 강을 건너 간다」에 서 보천보 전투를 직접 다루었고 「불사조」에서는 보천보 전투를 전후한 시기 의 다른 투쟁을 다루고 있다. 그런데 「불사조」는 1959년에 창작되었다는 점에 서 이전 것과는 구분하여 살펴볼 필요가 있다. 1958년 이후에 북의 문학계는 현저한 변화를 겪는다. 항일혁명운동이 혁명적 전통으로 부각되면서 국제주 의적 시각보다는 조선민족중심주의가 조금씩 고개를 들기 시작할 무렵이다. 그리하여 국내의 항일투쟁의 역사가 지워져 버리기 시작하였고 만주에서의 항일무장투쟁만이 혁명전통의 중심으로 평가되었다. 항일무장투쟁을 조선인

들만의 투쟁으로 보는 것이 아니라 조선과 중국과의 연대 속에서 그리고 있다
는 점이다. 이 작품에 중국인 손 의사가 등장하고 있는 데서 그것이 잘 드러
나고 있을 뿐만 아니라 중일전쟁에 대한 조선인들의 태도에서도 분명하게 드
러난다. 특히 등장인물이 "일제의 중국 침략은 부정의의 전쟁이기 때문에 종
국에는 패망한다. 그리고 중국 침략 전쟁은 곧 소련을 침공하려는 준비다. 그
러나 결국에는 중국 인민은 승리할 것이며 동북의 조선 인민 항일 련군도 승
리할 것이며 조선 인민의 반일 민족해방투쟁도 승리할 것이다"라고 말하는
대목은 조중 연대가 소련에까지도 이어지는 그러한 국제주의 표현임을 알 수
있게 해준다.

저항

일제 말 문학인의 세 가지 저항방식

1. '단절 속의 반복'인가?

중일전쟁 이후 가속화된 총동원체제로 인하여 조선의 작가들은 이전과는 비교가 되지 않을 정도로 가혹한 억압에 시달려야 했다. 이전에는 이런 주제는 취급하지 말아야 한다는 것이었다면 이 시기에 이르러서는 이러한 것들을 다루지 않으면 안 된다는 것으로 바뀌었다. 이전에는 조선의 독립이라든가 자본주의 체제의 정면적 비판 같은 것만 다루지 않으면 되었다. 하지만 이 시기에는 이런 것은 엄두를 낼 수도 없고 오로지 국가의 정책을 작가들이 대변하기만을 요구받았던 것이다. 국가의 이러한 동원에 협조하지 않는 작가들에게는 '비국민'이란 딱지가 여지없이 내렸다. 상황이 이렇게 바뀌어 가자 식민주의에 자발적으로 협력하는 작가들의 경우에는 문제가 될 것이 없지만 그렇지 않고 저항의 태도를 가지고 있는 작가들에게는 이러한 억압을 어떻게 뚫고 나갈 것인가 하는 문제가 매우 심각한 것이었다.

일제 말에 저항을 한 작가들을 탐구할 때 넘어서야 할 것은 흔히 식민주의에 대한 저항을 가리켜 '단절 속의 반복'이라고 부르는 견해이다. 포스트콜로니얼리스들은 비서구 주변부 식민지의 저항에 대해 별로 우호적이지 않다. 왜냐하면 그들의 내셔널리즘적 저항은 표면적으로 서구의 제국주의에 대해 비판하고 있지만 사실은 그 제국주의의 기초가 되었던 내셔널리즘과 동양의 것이라는 점 때문이다. 서구의 식민지하에서 저항을 하던 이들이 해방 후에 이를 되풀이하여 억압적인 정권의 당사자가 되면서 민족주의를 전가의 보도처럼 휘둘렀던 사례를 고려할 때 이러한 지적에는 분명 새겨들을 만한 대목이 있다. 하지만 식민지하의 저항이 모두 이러한 내셔널리즘에 입각해 있던 것은 아니다. 한국의 경우 문학적 저항에 국한시켜 볼 때 내셔널리즘의 저항은 매우 적은 부분을 차지한다. 내셔널리즘 중에서 국민주의에 섰던 작가의 경우 예를 들면 이광수나 주요한 같은 작가의 경우 예외 없이 식민주의에 협력하였고, 민족주의에 선 작가들 예를 들면 현진건 같은 작가들은 저항을 하였지만 문학적 저항 전체를 고려할 때 극히 소수였다. 오히려 끝까지 저항을 하였던 문학인들은 사회주의적 국제주의자이거나 혹은 세계주의자였던 것이다. 그런 점에서 이 글에서 민족주의자가 아니면서 비협력의 저항을 취하였던 문학인들을 대상으로 하여 집중 분석하는 것은 바로 이러한 이론적 입장을 넘어서기 위한 것이다.

　민족주의에 서 있는 작가들을 포함하여 저항 작가들을 그 저항의 방식에 따라 나누면 세 가지 유형으로 나누어진다. 물론 문학인들의 저항은 성급한 일반화를 허락하지 않을 정도로 다기하다. 하지만 개별 작가들의 저항을 전체적으로 파악하게 되면 거기에는 일정한 유형화가 가능함을 알 수 있다. 물론 이러한 유형화가 모든 작가들의 모든 경우를 다 설명할 수는 없다 하더라도 크게 어긋나지 않기 때문이다. 첫째는 침묵이며, 둘째는 우회적 글쓰기이며, 셋째는 망명이다.

2. 절필과 침묵

　일제 말 많은 저항 문학인들이 선택한 것이 침묵이다. 국외 망명도 여러 가지 여건으로 말미암아 여의치 않고 또한 우회적 글쓰기도 내키지 않는 마당에 선택할 수 있는 것이 바로 침묵이다. 그런데 문제는 저항으로서의 침묵을 선택한 작가들과 다른 이유로 인하여 침묵을 한 작가의 구별이 어렵다는 점이다. 당시 침묵을 지킨 작가들 중 일부는 작가에 대한 간섭과 강요가 심해지자 처음부터 침묵을 선택한 경우도 있고, 일제의 식민주의에 부분적으로 협력하다가 이대로는 더 이상 갈 수 없다는 것으로 하여 침묵을 택한 경우도 있으며, 당시의 시국적 정황과 무관하게 극히 개인적인 이유로 하여 글을 쓰지 않은 경우도 존재한다. 그렇기 때문에 이 시기에 글을 쓰지 않는다고 해서 모두 저항으로서의 침묵을 선택한 것이라고 간주할 수는 없다. 그런 점을 종합적으로 고려할 때 김기림은 이 유형의 작가들 가운데 가장 문제적이라 할 수 있다.

김기림이 저항으로서의 침묵을 분명하게 선택했다고 볼 수 있는 근거는 다음 두 가지이다. 하나는 그가 침묵하기 전에 글을 지속적으로 발표했다는 점이다. 김기림은 1941년 중반 이후 일체 글을 쓰지 않는다. 그러나 이 시기 이전에는 그 누구와도 비교되지 않을 정도로 왕성한 글을 발표하고 있다. 그렇기 때문에 김기림의 경우 저항이란 이유 이외에 다른 문제 예를 들어 글쓰기 자체 등으로 하여 침묵을 선택할 가능성은 거의 없다고 보아도 좋을 것이다.

두 번째는 그가 침묵하기 전에 명백하게 식민주의적 정책을 비판하고 있다는 점이다. 김기림은 일제 말 한창 동양론이 무성할 때 이 논의에 개입한다. 그는 서양중심주의에 대한 비판이 동양을 물신화하는 것으로 나아가고 이것이 정치적으로 대동아공영권으로 이어져 일본의 제국주의적 팽창을 옹호하게 되는 것을 비판하였다.

오늘 와서는 서양은 돌아볼 여지조차 없는 것이라 속단하고 그 반동으로 실로 손쉽게 동양문화에 귀의하고 몰입하려는 태도가 그것이다. 그것은 관념적으로는 매우 하기 쉬운 일이고 또 경솔한 사색 속에 즉흥적으로 떠오르기 쉬운 아름다운 포말이기는 하다. 이러함으로써 동양문화는 그 진가 있는 부면이 오히려 희미하게 보여지고 우리가 그 중에서 청산하여야 할 가치 없는 부분마저를 아름다운 감상의 연막으로 휩싸버릴 염려가 있는 때문이다. 서양문화가 일정한 거리에까지 물러선 것처럼 동양문화도 한번은 어느 거리 밖에 물러가서 우리들의 새로운 관찰과 평가에 견디어 내야 할 것이다.[1]

1940년 7월 신체제론의 발표와 더불어 기존의 동아론은 대동아공영권론으로 나아갔다. 대동아공영권이 태평양전쟁 이후에 나온 것이 아니라 파리 함락 이후 신체제론이 등장하면서 대두되었다는 것을 고려할 때 김기림의 이 같은 발언이 무엇을 겨냥하고 있는지는 명백하다. 그렇다고 해서 김기림의 이러한 비판을 두고 서양중심주의에 함몰되어 있다고 비판할 수는 없다. 그는 1939년 『문장』지에 발표한 「동양의 미덕」이란 글에서 이미 서양중심주의에서 벗어나 동양을 관찰할 필요성에 대해서 상론한 바 있기에 그를 서양중심주의자라고 부를 수는 없는 것이다. 이처럼 서구중심주의로부터 거리를 둘 것을 주문하면서 동시에 동양주의에 대해 비판하고 있는 김기림의 이러한 태도에서 당시 일본의 식민주의 정책에 대한 비판을 확연하게 읽을 수 있다.
　이러한 두 가지 이유로 하여 김기림의 침묵은 다른 이유가 아니라 식민주의에 대한 저항으로서 나온 것임을 알 수 있다.

---

1) 김기림, 「'동양'에 관한 단상」, 『문장』 1941.4.

3. 우회적 글쓰기

일제하 문학인들의 저항에서 침묵 다음으로 많이 채택한 것이 우회적 글쓰기이다. 일제 말의 혹독한 검열하에서 일본의 식민주의를 정면으로 비판한다는 것은 매우 어려운 일이었다. 그렇기 때문에 작가들은 검열의 망을 피해가면서 일본의 식민주의를 비판할 수 있는 장치를 마련하게 되었다. 이 방식은 작가와 작품에 따라 그 양상이 다양하기 때문에 일반화하기 매우 어렵다. 한설야는 우회적 글쓰기를 통하여 일본의 식민주의를 비판한 대표적인 인물이기 때문에 그의 작품을 통하여 이 시기 우회적 글쓰기의 구체적 면모를 어느 정도 확인할 수 있을 것이다.

한설야의 「피」는 일제가 표방한 내선일체의 구체적 실천 중의 하나였던 내선결혼 즉 내선통혼을 강하게 비판하고 있는 작품이다. 그런데 중요한 것은 그가 어떻게 비판하고 있는가 하는 점이다. 당시의 상황에서 그가 아무리 이러한 일제의 정책을 비판하려고 하여도 정면에서 이를 행하기는 쉽지 않았기 때문이다. 내선통혼을 비판하는 조짐이 있는 작품은 아예 발표가 불가능하였기 때문이다. 당시 조선총독부 경무국 도서과에서 검열을 하던 이들이 그냥 넘기지 않았던 것이다. 그렇기 때문에 한설야는 우회적 글쓰기를 하지 않을 수 없었다.

한설야가 일본인과 조선인 간의 결혼문제를 다룬 것은 일제 말이 처음은 아니다. 초기 발표 작품 중의 하나인 「그릇된 동경」에서 이미 이 주제를 다룬 바 있다. 일본인 남자를 사모하여 주위의 반대에도 불구하고 결혼하였지만 일본인의 심한 차별로 인하여 결국 헤어지고 마는 한 조선인 여인의 삶을 다루었다. 오빠를 비롯하여 주위의 사람들이 예상되는 차별을 환기시켰을 때 이를 뿌리치고 결혼하였던 자신의 결국 그릇된 것임을 깨닫는 것이다. 초기 프롤레타리아 문학을 창작하기 이전에 나온 이 작품은 한설야가 왜 프로문학을 하면서도 끊임없이 조선적 특수성 즉 식민지로서의 조선의 현실에 대해서 그렇게 강하게 반응했던가 하는 것을 잘 보여준다.

한설야는 안함광과 더불어 일제하 프로문학가 중에서 조선적 특수성에 대해 가장 강한 집착을 보여준 인물이다. 당시 한국의 사회주의자들 내부에서는 민족이라는 말만 나와도 민족주의자로 간주했기 때문에 이를 드러내놓고 말할 수 없는 분위기였다. 안함광이 조선적 특수성을 이야기하다가 임화로부터 멘세비키라고 비판받았던 사건은 당시 프로문학 내부의 분위기를 아주 잘 보여주는 경우라 할 수 있다. 한설야도 안함광 못지않게 조선적 특수성에 대해서 강한 탐구욕을 보여준 인물이다. 그렇기 때문에 조선이 근대 세계 자본주의 체제의 이식에 의해서 편입되기 시작하는 과정을 그린 「과도기」를 발표할 수 있었고 일제하 조선의 자본이 세계 자본주의의 구조 조정 과정에서 겪는 격심한 내부의 변화를 보여준 『황혼』을 쓸 수 있었던 것이다. 당시 조선은 스스로의 자본주의 발전에 의해서 근대를 겪은 것이 아니라 다른 나라 자본의 이식에 의해서 이룬 것이기 때문에 매우 불균등한 발전 양상을 보여주고 있었는데 한설야는 이것이 무엇을 의미하는지 잘 알고 있었다. 물론 이 시기에 한설야는 여러 가지 이유로 인하여 식민지라는 문제에 정면으로 다가갈 수는 없었기 때문에 이를 온전하게 다루지는 못하였다는 한계를 보여주지만 그래도 당시 다른 프로 작가에 비해서 조선적 특수성에 대해서 나름대로 깊은 관찰을 보여주고 있음은 분명하다. 자본의 이식에 의해 이루어지고 있는 조선의 불균등한 근대에 대한 작가의 이러한 성찰이 가능할 수 있었던 것은 자본주의에 대한 일반적이고 공식적인 분석에 매달리지 않고 조선에서의 자본주의적 근대가 갖는 특수성도 고려하여 사유하려고 하였기 때문에 가능할 수 있었던 것이다. 앞서 말한 것처럼 또한 이런 것이 가능할 수 있었던 것은 「그릇된 동경」에서처럼 일제의 식민주의가 행하는 차별에 대한 강한 인식이 있었기 때문이다.

내선통혼을 비판하려고 하지만 정면으로 할 수 없었던 한설야가 선택한 전략은 우선 이 작품을 단순한 연애 소설로 보이게 하는 것이었다. 얼핏 이 작품을 읽어보면 조선인 유부남과 일본인 처녀 사이의 단순한 로맨스 정도로 읽힌다. 일본인 처녀 마사코가 주위에 있는 많은 일본인 남자들을 뿌리치고 조선인 화가를 좋아하게 되지만 결국 그 남자가 유부남이라는 사실 때문에 포기하고 만다. 마사코의 연애가 결렬되는 것은 상대 남자가 조선인이기 때문이 아니라 유부남이기 때문이다. 종족적 차이는 뛰어넘었지만 이미 결혼한 남자라는 것은 뛰어넘을 수 없는 장벽이 되는 것이다. 그렇기 때문에 이 작품에서 일본인과 조선인 간의 결혼이 깨어지는 것이 내선일체를 비판하는 것으로 여겨지지 않을 수 있는 것이다. 그렇기 때문에 작가는 검열을 통과할 수 있었다. 만약 그렇지 않고 이것이 내선통혼이 불가능함을 암

戰ふ移動演劇隊

撮影 ▶ 川口政雄

文 ▶ 黒部健

일제의 대동아공영권 전쟁 동원을 일반 주민들에게 선전하는 데 널리 사용된 것 중의 하나가 이동연극이다. 간단한 무대 장치를 실은 차를 타고 오지를 다니면서 일제 당국의 정책을 선전하는 연극을 공연하였다. 유치진의 『대추나무』 등이 이동연극의 주된 레파토리였는데 송영의 친일 희곡들도 그 중의 하나였다. 일제는 해마다 조선연극경연대회를 열어 거기에서 입상한 작품들을 이동연극을 통해 공연하였다. 이동연극단은 그 공로를 인정받아 1943년에는 조선예술상을 수상하기도 한다. 사진은 이동연극 단원들이 한 차에 타고 평안도 산골 마을로 들어가는 모습을 담은 것이다.

削除

噴火口와 갈이 한울을 뿜어 내지도 못하고

靑春의 열통을 「알콜」에 너 젓 저으려는

이놈의 등어리에 채죽이라도 번재주소서.

사랑하는 그대여、

祖上에게 제2저 받은 뼈와 살이 너를

난을 것을이라고는 빌거 벗은 알몸뿐이어늘

그것이 아까워 놈들앞에 절하고 무릎을 꿇는

아 나는 「샤록」보다도 더 吝嗇한 놈이외라

쌀 사람은 것 먹을줄을 아니 굿 일흠이 사람이와라。

1929. 6. 13

沈
熏

일제시대 문학인들은 시종일관 총독부의 검열 속에서 창작활동을 하였다. 특히 중일전쟁 이후에는 그 검열의 기준이 강화되어 이전에 비해 훨씬 강한 억압을 겪어야 했다. 특히 이 무렵에 이르면 무엇을 쓰지 말아라 정도가 아니고 무엇을 쓰라는 적극적인 주문을 받기도 하였다. 절필하지 않고 글을 쓰는 한 검열의 눈을 피하기 어려웠다. 우회적 글쓰기는 침묵보다는 글을 통하여 어떤 방식으로 자신의 뜻을 세상에 보내야 한다고 믿었던 작가들이 선택한 것인데 이 과정에 검열로 인하여 많은 곡절이 발생하였다. 일제 말에 쓰여진 비타협의 작품들은 모두 이러한 상황 속에서 나온 것이다. 사진은 당시 검열이 얼마나 가혹했는지를 보여준다. 김사량의 많은 작품들은 이러한 검열 속에서 나온 것이기 때문에 행간을 읽어야 한다. 특히 「천마」는 이러한 우회적 글쓰기를 활용한 작품으로 일본의 검열을 피해가면서 일제의 식민주의와 이에 협력하는 인물을 강하게 비판하였다.

시하는 것으로 작품 전체가 읽혀졌다면 이 작품은 세상의 빛을 볼 수 없었을 것에 틀림없다.

작가는 이러한 표면적 주제를 내세워 검열관을 안심시키고 난 다음 정작 자기가 하고 싶은 이야기를 우회적인 방식으로 하고 있다. 이 작품의 마지막에서 남자 주인공이 "나의 고통이라는 것은 외부에서 오는 것이 아니라 내 피 속에 있는 것이 아닐까?"라는 대목은 앞에서 전개되어온 것을 완전히 뒤엎는다. 앞에서는 결별의 원인이 총각이 아니라 유부남이라는 사실 때문인 것처럼 보였지만 여기서는 종족적 차이로 인해 빚어진 것임을 밝히고 있어 눈치 빠른 독자들을 어렵지 않게 작가가 뜻하는 바를 읽어낼 수 있다. 김이라는 화가가 마사코의 애정을 확인하면서 한편으로는 그 여자에 대해 강하게 끌려갔지만 다른 한편에서는 그럴 수 없다는 마음을 갖게 된다. 마사코라는 여자에 대한 이성적 애정과 피식민지인인 조선인이 식민주의 일본의 여성과 종족적 차이로 인하여 가까워질 수 없는 것 사이에서 갈등하는 것이다. 이 두 가지 마음 때문에 마사코에게 거짓말을 할 수 있음에도 불구하고 그냥 솔직하게 말해 버리는 것이다.

마사코가 내게 '김상은 결혼 안 하세요'라고 물었던 것이다. 나는 그 때 과거에 한번도 경험해 보지 못했던 위기를 느꼈다. 내 눈 앞에 '거짓말'이라거나 '예술'이라거나 '인간'이라는 것이 섞여 하나의 무서운 환영이 되어 점멸하는 것이었다. 나는 거짓말의 효용을 알고 있으면서도 진실을 고백하지 않을 수 없었다. 나는 이미 아내가 있고 아이도 있는 몸이라는 것을 처음으로 마사코에게 고백하였다. 고백해 버리자 애매한 짐을 벗어버린 듯 마음이 가벼웠지만 그 때까지만 해도 잠재의식 속에서는 마사코가 내 고백을 듣고도 마음의 행방을 다른 쪽으로 돌리지 않았으면 하고 바랐다. 또한 동시에 마사코를 위해서 나 자신이 이제까지 일궈온 생활을 뿌리 채 바꾸리라는 결심도 있었다.2)

만약 식민지 일본과 피식민지 조선 사이의 차이에 대해 별다른 의식이 없고 오로지 유부남이라는 것만이 문제였다면 처음부터 좋은 뜻의 거짓말을 했을 것이다. 하지만 그럴 수 없었던 것은 그의 머리를 점하고 있는 조선인이라는 의식 때문이다. 그렇기 때문에 마지막 대목에서 자기가 겪는 고통은 외부에서 오는 것이 아니라 피에서 오는 것이라고 말하게 되는 것이다.

이 작품에 대해서 한편에서는 단순한 로맨스로, 다른 쪽에서는 내선일체에 대한 비판으로 읽었던 것이 결코 무리한 것이 아님은 당시의 문학계의 반응에서도 확인할 수 있다. 일제 말 내선일체와 대동아공영권의 선양에 앞장섰던 최재서가 한설야의 「피」에 대해서 보인 다음의 평론은 사태를 아주 명확하게 보여주고 있다.

> 한설야의 「피」의 처음 몇 구절을 읽은 독자는 틀림없이 내선일체를 그린 소설이라고 생각할 것임에 틀림없다. 그러나 작자는 이런 유의 작품에서 현재 당연히 기대될 듯한 원만한 내선결혼에까지는 작품을 옮겨 놓지 않았다. 아니 작품의 표제는 이러한 당연의 결말을 숙명적으로 갈라 놓은 피가 다름을 암시하고 있는 것 같아서 불만을 넘어서 일부에서는 분격조차 산 듯하다. 그러나 「피」는 그렇게 심각하게 읽힐 작품은 아니다. 내지인 아가씨에 대한 짙은 짝사랑의 추억이다. 다만 그뿐인 작품이다. 그것을 이상하게 시국의 문제와 결부시켜 읽기 때문에 불만이나 분격을 느끼는 것이다. 이 작품은 단순히 연애의 추억이다. 새삼스럽게 로맨스를 썼을 리 없다고, 이 작가를 아는

---

2) 한설야, 「피」, 『식민주의와 비협력의 저항』(김재용 외 편역), 역락, 2003, 181면.

사람 정도의 사람이라면 일단 그렇게 말할 것이다. 그러나 나는 분명한 리얼리스트로 알려져 있던 이 작가가 타애가 없는 로맨스를 썼다는 점이 오히려 재미있다고 생각한다. (…중략…─인용자) 마지막으로 하나 쓴 소리를 덧붙이려 한다. 시국적인 문제를 일부러 벗어나서 일상적 소재를 다루려고 하는 것이 이 작가의 노리는 바로 보이는데 그러나 시국적인 문제를 어떻게 생각하고 있는지 그것에 대한 해답은 어딘가에 나와 있지 않으면 안 된다. 그것이 나와 있지 않는 한 작자는 도망치고 있는 것이라고 비평받아도 어쩔 수 없는 것이다. 「피」에 대한 불만이나 분격은 이러한 부분에서 나온 것이라는 것을 작자는 미루어 짐작하고 있을 것이다.[3]

한설야의 「피」가 발표되었던 『국민문학』 잡지 책임을 맡고 있던 최재서의 이러한 언급은 당시의 문학계가 한설야의 이 작품을 어떻게 보고 있었는가 하는 점을 아주 잘 보여주고 있다. 일부에서는 이 작품이 분명히 내선일체를 반대하는 것이라고 간주하면서 분노를 드러내었고, 다른 쪽에서는 단순히 로맨스에 불과한 것이라고 보고 있는 것이다. 최재서 자신은 전자가 아니고 후자라고 하면서도 이 시국에 작가가 이러한 로맨스의 일상사를 다루는 것이 결코 바람직한 일은 아니라고 질타하는 정도에서 그치고 만다. 최재서가 전하는 이러한 반응을 종합하여 볼 때 한설야의 우회적 글쓰기 전략은 유효했다고 볼 수 있다. 한설야의 입장에서는 이 작품이 문제될 때 그냥 로맨스로만 썼다고 하면 되는 것이기 때문이다. 만약 최재서의 이 글이 남아 있지 않다면 오늘날 우리는 이 작품의 해석을 둘러싸고 여러 가지 추측을 할 수 있을 것이다. 이 작품을 우회적 글쓰기로 볼 수 있겠는가 하

---

3) 최재서, 「국민문학의 작가들─국민문학은 어떻게 생각되었는가」, 『전환기의 조선문학』, 인문사, 1943.

는 것부터 시작하여 다양한 추측이 난무할 수 있다. 하지만 최재서의 이러한 반응 덕분에 이러한 논쟁은 처음부터 성립되지 않는 것이다. 오히려 중요한 것은 한설야의 이러한 우회적 글쓰기가 갖는 의미일 것이다.

내선결혼에 대한 한설야의 이러한 비판은 이후에 발표된 「그림자」에서도 여지없이 드러난다. 조선인 남자와 일본인 여자의 이루지 못한 사랑을 그리고 있는 이 작품에서는 「피」와 같이 유부남의 문제가 아니다. 조선인 남자 역시 결혼 나이에 이른 총각이기 때문에 이런 것이 문제가 될 것은 없다. 하지만 이 작품에서도 작가는 이 두 사람이 원만한 내선결혼에 이르지 못하게 설정하고 있다. 일본인 여자 치에꼬는 다른 일본 남자의 청혼을 거절하면서까지 조선인 김에게 다가간다. 심지어 육체를 허락할 수 있다는 표시까지 할 정도로 나갔지만 김은 이를 외면하고 만다. 이를 견디지 못했던 에치꼬는 결국 일본으로 돌아가고 김은 조선 여자와 결혼하여 아이 셋을 놓고 살면서 10년 전의 일을 추억처럼 회고하는 것이다. 김이 에치꼬의 애정을 받아들일 수 없었던 데에는 바로 식민지 일본의 여자와 피식민지 조선의 남자라는 종족적 관계 때문이다. 그렇기 때문에 10년이 흘러 지금에서도 과거 자신의 선택을 후회하지 않고 오히려 잘 한 것으로 여기고 있다.

만약 제가 당신과 결혼했더라면 어떻게 되었을까요? 틀림없이 지금의 당신이나 저의 아이들과는 얼굴이 다른 아이들이 태어났겠지요. 그리고 얼굴이 다른 것처럼 서로 다른 심리를 가지고 다른 길을 걷고 있겠지요. 인간으로서의 모양은 같겠지만 그 영혼에는 차이가 있을까 심각하게 생각하곤 합니다. 보이지 않는 곳의 차이를 알고 싶습니다. 형태로 나타나지 않는 것을 위해 인간은 과연 얼마만큼의 노력과 열의를 쏟고 있는 걸까요? 저는 지상에서 꿈틀거리는 사람들의 형상이 거칠고 공허한 것을 보면서 내면에 있을, 형태로는 나타나지 않는 영혼의 빈곤함을 생각하곤 합니다. 그러나 당신은 제게 형태로는 보이지 않는 것을 주셨습니다. 물론 제게 플러스가 되고 재산이 되었다고 생각합니다. 저는 지금도 집요하게 당신과의 그 시절이 없었다면 오늘날 어떻게 되었을까 하고 신도 알지 못하는 것을 추구하고는 합니다. 그것은 어쨌든 당신을 생각할 때 저는 마음속에서 생명의 환호성을 듣습니다. 그렇지만 그 환호성은 당신과는 별개의 것으로 의연히 제 어딘가에 깃들어 있는 것입니다. 당신을 잃어버렸지만 이것만은 제 것입니다. 지금 생각해보면 당신이 없는 제 결혼생활도 바로 이 생명의 환호성 덕에 이루어지는 건지도 모르겠습니다. 그뿐만 아니라 빈약하지만 제가 걸어온 흔적이라는 것도 마찬가지라고 생각합니다. 다른 사람은 어떻게 말할지 모르겠지만 저는 제가 걸어온 길이 틀리지 않았고 빈약하지도 않았다고 생각합니다. 그리고 앞으로 다른 길로 들어서려고도 생각하지 않습니다. 요즈음 제 마음에 유일하게 바라는 것은 제가 하나의 형해로 남은 그 순간까지 — 그 형해도 결국은 사라지겠지만 — 지금과 같은 발걸음을 계속하고 싶다는 것입니다. 그렇게 할 때에만 제 마음 속 생명의 환호성을 제가 들을 수 있기 때문입니다.4)

표면적으로는 지난 날 젊었을 때 했던 연애에서 공급받았던 생명에의 환희가 자양분이 되어 이렇게 살아가는 것처럼 하고 있어 이 역시 단순한 로맨스에 지나지 않는 것으로 분석될 수 있지만 사실은 식민지의 불평등한 조건 속에서 살아가야 하는 자세에 대해서 생각하고 있는 것이다. 그런 점에서 앞서 다루었던 「피」와 마찬가지의 전략을 사용하고 있는 것이다. 이들 작품

---

4) 한설야, 「그림자」, 『식민주의와 비협력의 저항』(김재용 외 편역), 역락, 2003, 207~208면.

들이 채용한 이러한 우회적 글쓰기 전략이 먹혀들어 갈 수 있었던 것에는 이들 작품이 일본어로 쓰여졌기에 가능했다는 것도 잊어서는 안 될 것이다.

한설야는 이상의 두 작품에서 줄곧 내선결혼을 비판하였다. 하지만 그렇다고 해서 한설야가 자종족중심주의(ethnocentrism)자인 것은 아니다. 오히려 한설야는 국경과 종족을 넘어 인류가 결합하는 것을 이상으로 삼았던 국제주의자였다. 실제로 그가 이 무렵에 발표하였던 장편소설 『대륙』에서는 에로스와 프로핀테른을 섞어 만든 조어인 '에로핀테른'이라는 이름을 사용하면서까지 종족의 벽을 넘는 사랑의 아름다움을 국제주의자의 입장에서 그린 바 있다. 그가 프로문학을 주도하면서 줄곧 견지하였던 것이 바로 이 국제주의였던 것이다. 그렇기 때문에 이 두 작품에서 일본인과 조선인 간의 사랑을 비판하였지만 그것이 편협한 쇼비니즘이나 자종족중심주의인 것은 아닌 것이다.

하지만 이 국제주의는 조선적 특수성을 망각한 그런 것은 아니었다. 다른 사회주의자들과 달리 한설야는 조선적 특수성 즉 식민지라는 조건을 매우 중요하게 사유하였기 때문에 이런 작품을 쓸 수 있었다. 식민지라는 억압하에서 과연 남녀간의 사랑이 평등하게 이루어질 수 있을까에 대해 한설야는 깊은 고민을 했던 것이다. 특히 그것이 국가총동원의 방식으로 강요되고 있는 상황에서 그것을 국제주의라는 이름으로 받아들일 수 있는가에 대해 질문하고 있는 것이다. 한설야는 그럴 수 없음을 이야기하고 있다.

일제 말 한설야의 우회적 글쓰기는 일본어로 창작한 내선결혼 비판 작품에 그치는 것은 아니었다. 이 두 작품을 1942년에 발표한 후 계속하여 한글로 된 작품 「젖」을 발표한다. 1943년 『야담』지에 발표된 이 작품은 장편소설 『탑』의 속편 중 일부이다. 1940년 이후 한설야는 당대의 현실 문제를 한글로 쓴다는 것이 어렵다는 것을 깨달으면서 한편으로는 일본어로 당대의 문제를 쓰려고 노력하였고, 다른 한편에서는 한글로 과거를 배경으로 한 작품을 창작하려고 하였다. 장편소설 『탑』은 당시 이러한 노력의 일환으로 구한말부터 1919년 3·1운동까지를 다룬 소설이다. 1943년에 더욱 악화된 상황 속에서 그는 3·1운동 이후 새로운 사상의 조류 하에서 성장하는 젊은 세대의 삶을 다룬 『열풍』을 창작하였다. 그 일부를 『야담』지에 「젖」이란 이름으로 발표하였다. 3·1운동 이후 중국으로 건너가 그 곳에서 새로운 사상적 조류를 접하면서 성장하고 있는 젊은 세대의 감수성을 재현하고자 하였던 이 작품은 비록 단편이지만 그가 계속하여 우회적 글쓰기를 하려고 했음을 보여주는 것이라 할 수 있다.

그러나 이러한 노력은 큰 벽에 부딪힌다. 1943년 7월 그는 경성방송국 사건으로 하여 감옥에 갇히게 된다. 1년에 걸친 이 세 번째의 감옥생활에서 얻은 병으로 보석되어 1944년 봄에 풀려나온 그는 반병신 상태로 누워 생활하다가 해방을 맞이하였다. 그런 점에서 한설야는 우회적 글쓰기의 대표적인 작가라고 할 수 있다.

4. 최후의 선택으로서의 망명

일제 말 문학가들이 저항으로 선택한 것 중에서 가장 희귀한 경우에 해당하는 것이 망명이다. 침묵이나 우회적 글쓰기를 선택한 경우 그 숫자가 만만치 않다. 이에 비해 망명은 극히 소수만이 행한 방식이다.

망명의 경우 고향과 조국을 떠나 객지에서 살아야 한다는 것으로 하여 처음부터 쉽게 선택할 수 있는 것은 아니었다. 우회적 글쓰기를 하다가 이것이 여의치 않게 되었을 때 선택하는 것이 바로 망명이다. 처음부터 침묵을 한 작가의 경우에는 줄곧 침묵 상태로 지내면 되었기 때문에 이러한 망명까지 선택할 필요가 없었다. 하지만 우회적 글쓰기를 했을 경우에는 때에 따라 이러한 망명을 선택하게 되는 순간을 직면할 수 있는 것이다.

현재 일제 말 망명을 확인할 수 있는 사람은 이육사와 김사량이다. 이육사 역시 우회적 글쓰기로서 시를 쓰다가 이것으로는 더 이상 자신을 버틸 수 없다고 판단하였을 때 망명을 시도한다. 하지만 이육사는 망명하려고 하였지만 실패했기 때문에 전후사정을 알려주는 자료가 현재로서의 거의 없다. 당시 이육사와 같이 망명하려고 했던 이의 증언과 주변 정황을 미루어 볼 때 이육사가 망명을 시도하다가 실패하고 검거되어 옥사하였음은 거의 분명한 것 같다. 이에 반해 김사량은 망명에 성공하였고 망명지인 태항산에서 자신의 여정을 밝힌 기행문 『노만만리』를 남겼기 때문에 당시의 정황을 분명하게 읽을 수 있어 망명이 갖는 정신적 태도를 엿볼 수 있다.

김사량은 일제 말에 우회적 글쓰기로 식민주의에 저항하는 태도를 견지하였다. 「천마」는 그 대표적인 작품으로 사이비 내선일체론자를 등장시켜 풍자함으로써 표면적으로 내선일체와 사이비 내선일체를 구분하려고 하는 듯이 보이지만 이면으로는 내선일체 자체를 비판하는 전략을 채택하고 있다. 당시 내선일체 자체를 비판하는 것은 거의 불가능하고 또 한다 하더라도 검열에 의해 통과되지 않기 때문에 세상의 빛을 볼 수 없었기 때문에 이러한 우회적 글쓰기의 방법을 통해 자신의 생각을 드러낼 수밖에 없었다.

김사량의 우회적 글쓰기는 1943년까지 지속된다. 태평양전쟁이 발발한 후 예방구금법으로 감옥에 갔던 김사량은 이후 일본을 떠나 고향인 조선으로 돌아왔지만 동시대를 배경으로 하여 우회적 글쓰기를 하는 것조차 힘든 상황이기 때문에 갑신정변 직후를 배경으로 한 작품인 『태백산백』을 발표한다. 갑신정변 실패 후 개화파와 동학파 사이의 연대를 통해 미래를 개척하려고 하는 인물들의 삶을 그린 이 작품은 일본 식민주의의 검열을 아슬아슬하게 피해가면서 자신의 뜻을 펼친 작품이다. 얼핏 보면 당시 일제의 조선 역사관을 따르는 것처럼 해 놓고는 이면으로는 이 땅에 독립된 국민국가를 건설하려고 하였던 노력을 환기시키고 있는 것이다.

하지만 일제의 가혹한 억압은 이것마저도 허락하지 않았다. 당시 조선 총독부는 일제의 동원정책을 고무하는 글을 직접 창작할 것을 강하게 주문하였고 이를 수행하지 않을 때에는 '비국민'이란 딱지를 붙였다. 강한 불만을 가졌지만 어쩔 수 없이 동원될 수밖에 없었던 김사량은 해군견학단의 일원으로 진해를 비롯하여 사세보 등에 있는 일본 해군 기지들을 방문하고 난 후 보고문인 「해군행」을 발표한다. 1943년 말에는 조선이 세계 자본주의에 편입되는 과정을 배경으로 조선의 근대사를 배경으로 한 작품 『바다의 노래』를 발표하는데 이 작품을 통해 김사량은 이제 우회적 글쓰기도 통할 수 없는 시대가 도래했음을 감지한다. 일본에서 대학을 나왔고 일본어로 창작하여 아쿠다가와 상을 받은 적도 있는 그였기 때문에 일본어로 글을 쓸 수 없다고 뺄 수도 없고 그렇다고 우회적 글쓰기도 용납하지 않는 상황에서 작품을 발표하면 할수록 원하지 않는 협력의 늪에 빠져들게 되기에 글을 쓸 수도 없고 이러한 어려운 처지에서 그가 할 수 있는 것은 망명이다. 물론 이 상황에서 침묵을 선택할 수도 있었지만 이것도 이미 때를 놓친 것이다. 왜냐하면 1944년까지 글을 쓴 마당에 이제 갑자기 침묵을 하겠다고 나설 수도 없는 것이기 때문이다. 이 상황에서 침묵할 경우 그것은 소극적 저항으로 비쳐질 것이기 때문이다. 침묵이란 것을 선택하기에는 그의 우회적 글쓰기가 오래 지속되었다. 이런 상황에서 그가 할 수 있는 선택 중의 하나는 망명이다.

1945년 5월 그는 망명을 시도하였고 이는 성공하였다. 국민총력 조선연맹 병사후원부에서 중국 전선에 나가 있는 학도병들을 위문하는 행사에 작가들이 참여하기를 독려하자 김사량은 이를 탈출의 좋은 기회를 삼고 나섰고 일정을 마친 후 북경에서 조선독립동맹에서 파견된 연락원을 만나 태항산으로 가게 되었다. 태항산에서 쓴 탈출기 『노만만리』에는 그가 왜 이런 선택을 하였는가를 짐작케 하는 대목이 여럿 있어 당시의 상황을 어렵지 않게 읽을 수 있다.

이상에서 다룬 세 작가는 일제 말 문학적 저항의 세 가지 방식을 전형적으로 구현하고 있는 인물이다. 그 외에 많은 작가들이 협력보다는 저항에 나섰던 것이다. 일제 말 문학인 전체를 놓고 보면 협력보다는 저항의 태도를 견지하였던 문학인들이 훨씬 더 많았다. 그렇기 때문에 흔히 친일문학을 옹호하는 이들이 일제 말에 친일하지 않은 문학인이 어디에 있는가 하면서 친일문학 비판 자체를 무화시키는 태도가 얼마나 일제 말 우리 문학의 실상에 대한 무지에서 나온 것인가 하는 것을 더욱 분명하게 확인할 수 있다.

제2장

김기림—동시성의 비동시성과 침묵의 저항

1. 저항으로서의 침묵

일제 말 한국문학은 식민주의 파시즘에 대한 협력과 저항으로 양분되었다. 협력을 하는 경우에도 근대에 대한 입장에 따라 그 경로는 달랐다. 1937년의 중일전쟁 이후 급속하게 협력의 길에 나선 이들은 근대화론에 입각해 있었던 반면, 1940년의 신체제론 선포 이후에 협력한 이들은 주로 근대초극론에 서 있었다. 전자의 대표적인 이데올로그가 이광수라면 후자의 대표적인 이데올로그는 최재서였다.

저항을 할 경우에는 작가 자신들이 처한 조건에 따라 각각 다른 방식을 취하였다. 첫째는 침묵이고 둘째는 우회적 글쓰기이며 셋째는 망명이었다. 우회적 글쓰기를 택한 작가 중에서 가장 긴장이 강하였던 경우가 한설야이고, 우회적 글쓰기를 하다가 이것이 여의치 않자 망명을 선택하였고 이에 성공하였던 경우가 김사량이라면 침묵으로서의 저항을 선택한 작가 중에서 가장 극적 전환을 보여주는 경우로 김기림을 들 수 있다.

저항으로서의 침묵을 택한 문학인들은 다른 방식을 선택한 문학인들과는 비교가 되지 않을 정도로 많은 숫자를 차지한다. 하지만 일제 말에 침묵을 지킨 작가들의 경우 판단이 쉽지 않은 것은 식민주의에 대한 저항으로서의 침묵을 선택한 경우와 그렇지 않은 경우와의 식별이다. 우회적 글쓰기나 망명의 경우에는 따질 필요가 없을 정도로 명백해지는데 반해, 침묵한 작가의 경우에는 사정이 다소 다르다. 식민주의에 대한 저항으로서 침묵을 선택한 경우와 그렇지 않은 경우를 구분하는 것이 명료하지 않을 때가 있기 때문이다. 김기림은 식민주의에 대한 저항으로서 침묵을 선택했다는 것이 명백한 경우 중의 하나이다. 왜냐하면 김기림은 신체제론이 선포되면서 많은 근대 비판론자들이 대동아공영권의 근대초극론으로 기울어질 때 이에 대해서 분명한 자의식을 갖고 비판하면서 침묵으로 들어갔기 때문이다. 그런 점에서 저항으로서의 침묵을 선택한 문학인의 내면을 들여다보려고 할 때 김기림만한 것을 찾기 쉽지 않은 것이다.

일제 말 김기림의 이러한 선택을 이해하려고 할 때 그 시기만을 조명해서는 제대로 파악할 수 없다. 김기림의 일제 말 도정은 1930년대 초반부터 그가 걸어온 지적 행정에서 자연스럽게 도출된 것이기 때문이다. 갑작스러운 것이 아니라 근대의 위기와 식민지 조선에 대한 조심스럽고 깊이 있는 지속적 성찰에서 나온 것이다. 영문학자로서 비슷한 경로를 걸어왔던 최재서가 이 시기에 이르러 대동아공영권의 근대초극론으로 급속하게 기울어진 것과 대비하면 한층 분명하게 드러난다. 일제 말 김기림의 이러한 선택을 이해하기 위하여 1930년대 초반의 현실 인식과 파시즘이 대두한 이후인 1930년대 중반의 현실 인식을 순차적으로 검토하는 것이 순서일 것이다.

2. 근대의 위기와 식민지성

김기림이 문학활동을 시작할 초기 무렵의 글들을 통독하게 되면 근대의 위기에 대한 통절한 감지와 식민지 조선에 대한 날카로운 인식을 읽을 수 있다. 국민주의와 민족주의 그리고 국제주의와도 다른 세계주의자였던 그가 이렇게 근대에 대한 성찰과 식민지성을 동시적으로 탐구한다는 것은 분명 흔하지 않은 일이다.

세계주의자였던 김기림은 자본주의와 국민국가로 대변되는 근대세계체제에 대해 당시 국민주의자나 민족주의자 그리고 국제주의자와는 다른 인식을 보여주고 있다.

여러 가지 축복 받지 못한 조건으로 인하여 부득이 시대진전의 수준에서 밀려날 수밖에 없었던 봉건적 도시인 경성도 차츰차츰 첨예한 근대도시의 면모를 갖추기 시작한다. 서울의 복판 이곳 저곳에 뛰어난 근대적 데파트멘트의 출현은 1931년도의 대경성의 주름 잡힌 얼굴 위에 가장하고 나타난 '근대'의 메이크업이 아니고 무엇일까. '근대'는 도처에 있어서 1928년 이후로 급격하게 노후(老朽)하여 가고 있다. 이 메이크업한 메피스트의 늙은이가 온갖 근대적 시설과 기구 감각으로써 '젊음'을 꾸미고 황폐한 도시의 거리에 다리를 벌리고 저물어가는 황혼의 하늘에 노을을 등지고 급격한 각도의 직선을 도시의 상공에 뚜렷하게 부조하고 있다.[1]

김기림이 자본주의라는 어휘 대신에 근대라는 말을 즐겨 사용하는 것을 주목할 필요가 있다. 이 무렵 카프 계열의 문학가들은 근대라는 말을 거의 사용하지 않고 자본주의라는 말을 즐겨 사용하였다. 그런데 김기림은 당시 결코 낯설지 않았을 자본주의라는 말 대신에 근대라는 어휘를 의식적으로 사용하고 있는 것처럼 보인다. 이것은 그가 근대와 자본주의를 단순하게 등식화시키지 않고 있음을 알게 해 준다. 물론 김기림은 자본주의라는 것을 알고 있었고 그 어휘를 사용하고 있다. 그럼에도 불구하고 이 말 대신에 근대라는 어휘를 자주 사용하는 데에는 근대에는 자본주의라는 것이 중요한 측면이지만 이것만이 아니라는 것을 의미한다.

또한 이 글에서 분명하게 확인할 수 있는 것은 근대비판이다. 근대에 대한 추구나 찬미가 아니라 근대의 부정성에 대한 강한 비판을 담고 있다. "근대는 도처에 있어서 1928년 이후로 급격하게 노후하여 가고 있다"라는 대목에서 1928년이란 아마 대공황을 말하고 있는 듯 하다. 대공황으로 인하여 자본주의의 무정

---

1) 김기림, 「도시풍경1」, 『조선일보』, 1931.2~21.

부성이 현저하게 드러나는 것을 김기림은 근대의 모순으로 이야기하고 있는 것이다. 그런 점에서 김기림은 근대의 부정성에 대한 강한 인식을 가지고 있고 이것을 넘어서야 한다고 생각하였던 것으로 보인다. 그가 보들레르나 랭보를 강조하는 것 역시 이들이 근대의 내부적 모순을 파악하고 이것으로부터 탈출하자고 했던 문학인이기 때문에 강한 공감을 갖고 있었던 것으로 보인다. 자본주의의 틀 속에서만 근대를 파악하지 않는 태도라든가 또한 근대를 부정성을 인식하고 이의 극복을 이야기한다는 점에서 김기림이 근대의 위기를 강하게 감지하고 있음을 알 수 있다.

근대의 위기를 정확하게 읽어내면서 이를 극복하고자 하는 김기림의 이러한 태도는 식민지 조선에 대한 인식과도 밀접하게 연결되어 있다. 당시 식민지 조선에서 구미 지역의 흐름에 대한 파악 없이 우물안 개구리처럼 행세하는 것에 대해 강한 비판의식을 갖고 있던 그는 구미 근대의 추이에 대해 조금도 긴장을 풀지 않고 지켜보면서 그것과 연관하여 자신과 주변의 삶에 대한 성찰을 하였다. 그가 동경에 온 이상과 더불어 파리로 가려고 하였던 것 역시 이러한 지향과 무관하지 않다. 하지만 그는 항상 식민지 조선이 갖는 특수성을 놓치지 않고 관찰하였다. 김기림은 한편으로는 동시대 구미의 흐름에 지체됨이 없이 따라가지만 그것이 일방적인 추수로 끝나는 것이 아니다. 구미의 근대와는 다른 자신의 근대를 자각하기 때문이다. 그러한 인식이 가능한 데에는 바로 조선이 식민지라는 사실이다. 그는 직접적으로 이렇게 말하지는 않았지만 다음과 같은 우회적인 표현에서 읽을 수 있다. 자기 고향 임명(臨溟)을 묘사하는 부분이다.

　　그러나 고면(古眠)과 같이 낡은 이 거리의 호주머니 속에 불룩하게 차있는 옛이야기들을 회상할 때 나는 더 한층 이 거리를 사랑하게 된다. 마치 모든 젊은 희망을 가로막는 잔인한 아르네와 같이 거리의 남쪽에 구름을 뚫고 우뚝 솟은 마천령을 일찍이 금산 싸움에서 7백 의사와 함께 거꾸러진 조헌 선생이 당나귀를 타고 넘어서 이 지방에 귀양을 오셨다.(그의 사당이 아직 거리의 북쪽에 있다.) 때는 3백년 전 조수처럼 밀려 들어오는 적병을 관 넘어 물리쳐 병화와 외모(外侮)에서 관북을 건진 이붕수 등 7의사의 승전비가 또한 거리의 복판에 서 있었다. 그러나 비는 지금 동경 구단(九段)으로 옮겨갔고 텅빈 비각마저 헐러졌다. 잊어버려진 거리에 어지러운 흙발이 너의 아름다운 전설을 아낌없이 짓밟을 때 너는 왜 말이 없느냐. 왜 말이 없느냐.[2]

　　북관대첩비에 대한 김기림의 묘사는 당시 식민지였음을 상기할 때 매우 특이하다. 1592년 임진왜란 당시 왜장 가등청정(加藤淸正)을 격파한 의병장 정문부를 비롯한 7명의 의사를 기념하기 위하여 숙종 재위시인 1709년 북관대첩비가 세워졌으나 러일전쟁 때 일본군이 가져가 현재 야스쿠니 신사 한 쪽에 방치되어 있다. 야스쿠니 신사가 있는 것이 구단(九段)임을 생각할 때 김기림이 말한 승전비는 현재에도 야스쿠니 신사에 있는 그 북관대첩비를 말하는 것임에 틀림없다. 아마도 김기림이 1차 일본 유학시(1925~1929)에 야스쿠니 신사에 있는 이 북관대첩비를 보았을 것이고 자기 고향에는 현재 텅 빈 비각만 남아 있는데 일본에 그것도 야스쿠니 신사에 이것이 와 있는 것을 보면서 식민지 조선에 대해 남다르게 생각하였을 것이다. 그렇기 때문에 그 자신은 그나마 고향의 이 낡은 거리에서 전설과 같은 옛이야기를 들을 때 이 거리를 사랑하게 된다고 술회하고 있는 것이다. 앞의 글과 비

---

2) 김기림, 「잊어버린 전설의 거리」, 『신동아』 1932.9.

숫한 시기에 쓰여진 이 글을 통해서 볼 때 김기림이 단순히 구미
의 근대에 추종하는 인물이 아님을 알 수 있다. 오히려 근대의
불균등을 보고 있음을 알 수 있다. 식민지 지배의 전위였던 구미
및 일본과, 근대의 파고 속에서 식민지가 된 조선을 같이 놓고
말할 수 없다는 것이다. 근대의 이러한 불균형에 대한 인식이 있
기 때문에 그는 구미의 근대극복론을 되풀이하는 것에 그치지
않고 독자적 사유가 가능하였던 것이다. 구미 근대와 이를 반복
하였던 일본의 근대를 동시에 보면서도 그것과 다른 식민지 조
선의 근대를 바라보는 김기림의 태도는 이후 식민주의에 함몰하
지 않는 근거로 작용한다.

3. 근대의 급진적 비판과 모더니즘의 초극

　유럽에서 오래 전부터 이야기되어 오던 근대의 위기는 1930년
대 중반에 이르러 한층 명확하게 드러났다. 독일의 파시즘이 근
대의 위기를 돌파할 수 있는 강력한 대안으로 대중 앞에 선을
보이게 되고 이에 대한 자유주의적 저항이 예상외로 무력해지는
것을 목격하게 되었을 때 지식인들의 고뇌는 한층 심화되었다.
특히 김기림처럼 유럽 근대에 대해 남달리 깊은 관심을 갖고 지
적 활동을 한 경우 그것은 한층 강할 수밖에 없던 것이다.
　근대의 위기 앞에 더 이상 자유주의적 방식은 대안이 될 수

없었다. 가능한 것 중의 하나가 파시즘이다. 강력한 국가의 개입으로 근대 자본주의의 무정부성을 틀어쥠으로써 이 위기를 극복하려고 하는 것은 대단히 매력적인 것으로 비쳤지만 김기림은 이를 거부하였다. 국가주의적 방식에 의한 해결은 근대의 위기를 더욱 악화시킬 따름이라는 것이다. 그렇기 때문에 김기림이 취할 수 있는 것은 더욱 급진적으로 근대를 비판하는 것이다. 자본주의와 자유주의 전체에 대해서도 비판을 가하는 것이다. 김기림은 문학활동 초기부터 근대에 대해 강하게 비판해 온 터라 이 무렵에 이르러 더욱 급진화하는 것도 결코 갑작스러운 것은 아니었다.

김기림의 근대에 대한 이러한 급진적 비판은 문학에 있어 모더니즘에 대한 비판으로 드러났다. 모더니즘의 비판은 국내와 국외의 문학계 전체에 대해 이루어졌다. 국외에서는 기존에 자신이 일정하게 공감하였고 또한 자극을 받기도 하였던 엘리엇을 위시한 모더니즘 문학에 대해 비판을 가하기 시작하였고, 국내에서는 기교주의에 그치고 마는 모더니즘 문학을 비판하면서 그 지양을 모색하였다.

유럽에서는 파시즘이 더욱 가속화되었고 이에 맞서 반파시즘 전선도 유럽 전 지역에서 펼쳐져 나가기 시작하였다. 특히 파리에서 열린 반파시즘 작가대회의 개최는 김기림에게 남다르게 느껴졌을 것이다. 파시즘이 근대의 극복은커녕 근대 자본주의의 변형된 것임을 간파하였던 김기림은 이에 대해 지대한 관심을 갖고 있었던 바 작가들이 파시즘에 맞서 작가회의(1935년 6월 파리에서는 문화옹호 국제작가회의가 열렸다)를 여는 것을 바라보면서 또한 이것이 그렇게 큰 대안으로 자리잡지 못하는 것을 보면서 향후의 방향에 대해 심각하게 고민하였을 것이다. 그렇기 때문에 영국 문단에서도 엘리엇트와 다른 차원에서 시작을 하기 시작하는 오든 등에 주목하게 된다. 엘리엇트는 근대에 대한 비판으로 전근대의 카톨릭에 의지하면서 부분적으로는 파시즘에 동조하였던 것을 고려할 때 오든을 비롯한 일군의 젊은 시인들에게 김기림이 주목한 것은 극히 자연스러운 것이다.

> 영국의 현대시에서는 엘리엇트의 작품에 일관해서 현실의 반영이 농후한 것은 오래 전부터의 일이다. 오늘에는 『뉴우 시그내쳐어』, 『뉴우 컨트리』에서 출발한 전문 시인들은 이러한 소극적인 관심에조차 불만을 품고 더 적극적인 관심을 가지고 대전 이후의 영시에 제2의 변혁을 가져 오면서 있지 않는가? 오늘의 문화는 바로 이러한 새로운 의도와 설계를 통해서 내일에로 발전할 것이 아닐가? 왜그러냐하면 언제든지 비판자 초극자 만이 내일에 참여할 권리를 가질 수 있는 까닭이다.3)

영시에 제2의 변혁을 가져다 줄 것으로 김기림이 기대한 오든 등의 젊은 시인에 대해 그가 깊이 주목한 이유를 헤아릴 수 있다.

국내적으로는 문학의 기교주의화에 대한 비판과 모더니즘의 초극으로 이어졌다. 김기림은 프로문학에 대한 비판적 인식에서 문학활동을 하였기 때문에 프로문학과는 분명한 선을 긋고 있었다. 이것은 문학에서 언어가 차지하는 역할에 대한 프로문학의 부주의함에 대한 비판이었고 자본주의를 근대와 등치하는 것에 대한 비판이었지 근대의 역사적 현실에 대한 비판적 인식에 대

---

3) 김기림, 「시인으로서 현실에 적극관심」, 『조선일보』, 1936.1.1~5.

한 것은 아니었다. 오히려 그 점에 있어서는 프로문학과 공유하는 측면이 존재하였다. 그가 이 시기에 들어 심각한 문제로 생각한 것은 이른바 문학의 기교주의화 경향이다. 특히 모더니즘의 이름으로 기교주의가 강화되는 것에 대한 반감이었다. 1930년대 중반을 전후하여 모더니즘 문학계 내부에서는 문학의 현실 반영성이 현저하게 격감하면서 역사적 현실과 무관하게 문학이 진행되는 현상이 벌어지기 시작하였는데 김기림은 이를 기교주의라고 부르면서 신랄하게 비판한다.

> 기교파를 다시 정밀하게 분류한다면 그 중에서 언어에 대하여 고전주의적 신념을 지론으로 한 일파와 일군의 첨예한 형이상학파와 수에 있어서 그보다도 더 많은 사상파(寫象派)로 구분할 수 있다. 그러나 그들은 모두 현실에 대하여 도망하려는 자세를 가지는 점에서 일치한다. 원래 보들레르를 원조로 하고 근년의 초현실파에 이르기까지의 불란서를 중심으로 한 근대시의 특징은 그것이 일관해서 현실을 추악한 것으로 인정하고 그것을 초월한 곳에 아름다운 시의 세계를 상정하려는데 있었다. 우리 자신의 시의 전통을 가지지 못하고 주로 서양의 시에서 우리들의 자양을 더 많이 섭취하여 온 우리 신시가 그러한 영향을 강하게 받은 것은 피할 수 없는 일이었을 것이다. 그 위에 우리를 에워싼 현실이 시인을 기쁘게 하기에는 너무나 미웠다. 그러나 우리들 속의 현실도피의 태도 속에는 얼마나 강한 현실 증오의 감정이 흐르고 있는가? 서양의 초현실주의자들의 그것에 필적한다는 자신이 있을 수 있을가?[4]

유럽의 기교파와 조선의 기교파가 외양으로는 비슷하게 보이지만 그 정신과 태도에 있어서 근본적으로 차이가 있음을 지적한 김기림의 견해는 탁월한 것이라고 생각한다. 흔히 기교파와

---

4) 김기림, 위의 글, 1936.1.1~5.

순수문학파들이 자신들의 논거를 보들레르 이후 유럽의 순수주의화에 두고 이를 되풀이하여 강변하고 있는 20세기 한국의 문학계를 고려할 때 김기림의 지적은 탁견이라고 할 수 있을 것이다. 김기림의 전체시론이 갖는 역사적 의미도 바로 여기에 있다.

김기림의 모더니 초극화는 이상의 문학과 만남으로써 더욱 강한 현실적 추동력을 얻게 되었다. 이상이 동경으로 건너간 1936년 10월부터 사망한 1937년 4월까지 약 반년간의 시간은 이상의 문학에서 매우 중요한 전환점이었다. 김기림과 더불어 파리로 가겠다고 약속했지만 돈이 부족하여 동경에서 계속 머물렀다. 그런데 동경에서의 길지 않은 생활은 이상으로 하여금 한층 급진적으로 만들었을 뿐만 아니라 구체적 역사성을 확보하는 계기가 되었다. 동경에서 쓴 수필 「동경」과 소설 「실화」는 당시 이상의 현실 인식을 잘 보여준다. 수필 「동경」에서 이상은 동경은 서구 근대의 부정적 측면을 그대로 답습하고 있다고 보고 있다. 오히려 어설픈 모방으로 말미암아 그 천박함이 노골적으로 드러나고 있다고 보고 있는 것이다. 그가 동경을 떠나 조선으로 돌아오고 싶다고 호소한 것은 그런 점에서 단순한 향수에서 비롯된 것은 아닌 것이다. 이러한 점은 소설 「실화」에서도 잘 드러난다. 일본과 조선을 넘나들면서 동시성의 비동시성을 묘사하고 있는 이 소설에서 식민지성에 대한 초보적 자각을 보여주고 있다. 근대의 출장소인 일본의 식민지 출신의 지식인이 겪는 설움에 대한 분명한 인식을 보여주고 있는 것이다. 당시 일본은 파시즘으로 진군하고 있었다. 2·26 사건이 보여주고 있듯이 일본 군부가 정국을 주도해나가는 군국주의 한 복판에 이상은 서 있었다.

일본의 군국주의가 서구 근대의 부정적 유산의 연장에 불과하다
는 인식을 갖고 있던 이상으로서는 여기에 강한 항의를 할 뿐만
아니라 이것을 극복하는 대안으로서 자유주의는 역부족이라고
생각하였다. 파시즘의 확산에 맞선 자유주의의 저항이 갖는 한
계에 대해서는 비단 이 시기에 처음 그러한 생각을 했던 것은
아니다. 「자유주의에 대한 한 개의 구심적 경향」5)에서 그는 자
유주의가 봉건적 질곡을 깨뜨리는 성과를 남겼지만 결국 시장에
서 자유롭게 상거래를 할 수 있는 자유에 불과하다는 것을 분명
하게 지적하고 있는 것으로 보아 이 시기에 이미 급진적인 생각
을 갖고 있었음을 알 수 있다. 특히 동경에 와서 그는 이러한 생
각을 더욱 강하게 밀고 나갔던 것으로 보인다. 실제 그가 잡혀간
이유 중의 하나가 집에 사회주의적 서적을 몇 권 가지고 있었을
뿐만 아니라 일기에 불온한 내용을 적었다는 것이라는 회고6)를
통해서 볼 때 이 시기 이상이 모더니즘을 넘어서 아방가르디즘
으로 나아가고 있는 것을 분명히 하였다.

　김기림은 이상의 이러한 변화 속에서 모더니즘의 초극을 읽게
된다. 김기림은 이상과 정지용이 모더니즘에서 출발할 때는 비
슷한 성격을 가졌으나 점차 시간이 지나면서 그 내부적으로 분
화가 일어나 이 무렵에는 분명하게 내적으로 차이가 뚜렷하게
드러나게 되었다고 보고 있다. 바로 이러한 것을 정식화하는 것

---

5) 『조선일보』, 1936.1.24~25.
6) 김기림, 「이상의 추억」, 『조광』 1937.6. 1949년 이상의 선집에 부치는 해설
　　에서는 이상이 유치장에서 일본의 사회주의 저항 운동을 하는 사람들을 만나
　　깊이 심취했다고 적고 있다.

이 그 유명한 「모더니즘의 역사적 위치」이다. 흔히 이 글을 한국적 모더니즘 미학의 선언서 정도로 읽는 경향이 있지만 이 글은 모더니즘의 내적 분화와 그 초극을 극명하게 보여주는 것이라 할 수 있다. 이 글에서 김기림은 정지용을 '최초의 모더니스트'라고 불렀고, 이상을 '최후의 모더니스트'라고 불렀다. 이상을 최후의 모더니스트라고 불렀던 것은 이상이 모더니즘의 문학적 바탕 위에서 성장하였지만 이를 넘어서려고 했다는 것을 강조하기 위한 것이다.

> 시단의 새 진로는 모더니즘과 사회성의 종합이라는 뚜렷한 방향을 찾았다. 그것은 나아가야할 오직 하나인 바른 길이었다. 그러나 시인들은 그 길을 버렸다. 스스로 버렸고 또 버릴 밖에 없다. 가장 우수한 최후의 모더니스트 이상은 모더니즘의 초극이라는 이 심각한 운명으로 한 몸에 구현한 비극의 담당자였다.[7]

모더니즘의 초극이라는 점에서 이상을 최후의 모더니스트라고 불렀던 김기림이 뜻하는 바는 분명하다. 근대의 급진적 비판을 꾀하고 있는 자기로서는 모더니즘이 더 이상 이 일을 감당할 수 없다는 것을 너무나 잘 알기 때문에 이제 모더니즘을 넘어서야 한다는 것이다. 이러한 모더니즘의 초극은 근대의 위기를 파시즘은 물론이고 자유주의적 합리성으로 극복하려고 하는 것이 가당치 않은 일이며 오로지 급진적 비판에서나 가능하다는 그의 주장의 미학적 표현이라 할 수 있을 것이다.

---

7) 김기림, 「모더니즘의 역사적 위치」, 『인문평론』 1939.10.

4. 동양론과 식민주의에 대한 저항으로서의 침묵

　근대의 위기를 해결하는 전통적 방법 중의 하나인 자유주의적 실천을 가망 없는 일로 보고 있고, 자유주의의 위기를 해소할 수 있는 강력한 방법으로 제출되었던 국가주의적 파시즘을 허망한 짓으로 보면서 근대에 대한 급진적 비판을 꾀하였던 김기림이기에 일본의 국가주의적 방식이나 신체제론에 동조할 수 없는 것은 너무나 분명하다. 근대의 위기를 강하게 감지하면서 이를 넘어설 수 있는 다양한 자유주의적 실천을 모색하다 이것이 벽에 부딪히자 결국 신체제론의 파시즘이 준 강렬한 유혹에 넘어갔던 최재서와 그런 점에서 전혀 다른 길을 걷게 되는 것이다.

　독일과 마찬가지로 후발 자본주의국가였던 일본은 자본주의의 무정부성을 국가주의적 방식으로 해결하려고 하였다. 그런데 일본의 파시즘 체제가 독일 등과 다른 것 중의 하나는 '동양의 창안'과 이에 입각한 '대동아공영권' 논리이다. 유럽에 기원을 두고 있는 근대의 파고 속에서 정신 없이 살아오면서 내면적으로 서구 중심주의에 불만을 갖고 있던 아시아의 여러 나라들에게 '동양의 창안'이란 부분적으로 큰 매력으로 다가왔다. 그렇기 때문에 제국주의 일본은 물론이고 그 식민지하에 있던 지역의 주민들 중 일부는 여기에 매혹당하였고 급기야는 협력에 나서게 된다. 물론 이것은 전도된 오리엔탈리즘으로서 또 다른 소외에 지나지 않지만 이를 깨닫지 못했던 많은 이들이 이것에 함몰하였다.

일본 동북제대에서의 마지막 시간을 보내고 있던 김기림에게
도 이 동양론은 지나칠 수 없는 시대적 화두로 대두하였다.

> 갑자기 '동양'이라는 말이 사람들의 입끝에 오른다. 진실로 '동양의 얼굴'
> 은 한폭 목계(牧谿) 속에 숨어 있는지도 모르겠다. 만약에 오늘 서양이 걸어
> 가는 길이 단순히 인간의 기계화의 길이라고 말하면 3, 4세기를 두고 꾸민
> 찬란한 의상을 두른 구라파보다는 차라리 한 폭 목계를 가릴 것이다. 참말로
> 오늘의 혼란을 구원할 예리한 교훈을 동양은 가지고 있느냐. 눈을 감고 숨을
> 죽이고 그윽히 지나오고 지나가는 바람 속에서 '동양의 소리'를 들으려고 귀
> 를 기울여본다.[8]

교토 대학의 니시다의 제자들을 중심으로 급속하게 퍼져나간
근대초극론이 동양을 창안하면서 서양중심주의를 극복하고자
하는 것에서 시작했음은 주지의 사실이다. 중일전쟁 이후 일본
정신의 선양 등으로 대표되는 당시의 시대적 상황에 대해 김기
림은 은근히 비판적 태도를 취하고 있음을 위의 인용문에서 확
인할 수 있다. 그렇다고 해서 김기림이 유럽중심주의에 대해 비
판적 거리를 가지지 못한 것은 아니다. 그는 일본 정신으로 무장
한 동양의 창안이 일제 식민주의적 파시즘의 내면이라는 의심을
가지고 있었기 때문에 항상 경계하였지만 그렇다고 해서 그것이
행하고자 한 유럽 중심주의의 비판에 대해서 둔감했던 것은 아
니다. 앞서 보았던 것처럼 김기림은 유럽 근대의 한복판에서 그
것의 한계를 읽은 사람이었기 때문에 유럽중심주의에 이론적으
로나 심정적으로 합류하기 어려운 것이다. 그렇기 때문에 그 역

---

8) 김기림, 「산」, 『조선일보』, 1939.2.16.

시 동양에 대한 사유를 하며 그 미덕을 인정하는 것이다.

그러나 이러한 동양의 미덕을 인정한다고 해서 동양을 새롭게 물신화하는 것은 아니다. 전도된 오리엔탈리즘이 새로운 동양주의에 지나지 않으며 그것이 파시즘과 결부될 때 얼마나 억압적인 것인가를 김기림은 너무나 잘 알고 있었다. 이미 유럽의 파시즘이 일본에서 재연되고 있을 때 그것이 근대 극복의 이름 아래 자행되고 있는 또 다른 왜곡인 것을 너무나 잘 알았기에 김기림이 이제 동양주의라는 이름하에서 파시즘과 식민주의가 심화되는 것에 대해서 협력을 하지 않았던 것이다.

오늘 와서는 서양은 돌아볼 여지조차 없는 것이라 속단하고 그 반동으로 실로 손쉽게 동양문화에 귀의하고 몰입하려는 태도가 그것이다. 그것은 관념적으로는 매우 하기 쉬운 일이고 또 경솔한 사색 속에 즉흥적으로 떠오르기 쉬운 아름다운 포말이기는 하다. 이러함으로써 동양문화는 그 진가 있는 부면이 오히려 희미하게 보여지고 우리가 그 중에서 청산하여야 할 가치 없는 부분마저를 아름다운 감상의 연막으로 휩싸버릴 염려가 있는 때문이다. 서양

---

9) 김기림, 「동양의 미덕」, 『문장』 1939.9.

문화가 일정한 거리에까지 물러선 것처럼 동양문화도 한번은 어느 거리 밖에 물러가서 우리들의 새로운 관찰과 평가에 견디어 내야 할 것이다.[10]

파시즘에 대해서 깊은 경각심을 가지고 있지 못 하였던 최재서가 파리 함락 이후 급속하게 식민주의 파시즘에 경도되었고 나아가 일본정신으로 대표되는 동양주의에 함몰하여 친일 협력을 하였던 것을 고려할 때 김기림의 이러한 태도야말로 참으로 빛나는 정신적 고투의 산물이라 할 수 있다. 신체체의 성립이 내외로 공표되면서 최재서를 비롯한 지식인들이 급속하게 식민주의에 협력하기 시작할 무렵인 1940년 10월에 쓴 「조선문학의 반성」에서 근대초극론의 경향을 비판하면서 필요한 것은 근대의 차분한 결산이라고 한 것은 참으로 시대의 핵을 찌르는 것이라 할 수 있다. 이후 그가 침묵을 지키면서 일제 말을 보냈던 것 역시 이러한 인식과 무관하지 않다. 자신이 중요하다고 보았던 동양에 대한 인식을 강조하면 할수록 그것이 일본 식민주의의 대동아공영권에 동참하는 것으로 오인받을 수 있기 때문이다. 식민주의적 동양론과 구별되는 자신만의 동양론을 강조할 경우 발표하기도 어렵고 또한 발표된다 하더라도 그것은 큰 부담을 가질 수밖에 없다. 그렇기 때문에 그는 침묵을 선택하였던 것으로 보인다. 1941년에 쓴 위의 글 이후에 그는 어떤 형태의 글도 쓰지 않고 고향에서 침묵을 지키면서 광복까지 살았다. 그가 우회적 글쓰기를 하지 않고 이렇게 침묵을 지킨 데에는 어떤 이유가 있는지 그것을 밝힐 자료를 우리는 현재 가지고 있지 않다. 분명

---

10) 김기림, 「'동양'에 관한 단상」, 『문장』 1941.4.

한 것은 그가 일본의 식민주의에 대한 강한 저항으로서 이러한
침묵을 선택했다는 점이다. 그리고 이러한 침묵으로서의 저항은
결코 우연한 것이 아니고 그의 문학활동 초기부터 견지해온 근
대의 위기에 대한 명확한 자기인식과 식민지로서의 조선에 대한
자의식에서 나온 것이라는 점이다.

제 **3** 장

한설야―『대륙』과 우회적 글쓰기

1. 『대륙』의 문제성

침묵, 우회적 글쓰기 그리고 망명으로 특징되는 일제 말 문학적 저항에서 한설야는 우회적 글쓰기의 대표적인 문학인이다. 1939년에 발표한 『대륙』을 위시하여 이후의 작품들에서 그는 정면으로 비판할 수 없는 정황에서 우회적 방법으로 일제의 식민주의 정책을 비판하였는데 이는 1943년 경성방송국 사건으로 투옥될 때까지 이어졌다.

이 시기의 작품 중에서 만주사변 직후의 중국 동북 지방의 도시와 농촌을 배경으로 하고 있는 『대륙』은 그 동안 전혀 거론되지 않았던 작품으로서 한설야 문학은 물론이고 한국 근대문학연구에서 새롭게 조명되어야 할 작품인데[1] 특히 우회적 글쓰기의 차원에서도 매우 중요한 의미를 갖는다. 이 작품이 우회적 글쓰기의 차원에서 갖는 문제성은 다음 두 가지이다. 하나는 일본어로 쓰여졌다는 것이고, 다른 하나는 일본 제국의 식민주의적 정책에 대한 비판을 만주국에서 널리 표방된 오족협화를 활용하여 행하고 있다는 점이다.

한설야는 『대륙』 이외에도 두 편의 단편 소설 「피」(원 제목은 「血」)와 「그림자」(원 제목은 「影」)를 일본어로 발표하는데 이것이 처음은 아니다. 한설야는 창작 초기에 만주에서 발행되었던 일본어 신문에 작품을 발표하였는데 일본어를 아는 독자들에게 자신의 생각을 알리기 위한 차원에서 이루어진 것으로 보인다.[2] 그러면 왜 일본어

---

1) 『대륙』은 『국민신보』 10호(1939.6.4)부터 26호(1939.9.24)까지 연재되었다.
2) 한설야는 일본어(당시의 명칭으로는 국어)로 글을 쓰는 이유를 묻는 설문(『국민문학』, 1942년)에 대해 다음과 같이 답변한다. "실은 나 자신 국어 창작에 대해 충분한 신념을 가지고 있지 않다. 우선 우리들의 국어 창작을 읽어줄 독자는 아마 50명도 채 되지 않을 것이다. 우리들의 국어 창작은 모두 하나의 '장식', '전시' 정도에 지나지 않고 있다. 지금까지 몸에 익은 생활어, 문학어가 되어 있는 조선어가 국어 창작을 방해하고 있기 때문이다. 이는 작가 자신이 아직까지 국어를 문학어로 충분히 사용하지 못하기 때문이다. 그러나 이는 오늘날의 내지(일본을 가리킴—인용자)문단을 우리의 문학 수준보다 훨씬 높게 평가한다는 의미는 아니다." 이러한 것을 미루어 볼 때 그가 일본어로 글을 쓴 의도는 조선에 있는 일본인들 말을 건네고자 했던 것으로 보인다. 한설야가 일본어를 통하여 일본인에게 식민주의의 문제점을 이야기하려고 했던 방식은 한국 근대문학사에서 그렇게 낯선 것이 아니다. 한국인 작가들 일본어로 글을 쓴 경우 이러한 의도로 된 경우가 많다. 예를 들면 3·1운동 직후 오사카에서 만세운동을 하다 경찰에 체포된 염상섭이 일본 지식인들에게 보낸 글을 일본어로 쓴 경우라든가, 김사량이 일본인에게 일본의 식민주의에 의해 피폐해져 가는 일본 내 조선인과 한반도의 사정을 알리기 위해 일본어로 소설을 쓴 경우를 들 수 있을 것이다.

로 썼는가? 일제 말에 이렇게 일본어로 쓴 것은 일본어라는 언어
적 형식을 양보함으로써 내용상에서 어느 정도의 자유를 얻을 수
있을 것이라는 판단을 하였던 것으로 보인다. 말 그대로 이보 전
진을 위한 일보 후퇴였던 것이다. 이 점은 『대륙』뿐만 아니라 이
후에 일본어로 창작한 「피」와 「그림자」에서도 마찬가지로 드러난
다. 이 작품들은 일본인과 조선인의 결혼을 반대하는 것으로 끝나
는데 이것은 당시 일제 지배 정책을 정면으로 반대하는 것이다.
그렇기 때문에 그는 내용상에서 단순한 연애이야기로 비쳐지도록
하기 위하여 여러 가지 장치를 하고 있지만 가장 중요한 것은 이
작품을 일본어로 창작했다는 것이다. 일본어이기 때문에 검열관
의 눈을 약화시킬 수 있었던 것이다.

　『대륙』이 일본어 창작과 더불어 우회적 글쓰기로서 갖는 문제
성은 오족협화의 활용이다. 만주사변 이후 조선인의 만주 이민
이 여러 형태로 이루어졌다. 특히 1936년에는 만선척식이란 회
사가 생겨 집단이민을 관리하기도 하였다. 만선척식의 주도로
이루어지는 집단 이민 이외에도 금융회 등이 주도하는 집합이민
그리고 개인적 연고로 이주하는 분산이민 등의 형태로 이민이
이루어졌다.3) 개인적 연고를 통한 분산이민이 여전히 주를 이루
는 것을 극복하기 위하여 일본은 만주국과 협의를 하기 시작하
여 1938년 12월 이민정책이 재검토되었고 1939년 5월에는 조선
이민을 일본인 이민과 마찬가지로 국책 이민으로 정하기로 결정
하기에 이른다(그 해 12월에 「개척정책 기본요강」으로 발표되었다4)). 이

---

3) 함대훈, 「남북만주편력기」, 『조광』 1939.7.
4) 「개척정책기본요강」의 자세한 내용이 『만선일보』 1939년 12월 24일자에 소

「東洋」에 關한 斷章

金　起　林

★ ····原始民族과 밋 그 文化에 대한 硏究는 十九世紀以來 갑자기 盛해졌다。 그리하야 地上에 남아있는 뭇 原始民族은 實로 수없는 人類學者、考古學者、民族心理學者、人種學者들의 間斷없는 訪問으로해서 煩거로울 지경이었다。 그래서 이 方面에 關한 著述은 날로 盛해갔다。 우리는 그中에서도 有名한 『쁘레이저』『말리노스키』『라차루쓰』『그룻세』『뿐트』等의 이름을 얼른 들수가 있다。 그러면 끝에 그들 原始民族과 그 文化는 드디어 이러한 感傷을 한개의 藝術運動으로 昇華시켰던 것이다。 『로—렌쓰』는 原始生活을 그 모랄에까지 끌어올려서 畢竟에는 春畵가 神聖한 것이 되어버린 느낌이 있었다。 原始에의 歸依는 한편 小兒憧憬思想으로 나타났었다。 『루쏘—』는 때때로 聖書처럼 引用되기도 하였다。

★ ····생각컨대 이러한 一聯의 原始崇拜 小兒憧憬이 發生하는 心理的根據의 反面에는 늘 人工的인 너무나 人工的인 物質文明과 그 狡智에 대한 强한 抗議가 숨어있었다。 『고-갱』이 『타이티』섬으로 永住의 땅을 찾어간 것은 流行小說같은 이야기가 되었지만 印象派에 지쳐버린 畵面에 原始時代를 再現하려고한 野獸派는 드디어 이른바 進步한 西洋人 一部의 讚嘆의 的이 되기까지 하야 이런 종류의 感傷家가 到處에서 생기게 되었던가 한다。 오늘 自由主義나 個人主義를 誹謗하는 것은 벌써 한낫 常識이 되어버렸지만 끊임없는 利潤追求의 自…

김기림은 독특한 동양론으로 일제 말의 대동아공영권을 비판하였다. '동아'가 '대동아'로 바뀌면서 영·미에 대한 적대감이 고취되고 모든 서양적인 것이 극복의 대상으로 선전되던 일제 말의 상황에서 김기림은 차분한 근대의 결산을 주장하였다. 동양에 대한 무관심도 비판하지만 동양과 아시아를 절대화하는 태도에 대해서도 비판하였다. 이러한 자신의 입장을 더 이상 주장하기 어렵게 되자 침묵을 선택하였다.

무렵부터 '이민'이란 말은 사라지고 '개척'이란 말이 들어선다. 이민이란 어휘에서는 조선 내에서 살 수 없어 떠나야 하는 자연 발생적 성격이 강한 반면, 개척이란 어휘에서는 일제의 정책상 조직적으로 행해지고 있음을 알 수 있다. 조선인 이민이 일본인의 그것과 마찬가지로 취급되는 현실을 눈앞에 두고 한설야는 만주에 대해 발언할 필요성을 느꼈을 것이고 이것의 결과가 바로 『대륙』이 아닌가 한다.5) 조선인의 만주 이민이 일본의 국책으로 시행된다는 것은 일본이 만주국에서 세계의 여론을 의식하여 행하였던 오족협화마저 실질적으로 포기하고 일본 제국의 식민지로서의 성격을 가속화한다는 것을 의미하는 것이다. 일본은 만주사변 직후 세계여론으로 인하여 국제연맹마저 탈퇴할 정도로 궁지에 몰렸고 이를 의식하여 만주국의 상대적 자율성을 인정하는 듯한 인상을 주기 위하여 오족협화의 구상을 펼쳤다. 이것 역시 허울에 지나지 않는 것이지만 그래도 이 시기에는 이러한 가식의 틀을 썼다. 하지만 1939년에 들어서면서 조선인의 만주 이민을 국책으로 관리하겠다고 하는 것은 이제 동아의 큰 틀에서 모든 것을 일본 제국의 식민지로 보게된다는 것을 의미하는 것이다. 바로 이러한 위기의 상황에서 한설야는 오족협화를 활용하여 일본의 식민주의 지배 정책을 비판하는 작품을 썼다.

개되어 있다.

5) 한설야가 『대륙』을 발표할 무렵 이태준은 「농군」(『문장』 1939.7)을, 이기영은 『대지의 아들』(『조선일보』, 1939.10.12~1940.6.1)을 각각 발표한다. 이 시기에 갑작스럽게 이러한 작품들이 동시에 나온 것은 결코 우연이 아닌 것이다.

2. 일본인─오족협화의 허구성과 새로운 진로

이 작품에서 가장 주목을 끄는 것은 조선인의 부재이다. 이 작품에는 일본인과 중국인이 주요 등장인물로 등장하고 조선인은 거의 등장하지 않는다. 물론 이(李)라는 인물이 등장하기도 하지만 극히 부분적인 역할만 할 뿐이고 자기 이야기를 갖지 못하고 있다. 일본인 등장인물의 대화 속에서 조선인이 언급되기도 하나 그 역시 아주 제한적인 것에 그치고 만다. 그렇기 때문에 이 작품에서는 조선인을 제대로 만날 수가 없다. 당시 만주를 배경으로 한 작품이 대부분 이주한 조선의 농민의 삶을 다루고 있는 것과는 퍽 대조된다. 한설야는 왜 이러한 구도를 택하였을까? 만주국 건설의 가장 주된 쟁점은 과연 만주에 살고 있는 사람들이 일본 중심의 만주국 건설에 자발적으로 참여하였는가 하는 점과 이후 일본이 표방한 것처럼 '오족협화'의 기치대로 이루어졌는가 하는 것이다. 릿튼을 대표로 한 국제연맹의 사찰단이 만주를 방문하여 조사활동을 한 것도 바로 이러한 문제에 대한 국제 사회의 시각 때문이었다. 그렇기 때문에 만주국을 배경으로 한 작품을 창작한다고 했을 때 이 문제가 가장 중요하게 부각될 수밖에 없었다. 한설야는 만주문제의 관건인 이 문제를 다루려고 했기 때문에 조선인의 등장 역시 이것과 관련된 범위 내에서만 설정하고 마는 것이며 일본인과 중국인을 등장시켜 그 의미를 따져보고자 했던 것으로 보인다. 그렇기 때문에 이 글에서는 일본인과 중국인에 대한 작가의 시선을 축으로 작품을 분석하고자 한다.

일제하 한국의 소설 중에서 이만큼 일본인이 중요하게 등장하는 소설을 찾아보기 어려울 정도여서 이채를 발한다. 그가 이 작품을 일본어로 쓰고 있고 또한 작품에 등장하는 인물들 역시 일본인이 주를 이루고 있으며 이 작품이 실린 『국민신보』가 일본어로 되어 주로 조선에 나와 있는 일본인을 대상을 삼고 있는 것을 감안할 때 그는 일본인들에게 무언가 이야기를 건네고 싶었던 것으로 보인다.

이 작품에 등장하는 일본인은 크게 두 부류로 나누어진다. 하나는 당시 만주사변을 계기로 하여 관동군의 힘을 업고 만주에서 자본의 증식을 얻고자 진출하여 현지 만주인들을 철저하게 차별하면서 군림하는 일본인이다. 만몽모직회사의 사장으로 있는 고토라든가 만몽모직회사 이사회의 회장으로 있는 오야마 겐지와 같은 인물이 그 대표적인 인물이다. 이들에게 만주란 자본의 증식을 위한 새로운 터전으로서만 의미를 가질 뿐 그 외에는 아무런 것도 없다. 그렇기 때문에 이들은 일본인이라는 자부심에 충만되어 있으며 그 외의 어떠한 민족의 사람들에게 철저하게 우월감을 가지고 있었다. 고토는 자기 회사에 취직한 조마리라는 만주인 여자를 성적 노리개 정도로 취급하고 그 이상으로 대우하지는 않는데 여기에도 만주인을 일본인보다 낮게 평가하는 사고가 깊이 개입되어 있다. 오야마 겐지 역시 고토와 마찬가지로 자기 아들 오야마 히로시가 만주인 조마리를 사랑한다는 것을 알게 되었을 때 이를 적극적으로 배척하는 데서도 드러난다. 이처럼 일본의 자본가들은 만주를 새로운 기회의 땅 정도로 보고 있을 뿐 그 이상의 다른 것은 전혀 없는 것이다. 그렇기 때문에 그들은 철저하게 일본적 우월감 속에서 생활하고 이를 자연스럽게 드러내 보이는 것이다.

일본적 우월감 속에서 만주에서 생활하는 이로서는 이러한 자본가 이외에 다른 직업에 일하는 이들이 있다. 관동군에 속해 있는 일본 군인이다. 오야마 겐지의 큰 아들이면서 동시에 오야마 히로시의 형인 오야마 요시오 대위는 관동군 소속으로 일본군이 장학량 군대를 격파하면서 신경을 점령하는 데 큰 공훈을 세운 사람이다. 현재 장학량 측에서 복수의 최고 대상 중의 한 사람으로 꼽고 있는 인물이 바로 이 오야마 요시오 대위일 정도로 만주국 건설의 공로자이다. 이 사람 역시 만주에서 만주인이나 조선인과 더불어 공존하려고 하는 그의 동생과 달리 철저하게 일본 군대와 국가의 힘을 배경으로 일본적 우월감 속에서 살아가고 있는 인물이다.

이러한 인물과 대조적으로 같은 일본인이면서도 일본인의 우월감을 갖지 않고 만주인과 조선인과 더불어 공존하려는 이가 존재한다. 오야마 겐지의 아들 오야마 히로시가 이러한 인물 중의 한 사람이다. 그는 아버지와 같은 부류의 인물들이 만주 대륙에서 보여주는 민족적 우월감에 입각한 행태에 매우 비판적이다. 현재 만주 대륙에 살고 있는 일본인에게 필요한 것은 만주인이 처한 열악한 위치를 충분히 동정하면서 더불어 공존할 수 있는 터전을 마련하는 것이다. 이러한 태도는 자신의 애인 조마리를 둘러싸고 아버지와 나누는 언쟁에서 극명하게 드러난다.

"네가 다른 사람도 아닌 이 부모의 명령을 거역하고 하찮은 만주 여자를 데리고 온다면 유서 깊은 오야마 집안은 어떻게 된다는 거냐? 난 절대로 용서할 수 없다."

"왜 만주 여자는 안됩니까? 만주인이라고 해서 경멸할 이유가 어디에 있어요."

히로시는 갑자기 가슴이 뜨거워졌다. 열심히 말을 이었다.

"마리의 경우는 유키꼬와 다릅니다. 단순하게 사랑이라거나 아내가 아닙니다. 모두가 경멸하기 때문에 저는 마리 편을 들겠다는 것입니다."

히로시는 대륙에서 일본인에게 가장 필요한 것이 바로 이런 정신이라는 생각이 들었다.

오야마 히로시는 만주 여자인 조마리를 사랑하는 것을 반대하는 아버지에 대해 항변을 하면서 만주인에 대한 일본인의 강한 차별의식을 비판하고 있다. 오야마 히로시 역시 처음에 조마리를 보았을 때 강하게 끌렸지만 자신과 조마리 사이에 개재하는 종족적 차이의 벽이 얼마나 크며 또한 조마리가 이로 인해 얼마나 큰 고통을 겪고 있는가 하는 것을 제대로 느끼지 못하였다. 물론 그의 아버지 오야마 겐지와 달리 만주에 와서 일본인의 우월감을 극복하고 다른 종족과 같이 어울려 살려고 노력하지만 실제로 만주인이 만주국 내에서 얼마나 종족적 차별의식으로 인해 고통을 받고 있는가 하는 것을 헤아리기 어려웠다. 그러나 조마리가 종족적 열등감으로 인한 콤플렉스로 인하여 마음 고생을 하고 있는 것을 보면서 아버지에 대해 더욱 강한 반발을 보여주는 것이다.

오야마 히로시와는 다른 차원에서 종족간의 공존을 실천하는 인물로 하야시를 들 수 있다. 오야마 히로시와는 대학 동창인 하야시는 어릴 때부터 만주의 조선인 마을에서 살았기 때문에 조선인들과 형제처럼 지낼 뿐만 아니라 그 어떤 종족적 우월감 같은 것을 갖지 않고 있다. 그의 아버지는 오랫동안 조선인 마을에서 조선인들을 위해 학교를 세워 운영한 바 있는 인물로 한때는 위선자라는 소리를 들어 가면서 오해를 받기도 하였지만 죽은 후에 만주에 있는 조선인들로부터 칭송을 받는 인물이다. 이러한 가정 환경에서 태어나 교육받았기 때문에 일본에서의 유학생활을 마치고 만주로 돌아와서 그가 생각하는 것은 국가의 힘을 바탕으로 한 것이 아니고 어디까지나 민간인들이 주축이 되어 서로 협력하면서 공조하는 방안을 마련하는 것이었다. 그가 삼도구 근처의 토산자에서 금광사업을 일으키려고 하는 것도 여타의 일본 자본가들처럼 자본 증식을 위한 것이 아니라 어디까지나 그러한 벽촌에 살고 있는 조선인들에게 안정적인 생계 대책을 마련하기 위한 것일 정도로 철저하게 공존의 사고를 갖고 있는 인물이다. 오야마 히로시가 차별을 받고 있는 만주인에 대한 동정심을 가지면서 공존으로 나아가는 것과는 달리 어려서부터의 환경과 교육으로 인하여 철저하게 공존의 정향을 가지고 있는 인물이다. 그렇기 때문에 이라는 조선인과도 아무런 스스럼없이 같이 일하게 되며 조선인들 역시 그에게 어떠한 반감이나 거리를 가지고 있지 않다.

일본인들을 이렇게 두 부류로 나누어 보는 것은 일본제국주의의 식민주의적 정책에 협력하는 일본인과 이것의 문제점을 알고 이것에 비판적인 입장을 취하는 일본인으로 나눔으로써 식민주의에 대한 비판이 자종족중심주의적 비판으로 흘러가지 않게 하기 위한 것이다. 일본 식민주의에 대한 비판이 자칫 잘못하면 모든 일본인에 대한 비판으로 비약하기 쉽고 그럴 경우 그것은 또 다른 자종족중심주의에 빠질 수 있기 때문이다. 민족문제에 대한 고려 없이 추상적으로 국제주의를 외치는 것에 대해서도 비판하지만 민족문제에 대한 고려가 자종족중심주의로 흘러가는 것에 대해서도 비판하기 때문에 이러한 태도가 나올 수 있었던 것이다.

3. 중국인—식민주의에 대한 비판과 새로운 국제주의

『대륙』에서 일본인과 더불어 중요하게 등장하는 것이 만주인이다. 만주인들은 만주사변 이후 일본이 만주를 지배하는 형국에서 복잡한 양상을 빚었다. 한편에서는 일본인 중심의 만주국에 대해 협조하지 않고 살아가는 사람이 있는가 하면, 다른 한쪽에서는 만주국에 협조하는 부류들도 있었다. 한설야는 이 작품에서는 일본인 중심의 만주국에 대해 협조하면서 살아가는 사람들은 거의 등장시키지 않고 이들에 대해 거리를 두면서 살아가는 사람들을 등장시키고 있다. 일본인들의 경우 만주를 자본 증식과 세력 확장의 발판으로 삼는 이들을 중요하게 다루었던 것과는 달리 만주인들의 경우 협조하지 않은 사람들을 등장시키는 것은 일본의 식민주적 침략 양상을 선명하게 드러내기 위한 것이 아닌가 생각한다.

그런데 일본 중심의 만주국에 협력하지 않고 살아가는 사람들 내부에 드러나는 차이에 대해 작가는 깊은 관심을 갖고 있다. 하나는 근대적 삶의 방식을 받아들이면서도 일본 주도의 만주국이라는 방식에 대해서는 비판적 견해를 갖는 이들이다. 다른 하나는 근대적 삶의 방식과는 무관하게 오로지 관행대로 무장조직을 이끌면서 마적으로 살아가는 인물들이다. 작가는 이 두 부류의 인물을 대비시킴으로써 만주가 어떤 곳이어야 하는 것에 대한 강한 전망을 보여주고 있다.

우선 근대적 방식을 수용하면서도 일본 중심의 만주국에 대해 비판적 견해를 갖고 있는 대표적인 사람인 조집오의 경우를 살펴보자. 조집오는 원세개 밑에서 일하다가 그의 사후 동북의 군벌과는 거리를 둔 채 살아가는 인물이다. 군벌들이 인민들에게 행하는 폭압적인 지배 방식에 동의하지 않기 때문에 이들과 더불어 생활하지 않고 야인으로 살아갈 뿐이다. 전근대적 지배가 여전히 판을 치고 있는 군벌 지배하의 만주를 보면서 그는 이런 방식으로 지속되어서는 인민들이 제대로 살 수 없음을 통감한다.

그렇기 때문에 만주에 새로운 국가가 설립되기를 강하게 바라고 있지만 만주사변 이후 등장한 일본 중심의 만주국 역시 그의 마음에 들지 않는다. 근대적인 삶의 방식으로 하여 이전 군벌이 지배하던 때와는 달리 질서가 잡힌 것은 사실이지만 일본인들이 관동군과 일본 자본을 배경으로 하여 독주하면서 다른 출신들을 억압하는 것에 대해서 그는 강하게 반발하는 것이다. 그렇기 때문에 하야시와 오야마 히로시가 사업을 의논하기 위하여 찾아왔을 때 그들도 이러한 패와 마찬가지일지 모른다는 위구심에 처음에는 협조를 전혀 하지 않을 정도이다. 그들이 국가 차원이 아닌 민간 차원에서 그리고 어떤 특정한 출신이 주도하는 그러한 것이 아니라 여러 출신들이 공존하는 삶의 방식을 이야기할 때 비로소 공감하면서 도우려고 하는 것에서 그가 얼마나 식민주의적 지배에 대해 강하게 비판하고 있는가 하는 점을 알 수 있다.

오야마 히로시 부자가 마적 왕쾌퇴에 의해 납치된 직후 조마리가 자기 아버지 조집오에게 그들을 구해 달라고 요청했을 때 이를 거절하면서 하는 다음의 말에서 조집오가 식민주의에 대해 결코 협력하지 않는 강한 자존심을 소유한 사람임을 알 수 있다.

개개인이 감정면에서 어긋났거나 의견이 맞지 않는 것은 이국사람이라서가 아니다. 같은 나라 사람이라도 아니 육친간이라 하더라도 그럴 수 있다. 부모에게 등을 돌리거나 자식과 의절하는 것도 그 이유가 보다 높은 곳에 있다고 한다면 나는 당장이라도 인정한다. 또한 개인간의 사정을 버리고 이국사람이나 전혀 모르는 사람과도 손을 잡고 간다. 그런 마음을 물론 나는 바라고 있는 것이다. 나는 어디까지나 그런 주의를 갖고 있다. 지금의 우리에게는 더욱 더 무조건적으로 그러한 것이 요구되고 있다. 그러나 그들이 그런 편협한 마음을 가지고 우리들을 대할 때는 이후의 본보기가 되기 위해서라도 자진해서 강하게 살아갈 길을 헤쳐나가지 않으면 안된다. 일부러 그들에게 울면서 호소할 필요는 없다. 옳은 길을 나아가면 언젠가 반드시 올바른 동지와 합류할 것이다. 덕은 반드시 이긴다.

자기 딸을 만주족 출신이라고 차별한 바 있는 일본인들과는 결코 손을 잡지 않겠다고 단호하게 말하는 조집오에게서 당시 만주에 살고 있는 만주인들이 당시 일본 식민주의자들을 어떻게 보고 있는가 하는 점을 알 수 있다. 그렇다고 해서 조집오가 자종족중심주의에 함몰한 그런 인물은 아니다. 그는 어떤 이국 사람과도 뜻이 통하며 손을 잡아야 한다고 생각하고 만주국은 바로 그러한 이상을 갖고 있는 곳이기에 더욱 그러해야 한다고 믿고 있는 것이다. 하지만 일본인 출신들이 자신들을 다른 출신들보다 우월하게 생각하면서 군림하려고 할 때 이것에 대해서는 결코 타협을 하지 않는다. 바로 여기서 작가 한설야의 식민주의에 대한 강한 비판과 국제주의를 읽을 수 있다.

조집오의 이러한 성격과 대비되는 것은 마적 왕쾌퇴이다. 20여 년 전 조집오와 더불어 원세개 휘하에서 같이 활동하였지만 지금은 마적단의 수령으로 활동하고 있다. 물론 그는 만주사변 이후 만주국의 일본인들을 납치하곤 하지만 그것은 반식민주의의 운동의 일환이기보다는 단순한 돈벌이에 지나지 않는 것이다. 과거 군벌 시대의 유제에서 크게 벗어나지 못하고 있는 왕쾌퇴는 그런 점에서 전망이 없는 인물로서 조집오와 뚜렷하게 대비되는 인물이다. 왕쾌퇴 역시 일본 주도의 만주국에 협력하지 않지만 조집오의 그것과는 분명한 차이를 갖는 그러한 종류의 것이다.

조집오의 이러한 지향은 그의 딸 마리에게도 그대로 이어지고 있다. 조마리는 오야마 히로시와 사랑하게 되지만 항상 종족적 열등감에 시달리고 있다. 오야마 히로시가 그에게 접근했을 때에도 한 남자에 대한 강한 호감에도 불구하고 일본인이 갖고 있는 무의식적 오만함과 우월함 때문에 조심스럽게 접근한다. 조마리의 이러한 처지를 오야마 히로시가 이해하게 되면서 이전과는 다른 태도로 나오는 것을 보고서야 비로소 조마리는 히로시와 가까워지는 것이다. 그 와중에 겪는 자존심의 상처 — 일본인 사장 고토의 추행사건을 비롯하여 오야마 히로시의 아버지를 비롯한 히로시 주변의 일본인 인물들로부터 받는 모욕감 — 로 하여 그는 이 심연에서 쉽게 벗어날 수는 없었지만 히로시가 마적에게 잡혀간 것을 알고 이들을 구출하는 데 한 몫을 한 후에야 이것으로부터 벗어나게 된다. 이처럼 식민주의적 억압에 맞서 타협하지 않고 살아가려고 하면서도 이것이 다른 지역의 출신들을 배척하는 것으로 되어서는 안 된다는 생각을 확고하게 갖고 있다.

> 히로시는 사랑을 위해서 싸우고 또 민족적 편견과 맞서 투쟁했다. 그리고 그야말로 대륙에 대한 큰 애착 속에서 자신들의 사랑을 키우려고 했고 이번에는 그 사랑 때문에 대륙에 대한 애착의 밀도가 커졌던 것이다. 도리가 아니라도 그를 구해내고 싶다. 그를 못 본 체 하는 것은 단지 사랑 때문에 참을 수 없는 것이 아니라 대륙에 불기 시작한 가장 아름다운 무엇인가가 죽임을 당할 것 같은 아니 혹은 자신의 손으로 죽여버리는 것 같은 느낌이 들어 견딜 수가 없었다.

'대륙에 불기 시작한 가장 아름다운 무엇인가'라는 것은 바로 출신의 편견을 벗어나 공존하면서 살아가는 새로운 삶의 형태를 두고 하는 것임은 말할 필요가 없다. 진정한 만주국의 모습을 염두에 두면서 하는 조마리의 이러한 생각은 그가 식민주의에 대해서 강한 비판을 하면서도 결코 국제주의를 포기하지 않고 있음을 보여준다 할 수 있다.

조집오나 조마리 모두 만주 출신이면서 이 땅에서 새롭게 형성될 지 모르는 이상을 위해 자신들의 기득권을 과감하게 포기하고 급진적 전회를 이룩하는 것이다. 물론 만주국의 현실은 그렇지 못하였다. 이 작품을 쓰던 1939년 무렵이면 이러한 이상이 거덜났다는 것을 한설야는 잘 알고 있었을 것이다. 그러면서도 그가 이러한 작품을 썼던 것은 일본인들에게 이러한 이상을 통해 현재를 비판적으로 성찰할 수 있도록 하기 위해서가 아닌가 한다. 그렇기 때문에 원래의 이상을 갖고 있는 조집오나 조마리를 만주사변 직후를 배경을 하여 그렸던 것이 아닌가 한다.

4. 식민주의와 자종족중심주의를 넘어서

이 작품에서 다소 아쉽게 여겨지는 것은 당시 만주에서의 항일투쟁에 관한 부분이다. 만주사변 이후 동북 지방의 중국 및 조선 출신의 공산주의자들은 서로 연대하면서 일본의 침략에 맞서 싸웠다. 1930년 5·30 사건 이후 남아 있었던 공산주의자들은 만주사변 이후 근거지로 숨어들어 지속적인 항일 빨치산 활동을 하였다. 일본 토벌대로부터 마적과 같은 비적으로 몰리기도 하면서도 합법 비합법으로 투쟁하였던 이들에 대한 것은 이 작품 어디에도 나오지 않는다. 한설야가 이들에 대해 잘 알고 있었다는 것은 그가 5·30 사건 이후의 만주 분위기에 대해

쓴 글인 「북국기행」(『조선일보』, 1933.11.26~12.3)을 보아도 알 수 있
다. 당시의 사정을 잘 알고 있는 그가 이들에 대해 다루지 않고
있는 것은 아마도 검열의 문제가 아닌가 한다. 1939년 중반 무
렵이면 일제가 내선일체를 내세우면서 황민화를 강요할 때이라
당시 만주에서 활동하던 공산주의자들을 직접 드러내기가 쉽지
않았을 것이다. 그렇기 때문에 하야시라든가 하는 인물을 통해
간접적으로 그러한 분위기를 풍기려고 했던 것이 아닌가 짐작
할 수 있을 뿐이다.[6]

　그럼에도 불구하고 이 작품에서 우리가 주목하는 것은 식민주
의와 자종족중심주의에 대한 작가의 비판적 시선이다. 오야마 히
로시나 하야시는 일본 출신이기 때문에 일본의 식민주의적 성격
에 대해 파악하기가 대단히 곤란한 처지에 놓여 있다. 식민주의
적 지배를 받고 있는 입장에서는 이것이 갖는 억압성을 쉽게 읽
어낼 수 있지만 식민주의적 지배를 하고 있는 입장에서는 결코
수월한 일이 아니다. 그런 점에서 오야마 히로시의 아버지가 일
본의 식민주의적 지배를 너무나 자연스럽게 받아들이고 있고 이
를 내면화하고 있는 것은 그렇게 낯선 일이 아니다. 오히려 특이
한 것은 이러한 아버지를 두고 있는 히로시가 복잡다단한 굴절을
거쳐 식민주의로부터 자신을 떼어놓기 시작한다는 점이다. 하야
시의 경우 그의 아버지부터 이미 이러한 식민주의적 지배의 분위

---

6) 흥미로운 것은 만주를 배경으로 한 이 작품에서는 항일투쟁에 관한 것이 전
　혀 나오지 않지만 같은 시기에 한글로 연재된 국내를 배경으로 한 『마음의 향
　촌』에서는 만주에서 저항운동을 하는 인물이 간접적으로 그려지고 있다는 사
　실이다. 이런 점을 미루어 볼 때 이 작품에서 항일운동이 그려져 있지 않은
　것은 아마도 검열 때문인 것으로 보인다.

기에서 벗어나 살아왔고 그 역시 이러한 아버지 밑에서 자랐기 때문에 이러한 지향을 갖는 것은 아주 예외적인 일로서 얼마든지 받아들일 수 있는 것이다. 하지만 그렇지 못한 환경에서 자란 오 아먀가 친구와 애인과의 만남을 통하여 이러한 인식을 갖게 되는 것으로 작가가 설정하였다는 데서 식민주의에 대한 한설야의 강한 비판을 읽을 수 있다. 식민주의에 쉽게 물들 수 있는 인물이 이를 거부하고 다른 길을 걷는 것으로 그리고 있는 데서 한설야의 식민주의에 대한 비판을 어렵지 않게 읽을 수 있다.

조집오의 경우 일본 주도의 만주국에서 살기 때문에 식민주의의 폐해를 느끼는 것은 그렇게 어려운 일이 아닐 수 있다. 물론 당시의 많은 만주인들 중에서 이러한 것을 보지 못한 사람들도 적지 않게 있는 것은 사실이지만 일본인들이 이것을 느끼는 것과 비교하여 보면 상대적으로 쉬운 일임에 틀림없다. 오히려 조집오와 같은 만주 출신인들에게 어려운 것은 식민주의에 대한 비판이 자칫 흘러갈 수 있는 자종족중심주의의 경향이다. 식민주의에 저항하는 과정에서 필요한 것이 만주인으로서의 정체성인데 이를 전일적으로 강조하다보면 결국 타 출신들과의 공존이라는 새로운 전망을 이루어 낼 수 있는 가능성이 차단될 수밖에 없는 것이다.

한설야는 식민주의와 자종족중심주의의 경향을 동시에 비판하면서 새로운 전망을 끌어내고 있는 것을 확인할 수 있다. 만주국이 처음 표방한 오족협화라는 것이 결코 일본인과 만주인 그리고 타 출신들 사이의 공존 속에서 이루어진 것이 아니라는 점을 잘 알고 있는 한설야로서는 이를 직접적으로 비판하고 있는 셈이다. 그가 일본어로 이 작품을 썼을 때 잠재적 독자층으로 삼았던 것은 일본인이었음에 틀림없다. 이들에게 만주국이 현재 얼마나 엉뚱한 방향으로 나아가고 있는가 하는 점을 강하게 보여주고 싶었던 것으로 생각된다. 그러면서도 그는 이러한 것에 대한 반감으로 인하여 국민국가의 틀에 가두어져 그 이상의 공동체에 대해 생각하는 것 자체를 불가능하게 만드는 것에 결코 동의하지 않고 있음을 알 수 있다. 만주국이 그런 식으로 타락되었다고 해서 국민국가를 넘어서는 새로운 틀의 모색 그 자체가 원천적으로 의미가 없는 것은 아니다. 다른 방식으로 되어야 하며 더욱 다양한 가능성의 상상력이 준비되어야 한다고 보았던 것이다. 그렇기 때문에 그는 이 젊은이들의 '에로핀테른'(에로스와 프로핀테른을 합성한 것으로 이 작품에 등장하는 조어)을 통하여 그 가능성을 점치고 있는 것이다. 한설야는 그것이 당장 이루어질 수 있을 것이라는 희망에서 이러한 작품을 쓰지는 않았을 것이다. 그러한 꿈을 키워나가고 이를 뒷받침할 수 있는 상상력을 끝없이 키워 나가야 한다고 믿었기 때문에 그러한 것이 아니었던가 한다.

이상에서 보았던 것처럼 한설야는 『대륙』에서 일본이 만주국에서 초기에 표방하였던 오족협화를 거꾸로 활용하여 일본 제국의 식민주의적 성격을 비판하고 있다. 양심적 일본인과 만주인의 결혼을 통하여 얼핏 보면 오족협화를 옹호하고 있는 것처럼 보이지만 실제로는 오족협화의 식민주의적 성격을 비판하고 이를 넘어서 진정한 국제주의를 보여주는 것이다. 오족협화가 아니라 에로핀테른인 것이다. 바로 여기에 우회적 글쓰기로서의

『대륙』이 갖는 특징이 있다. 이러한 창작 태도는 이후에 발표한
「피」와 「그림자」에서도 유감없이 드러나 그가 이 시기 우회적
글쓰기의 가장 대표적인 문학인임을 더욱 확인할 수 있다.

제 **4** 장

김사량—망명 혹은 우회적 글쓰기의 돌파구

1. 식민주의와 비협력의 길

중일전쟁 이후 일본의 식민주의적 지배는 총동원체제의 양상을 띠었고 이는 무한 삼진 함락 이후에 더욱 가속화되었다. 이에 따라 문학계는 양극화되기 시작하였는데 한편에서는 일본의 식민주의에 협력하여야 한다고 하면서 내선일체를 비롯하여 일본의 식민주의 정책을 내면화하는가 하면, 다른 한편에서는 일본의 식민주의 지배 정책에 협력하지 않는 방식으로 저항하는 이들이 나타났다.

전자의 경우에도 조선인이 그 동안 받아온 차별을 극복하기 위해서는 내선일체를 해야 한다는 쪽과 서구 중심의 근대 세계 를 극복하기 위해서는 일본을 중심으로 새로운 체제 즉 대동아

체제를 만들어야 하고 그러기 위해서는 전쟁에 적극적으로 이바지해야 한다는 쪽으로 나누어졌다. 그 어느 쪽의 경우이든 일본의 식민주의에 협력하는 이들은 이 시기에 들어 부분적으로 갈등을 빚기는 하지만 전체적으로는 시대적 조건과 융합하면서 큰 문제없이 창작활동을 할 수 있었다.

하지만 식민주의를 받아들이지 않고 협력하지 않는 후자의 경우에는 상황이 전혀 달랐다. 그들에게는 크게 세 가지의 길이 놓여 있었다. 하나는 조선을 탈출하여 일본의 지배가 미치지 않는 곳으로 탈출을 하는 것이다. 1945년에 김사량이 태항산으로 갔던 것이라든가 1943년에 이육사가 북경을 거쳐 중경이나 연안으로 가려고 했던 것 등은 이런 경우에 속한다. 두 번째는 탈출하지 않고 국내에 머물러 있으면서 일체의 글을 쓰지 않고 침묵을 지키는 경우이다. 김기림을 비롯하여 많은 이들이 선택하였던 방법이다. 세 번째는 우회적 글쓰기를 통하여 일본의 식민주의에 저항하는 경우이다. 당시의 검열하에서 직접적으로 일본의 식민주의를 비판하기는 어렵다. 전시 동원체제 하에서 작가들에게 국민이 될 것을 강요하는 마당에 이전과 같은 글쓰기가 불가능한 것이다. 따라서 일본의 식민주의에 협력하지 않으면서도 탈출하거나 침묵하지 않고 글을 쓰려고 할 경우 대단히 어려운 상황을 맞이하게 된다. 여기서 도출된 것이 우회적 글쓰기이다. 정면으로 할 수 없기 때문에 우회적으로 자신의 비협력을 표현하는 것이다. 한설야가 그 대표적인 인물이다.

탈출하려다 실패하여 일본 경찰에 수감되었다가 옥사한 이육사와 달리 김사량은 망명에 성공하였을 뿐 아니라 그 과정을 다룬 기행문을 남기고 있기 때문에 망명으로 저항을 선택한 작가의 내면을 살피는 데 아주 좋은 대상이다. 잘 알려져 있는 것처럼 김사량은 일제 말에 활발한 창작활동을 펼치다가 1945년 5월에 태항산으로 망명을 하였다. 국내에 있을 때 그는 우회적 글쓰기 방식을 통하여 일본의 식민주의에 대해서 협력하지 않는 자세를 취하였다. 이러한 글쓰기 방식마저 더 이상 통하지 않을 정도로 일본 당국의 요구와 간섭이 심하게 되자 결국 국내를 탈출하는 최후의 방법을 택하였던 것이다. 그에게 망명은 우회적 글쓰기의 돌파구였다. 만약 그가 우회적 글쓰기를 계속 할 수 있을 정도의 상황이었다면 망명을 하려고 생각하지 않았을 것이다. 고향에서의 삶의 기반을 버리고 이국의 객지로 삶의 거주를 옮긴다는 것이 결코 쉽지 않은 것이기 때문이다. 그런 점에서 김사량의 망명을 이해하기 위해서 우선되어야 할 것은 우회적 글쓰기로 일관해 온 망명 이전의 문학 세계이다.

그의 많은 작품들이 일본 식민주의에 대한 우회적 비판을 담고 있는 것인데 특히 「천마」는 그 중에서도 문제적이다. 내선일체의 구체적 정책이었던 일본어 창작과 창씨개명문제를 다루면서 궁극적으로 내선일체 그 자체를 비판하고 있기 때문이다. 작가 김사량은 이 작품에서 주인공 현룡을 대단히 비판적으로 그리고 있다. 보기에 따라서는 희화화 혹은 풍자라고 할 수 있을 정도로 그 비판의 정도는 매우 심하다. 그 비판의 핵심은 현룡이 일본 식민주의의 내선일체를 충실히 따르고 있다는 점이다. 현룡은 자신이 일본인이 되고자 온갖 노력을 하는데 그 내용은 일본어 창작과 창씨개명이다. 그 동안 자신이 일본어가 아닌 조선어로 창작을 한 것을 후회하면서 지금부터는 철저하게 일본어로 창작을 하겠다고 맹서한다. 또한 자신이 재조 일본인으로부터 멸시를 받고 있는 것은 그 자신이 일본인이 아니고 조선인이기 때문이라고 판단하면서 향후 진짜 일본인이 되기 위해 창씨개명을 한다. 이처럼 현룡은 내선일체를 위해 혼신을 힘을 다하는 조선인 문학가인데 작가는 이 인물의 이러한 행태에 대해 날카로운 비판을 행한다. 작가의 이러한 비판은 궁극적으로 내선일체라는 일본의 식민주의 정책에 대해 비판하게 되는 것인데 이는 일본 제국에 대한 정면 비판이 되기 때문에 검열을 통과하기 어려운 것이다. 그렇기 때문에 작가는 부득이 우회적 글쓰기를 통하여 이 관문을 통과하는 것이다. 따라서 이 글에서는 우선 작가가 이 작품에서 일본어 창작과 창씨개명이라는 내선일체의 내용을 어떻게 비판하고 있는가 하는 것을 당시의 정치적 지적 정황과 관련하여 밝히고자 한다. 다음으로는 김사량이 당시 검열을 통과하기 위하여 어떤 장치와 방법을 사용하면서 이러한 비판을 행할 수 있었는가를 구체적으로 분석하고자 한다.

2. 일본어 창작 비판

「천마」에는 현룡이 문학자들의 모임에서 이명식이라는 한 평론가로부터 모욕을 당하는 장면이 나오는데 이때 가장 쟁점이

되었던 것이 바로 일본어 창작 문제이다. 이명식을 비롯한 일부의 조선인 문학가들은 일본어로 작품을 써야 한다는 것에 대해서 대단히 비판적이었다. 현룡이 일본어로 글을 써야만 된다고 주장하기 때문에 이명식은 명치회관에 온 현룡에게 야유조로 질문하고 나중에서 접시를 던져 상처를 내는 바람에 자신은 상해죄로 잡혀간다. 현룡과 이명식의 대립에 바로 일본어 창작의 문제가 놓여 있다.

일제 식민주의는 내선일체를 강하게 주장하면서 그 실천의 하나로 '국어' 즉 일본어 사용을 일상화할 것을 주장하였다. 현룡은 이러한 생각을 내면화하여 열심히 떠들고 다니고 이를 반대하는 사람들을 비난하거나 혹은 고발하는 것을 큰 일거리로 삼고 있다. "나는 이제 조선말로 창작하는 것은 진절머리가 나요. 조선말 같은 것은 똥이나 처먹으라고 해요. 그건 망하게 하는 부적이라니까요" 하면서 조선어로 창작하는 것을 멸시한다. 이에 대해서 이명식은 조선어로 창작을 해야 한다고 강하게 주장한다. 조선어로 창작을 해야 하는 것은 문학성을 높이기 위한 것이 아니다. 중요한 것은 인구의 8할이 문맹이고 글자를 아는 사람의 90프로가 조선 글자밖에 모르는 현실이다. 이들 민중들에게 문화의 빛을 주기 위해서는 필히 조선어로 창작을 해야 한다는 것이다. 하지만 그렇다고 해서 이명식이 일본어로 글을 쓰는 것을 무조건 반대하는 것은 아니다. 조선 사람의 생활이나 마음이나 예술을 조선어를 모르는 외국인들에게 널리 전하기 위할 때는 일본어로 글을 쓰는 것이 필요하다는 것이다. 이명식의 주장은 조선의 작가는 조선어로 창작을 해야 한다는 것, 일본어로 창

작할 때는 조선의 생활현실을 일본인들과 세계인에게 알리고자
할 때라는 것 이 두 가지이다.

　작중 인물 이명식은 작가 김사량의 분신이라 할 수 있다. 이
명식의 입을 통해 나오는 이러한 견해는 작가 김사량이 다른 글
에서 논한 것과 일맥상통하기 때문이다. 김사량은 1940년 9월
평론 「조선문화통신」(일본어)을 발표하는데 여기에 발표된 내용
은 이명식이 말한 것과 거의 같다.[1] 다소 길지만 인용하여보자.

　　요즘 갑자기 언어에 대한 문제가 떠들썩해지고 대부분의 조선 작가도 내지
　어(일본어를 말함—인용자)로 써야만 하지 않을까 하는 논의가 일어나고 있
　다. 일부 사람들 중에는 지금이야말로 조선문학의 수난기라고 말하는 이도
　있는 듯하다. 그렇지만 우리들은 이 문제에 대해 그 정도로 민감해지지 않아
　도 될 것이다. 모든 언어학자나 문학사가들의 증언을 빌리지 않아도 또 역사
　발전의 증명을 통해 민족어의 존속을 비관하는 것은 어쨌든 못마땅하다. 또
　그것뿐인가, 조선어밖에 모르는 사람들이 거의 조선문학밖에 못 읽는 상황에
　서 갑자기 조선의 작가가 모두 조선어를 버리고 내지어로 쓰기 시작하는 것
　은 문화를 사랑하기 때문이 아니다. (…중략…—인용자) 본질적인 의미에서
　생각해 보면 역시 조선 문학은 조선의 작가가 조선어로 쓰는 것에 의해 비로
　소 성립되는 것임에 틀림없다. 그러나 그런 어려운 논의는 어쨌든 작가 측의
　실제적인 입장에서 생각해 보아도 조선의 작가가 내지어로 쓰는 경우에는 여
　러 가지로 곤란함과 불편함이 동반되며 정열이 분산될 위험이 충분히 있다.
　먼저 조선 문단의 현실을 솔직하게 털어 놓으면 조선인 독자가 읽게 하기 위
　해서 자신의 언어로 좋은 작품을 쓰는 것이 고작이다. 조선문학을 활성화시

---

　1) 김사량은 일본어 창작 논쟁이 한창이던 시절에 이미 「조선문학풍월론」(『문
　　예수도』 1939.6)이란 글을 통해 이와 비슷한 견해를 밝히고 있지만 언어문제에
　　대해서 체계적으로 이야기한 것은 역시 「조선문화통신」에서이다. 김사량은 이
　　후 「조선문화통신」 중에서 언어에 관한 대목만 따로 떼어 「조선문학과 언어문
　　제」라는 제목으로 잡지 『삼천리』 1941년 6월호에 다시 싣는다.

키려고 하는 정열이 앞서 있는 탓에 내지어로 쓸 마음의 여유를 가질 새가 없다. 이것은 무엇보다도 강한 주관적인 이유지만, 먹고 살기에 힘든 조선문 창작을 그만두고 내지어로 쓰라는 호소도 그렇게 영향력을 가질 수 없다. 두 번째로는 조선의 사회나 환경에 있어서 동기나 정열이 활성화되어 그것에 의해 포착된 내용을 조선어가 아닌 내지어로 쓰려고 할 때 작품은 아무래도 일본적인 정열이나 감각에 의해 화를 입게 된다. 감각이나 감정이나 내용은 언어와 연관되어서 비로소 가슴에 떠오른다. 극단적으로 말하면 우리는 조선인의 감각이나 감정으로 기쁨을 알고 슬픔을 기억할 뿐만 아니라 그것의 표현은 그 자체와 불가분의 관계를 맺고 있어서 조선의 언어가 아니면 퍼뜩 의미가 전달되지 않는다. 예를 들어 슬픔이나 욕을 내지어로 옮기려면 직관이나 감각을 빙빙 돌려서 번역하지 않으면 안 된다. 그것이 불가능하다면 순수한 일본적인 감각으로 바꿔서 문장을 엮게 된다. 그러나 장혁주나 나 등 그밖에 내지어로 쓰려고 하는 많은 사람들은 작자가 의식하든 의식하지 않든 상관없이 일본적인 감각이나 감정으로의 이행에 밀려버릴 것 같은 위험을 느낀다. 더 나아가서는 자신의 것이면서도 이국적인 것으로 받아들여 눈이 번뜩이기 쉽다. 나는 이런 것을 실제로 조선어 창작과 내지어 창작을 동시에 시도하면서 통감한 사람 중 한 사람이다. 어쨌든 조선어로 쓰고 안 쓰고는 한 작가에 달린 것으로 조선문학이 조선어로 써야만 하는 것은 엄연한 진리일 것이다. 조선이라고 하는 현실 사회 속에서 살고 거기에서 정열이나 동기를 느껴 펜을 잡는 경우 자신의 언어로 또 자신들의 언어 밖에 모르는 다수의 독자를 위해서 써야 하는 것에 대해 이상하게 생각할 필요는 없을 것이다. 또한 세 번째로 가장 근본적인 것은 내지어로 쓰라고 해도 실제로 내지어로 예술적 형상이 가능한 사람은 몇 명밖에 안되는 현실이다.[2]

  김사량에 의하면 조선의 작가가 일본어가 아닌 조선어로 창작을 해야 하는 이유는 세 가지이다. 첫째는 대다수의 민중들이 일본어를 해독하지 못 한다는 사실. 두 번째는 일본어로 창작하게

---

2) 김사량, 「조선문화통신」, 『김사량 전집』 4, 河出書房新社, 1973, 26~27면.

될 때 조선인의 생활감정을 제대로 표현할 수 없다는 것. 세 번째 는 일본어로 자유롭게 창작할 수 있는 작가의 수효가 극히 적다 는 것이다. 이러한 것으로 하여 김사량은 조선어로 창작해야 한 다고 주장한다.

이와 더불어 김사량은 조선의 작가도 일본어로 글을 써야 할 필요 성이 있는 경우에는 일본어로 창작해야 하고 이를 기꺼이 받아들여 야 한다고 했다.

> 나는 여러 가지 불편을 참으면서 내지어로 쓰는 사람이나, 또 쓰려고 하는 사람들의 입장을 이해해야 한다고 생각한다. 그것은 왜인가? 나는 현재의 모 든 희생을 치르고 자신의 언어로 대화를 나누어야 할 많은 독자를 가지면서 도 그것을 소홀히 하고 일부러 내지어로 쓰는 사람들에게는 그 본인에게 절 대적이고 통절한 심적 동기가 없으면 안 된다고 생각하기 때문이다. 조선의 문화나 생활이나 감정을 더욱 넓은 내지의 독자에게 호소하려고 하거나 혹은 나아가서는 조선문화를 내지나 동양이나 세계에 넓히기 위해서 미력하나마 그 중개자가 힘을 들이는 것이다. 또 지금시대는 그것을 무엇보다도 요구하 고 있다. 그리고 내지문단이 조선문학자에게 호소하는 이유도 거기에 있을 것이다. 그런 의미에서 나는 조선의 작가 중에서 내지어로 쓸 수 있는 사람 은 조선어로 저술하는 한편 내지문단에도 척척 좋은 작품을 써서 내보낼 필 요가 있다고 생각한다. 그리고 조선인에 관해 그리고 그 밖의 생활이나 감정 을 넓게 이해시킬 뿐만 아니라 동시에 조선문학의 진가를 되묻는 것은 그 자 체가 조선문학의 발전을 위해서이다.3)

일본어를 사용하는 사람들에게 조선의 문화와 생활을 알리거 나 혹은 그 외의 세계사람들에게 알리기 위해서는 일본어로 창 작하는 것도 가능하다는 주장이다.

---

3) 김사량, 「조선문화통신」, 『김사량 전집』 4, 河出書房新社, 1973, 29면.

이상 「조선문화통신」의 주장, 즉 일본어가 아니라 조선어로 창작해야 한다는 것, 그리고 일본어를 사용하는 사람들에게 조선의 생활과 현실을 알리기 위해서는 일본어로 창작할 수 있다는 것, 이 두 주장은 「천마」에서 평론가 이명식이 한 이야기와 그대로 일치한다. 그런 점에서 「천마」에 등장하는 이명식이 김사량의 분신이며 또한 작가 김사량은 작중인물 이명식의 입을 통해 현룡이 주장하는 일본어 창작을 비판하고 있음을 알 수 있다.

김사량이 「천마」에서 이렇게 일본어 글쓰기에 대해 강하게 비판하고 있는 것은 당시 문학계의 분위기와 직접적으로 관련된다. 일본어 글쓰기가 조선문학계에 화두로 등장하기 시작하는 계기가 된 것은 1938년 말 일본 문학가들이 조선인 문학자들과 가진 좌담회 〈조선문화의 장래와 현재〉였다. 무한 삼진 함락 이후 일본 문학가들이 만주와 중국을 방문하는 것은 하나의 유행이 되었다. 하야시 후사오[林房雄]가 1938년 11월 대륙 가는 길에 경성을 들렀을 때 조선인 문학가들과 좌담회를 가졌다. 이 좌담은 『경성일보』 문화부장이었던 데라다 에이[寺田瑛]의 주선으로 이루어졌고 같은 신문에 1938년 11월 29일부터 12월 8일까지 연재된 후 하야시 후사오가 관여하고 있던 일본 문학 잡지 『문학계』 1939년 1월호에 전재된 바 있다. 여기서 조선인 작가의 일본어 창작이 거론되었고 이후 조선인 문학자들 사이의 논쟁으로 비화되었다.

이 좌담회에 참석하였던 장혁주는 일본으로 돌아가 자신이 일본어로 『춘향전』을 쓴 경험을 토대로 일본어로 글을 쓰는 것을 강조하면서 조선어를 고집하는 조선인 문학가들을 우회적으로 비판하는 글 「조선 지식층에 호소한다」를 『문예』 1939년 2월호에 발표했다. 『경성일보』에서는 이후 조선인 작가들의 일본어 사용을 둘러싼 논쟁이 본격적으로 펼쳐지는데 한효는 「국문문학 문제」(1939.7.13~19), 김용제는 「문학의 진실성과 보편성」(1939.7.26 ~8.1), 임화는 「언어를 의식한다」(1939.8.16~20)를 갖고 이 논쟁에 참여하였다. 한효는 조선어로 창작을 하여야 한다고 주장하였고, 이에 대해 김용제는 보편성을 갖고 있는 국어인 일본어로 창작을 하여야 한다고 주장한다. 임화는 문학은 언어의 예술인 만큼 부자연한 언어보다는 자연스러운 언어가 중요하기 때문에 태어나서 듣고 말한 언어로 창작을 하면 된다는 것이다. 임화는 정치적 조직인 국가를 의식하여 언어를 생각하는 것은 결코 바람직스럽지 못하다고 주장하였다.

바로 이러한 문학계 내부의 논란 속에서 소설 「천마」와 평론 「조선문화통신」이 나온 것이다. 이러한 분위기를 염두에 두고 「천마」를 읽어야만 왜 김사량이 일본어 창작 문제를 그렇게 중요하게 다루었는가 하는 것을 짐작할 수 있다. 당시 조선문학가들의 일본어 창작 논쟁이 직접적으로 시작되는 것은 일차적으로 김문집을 통해서이다. 앞서 말했던 『경성일보』의 좌담회에 김문집이 참석하여 일본어 창작을 주장한 바 있다. 그런데 소설 「천마」의 주인공 현룡의 원형은 김문집이다. 현룡이 김문집을 모델로 하고 있다는 것은 전체적 사건 자체에서도 알 수 있지만 두 인물의 창씨명을 통해 더욱 확고하게 알 수 있다. 나중에 자세히 살펴보겠지만 현룡의 창씨명은 김문집의 그것에서 따온 것이다. 현룡이 일본어로 글을 써야 한다고 강변하는 장면 역시 좌담회 이후 김문집이 일관해서 주장하던 것과 맞닿아 있다.

김사량이 「조선문화의 장래와 현재」라는 좌담에서 이루어진 일본어 창작 논쟁을 잘 알고 있을 뿐만 아니라 여기에 개입하려고 했다는 것은 「천마」가 비단 김문집을 모델로 하고 있다는 것 때문만은 아니다. 작품에는 이 좌담회에 대한 직접적 묘사까지 들어 있기 때문이다. 「천마」에서 다나까가 자신의 조선 방문의 의미를 이미 조선을 다녀가서 일본에 글을 발표한 오가타에 견주는 대목에서 작가는 당시 좌담회의 구성을 방불하게 묘사하고 있다.

> 동경의 저명한 작가 오가타가 경성에 들렀을 때 오무라의 주선으로 조선의 문인 몇 사람과 자리를 같이 한 적이 있는데 그 자리에서 삼십 분도 지나지 않아 오가타가 현룡에게서 조선인 전부를 보았다고 한 것은 과연 날카로운 예술가의 형언이라고 쯔노이는 찬탄하며 덧붙였다. 오가타가 여기에 조선이 있다고 외치면서 현룡을 가리켰을 때 실로 조선의 문인들은 완전히 아연실색 하지 않을 수 없었다. 하지만 정작 당사자 현룡은 매우 득의양양하여 희죽희 죽 웃으면서 흐뭇해했다.[4]

좌담회를 묘사하는 위의 대목에서 소설 속의 오가타는 현실 속의 하야시 후사오이고 오무라는 당시 〈녹기연맹〉의 책임자였던 쯔다 다카시[津田剛], 그리고 쯔노이는 경성제국대학 중문학과 교수였던 가라시마 쯔요시[辛島驍]이다. 『경성일보』 좌담회에 참석하여 조선인 작가들의 일본어 창작에 동조하였던 이들이다.

---

4) 김사량, 「천마」, 『식민주의와 비협력의 저항』(김재용 외 편역), 역락, 2003, 270면.

김사량은 이 좌담회 이후 조선문학계 내부에서 일어난 일본어 글쓰기 논쟁을 잘 알고 있었기에 이러한 세부를 그릴 수 있었던 것이다. 이런 점들을 통해서 볼 때 김사량이 「천마」를 쓴 중요한 창작 동기는 당시 조선의 문학계 내부에 제기되었던 일본어 창작 논의를 의식하고 이에 대한 자신의 주장을 이야기하기 위한 것임을 알 수 있다.

3. 창씨개명 비판

김사량은 「천마」에서 일본어 창작 문제와 아울러 창씨개명에 대해 날카롭게 비판하고 있다. 「천마」가 발표된 것은 일본의 잡지 『문예춘추』 1940년 6월호이다. 이 무렵은 창씨개명이 한창 이루어질 때이다. 잘 알려져 있는 것처럼 창씨개명은 1940년 2월부터 시작되어 1940년 8월까지 근 6개월에 걸쳐 이루어졌다. 이 작품을 쓸 무렵 창씨개명이 한창 선전되고 있었기 때문에 작가 김사량은 이를 의식하고 이 작품을 썼던 것으로 보인다. 이광수는 민사령이 개정(1939년 11월 10일)된 직후이고 아직 본격적인 창씨개명이 실행되기 전인 1939년 12월 12일에 『경성일보』에 나와 자신이 향산광랑(香山光郎)으로 창씨개명한 것에 대해 이야기하고 있다. 그의 주장에 의하면 2600년전 진무천황이 즉위한 곳에 위치한 산 이름이 '향구산(香久山)'인데 이 산 이름에서 씨를 따와

'향산(香山)'이라고 하였고 수(洙)를 일본식 낭(郞)으로 고쳐 '광랑(光郞)'이라 하였다고 하였다. 이렇게 이광수는 창씨개명이 시작되자 일찌감치 수속을 밟았다. 그러자 이광수를 비난하는 편지가 부쳐 올 정도로 민심이 사나워졌고 이러한 여론에 대한 자신의 의향을 밝히기 위해 『매일신보』 1940년 2월 20일에 「창씨와 나」라는 글을 발표한다. 이 글의 한 부분인 '창씨의 동기'에서 이광수는 다음과 같이 말하고 있다.

> 내가 향산(香山)이라고 씨를 창설하고 광랑(光郞)이라고 일본적인 명으로 개한 동기는 황송한 말씀이나 천황어명과 독법을 같이하는 씨명을 가지자는 것이다. 나는 깊이깊이 내 자손과 조선 민족의 장래를 고려한 끝에 이리하는 것이 당연하다는 굳은 신념에 도달한 까닭이다. 나는 천황의 신민이다. 내 자손도 천황의 신민으로 살 것이다. 이광수라는 씨명으로도 천황의 신민이 못 될 것은 아니다. 그러나 향산광랑이 조금 더 천황의 신민답다고 나는 믿기 때문이다.5)

이광수는 조선민족의 장래를 고려하여 창씨개명을 한다고 말하였다. 해방 후에 그가 자신은 민족을 위해 친일하였다고 하는 것이 결코 빈말이 아닌 것은 이상과 같은 대목에서 확인할 수 있다. 그러면 이광수는 어떤 면에서 민족의 장래를 고려한 것일까? 중일전쟁에서 일본이 이기는 것을 보면서 조선이 일제로부터 독립할 수 있는 가능성은 없다고 판단하였다. 이런 상황이라면 차라리 조선인이 일본의 신민으로 되어 그 동안 받아왔던 차별을 극복하는 것이 더 낫다고 생각한 것이다. 완전히 일본의 국

---

5) 이광수, 「창씨와 나」, 『매일신보』, 1940.2.20.

민이 되면 일본인들이 조선인을 더 이상 차별하지 않고 동등하게 대우해줄 것이라는 환상을 갖고 있었던 것이다.

> 내선일체를 국가가 조선인에게 허하였다. 이에 내선일체 운동을 할 자는 조선인이다. 조선인이 내지인과 차별 없이 될 것밖에 바랄 것이 무엇이 있는가. 따라서 차별의 제거를 위하여서 온갖 노력을 할 것밖에 더 중대하고 긴급한 일이 어디 또 있는가. 성명 석자를 고치는 것도 그 노력 중의 하나라면 아낄 것이 무엇인가. 기쁘게 할 것이 아닌가. 나는 이러한 신념으로 향산이라는 씨를 창설하였다.6)

차별을 극복하기 위해서는 내선일체를 해야 한다고 주장하는 이광수의 논리에서 왜 그가 그토록 조선 민족의 장래를 고려하여 창씨를 하였는가를 짐작할 수 있다.

작가 김사량이 창씨개명을 비판하고 나선 데에는 당대 최고의 문학인 중의 하나라고 불리어졌던 이광수가 이렇게 식민주의에 협력하는 태도에 대한 의식이 크게 작용했을 것이다. 김사량은 1939년 11월 일본에서 발간되던 『모던 일본』에 이광수의 「무명」을 번역하여 발표한 바 있다. 아마도 이 무렵에 김사량은 이광수를 일본에 소개할 필요가 있다고 생각했음에 틀림없다. 그 자신이 창작을 하면서 또 이렇게 다른 작가의 작품을 번역하여 소개하였다는 것은 단순히 번역을 하여 돈을 벌겠다는 것과는 다른 것이다. 조선문학을 일본에 소개하여야 한다는 자신의 지론에 따라 행한 것이고 그럴 때 그 번역 대상이 이광수의 「무명」이 되었다는 것은 그만큼 이광수 문학에 대해 애정을 갖고 있었음을 말

---

6) 이광수, 「창씨와 나」, 『매일신보』, 1940.2.20.

해준다. 그런데 얼마 지나지 않아 이광수가 이렇게 창씨개명을 하고 이를 선전하는 것을 보면서 김사량은 경악하였을 것이다.

그런데 정작 김사량이 직접적으로 비판하고 있는 것은 이광수가 아니라 김문집이다. 이 작품에 등장하는 현룡의 모델인 김문집은 당시 창씨개명에서 주도적으로 활동한 인물이다. 그는 창씨개명의 법적 근거인 조선민사령이 개정되자 곧바로 신문에 등장하여 이를 옹호하는 글을 발표한다. 『경성일보』 1939년 11월 26일자에 김문집이 왜 '대강용무주지개(大江龍無酒之介)'로 결심했는가를 밝히는 흥미 있는 글이 있다. 22일 오후 7시에 용산역에서 전사한 장병들의 유골이 돌아오는 것을 목격하고 내선일체에의 강한 충동을 받았으며 그리하여 술을 끊겠다고 결심하는 뜻에서 이렇게 지었다고 하였다. 자기 고향인 대구에서 대(大)자를, 자신이 교육 받은 일본 강호(江戸)에서 강(江)자를, 그리고 인생의 전환점을 마련하였던 용산역에서 용(龍)자를 따와 대강용(大江龍)이라 하였고 술을 끊는 사람이라는 뜻에서 무주지개(無酒之介)를 덧붙였다고 설명하였다.

그런데 김문집의 창씨개명은 '대강용무주지개(大江龍無酒之介)'가 아니고 대강용지조(大江龍之助)이다. 또 김문집은 국민정신총동원의 기관지였던 『총동원』(1940.4)에 쓴 글「半島風習の その 祖國への 合理的 發展的 歸還お 諭すの 言」에서 자신이 이름을 대강용지조(大江龍之助)라고 한 것은 앞서 말한 것처럼 대구에서 자라 에도에서 교육을 받았고 용산에서 대결심을 하였기 때문이라고 하였다. 술을 먹지 않는다는 것을 빼버리고 이렇게 정했던 것이다. 그리하여 김문집의 창씨개명은 대강용지조(大江龍

之助)로 확정되었다. 그리고 자신의 이름을 부를 때에는 '대강용
지조'라고 부르지 말고 일본식으로 '오호에리라 노스케'라고 불
러달라고 주문까지 하고 있다.

　김사량은 바로 김문집의 이러한 태도를 비판하기 위하여 이
작품을 썼던 것으로 보인다. 김문집은 창씨개명에 관한 글을 쓰
기 전에도 당시 문학인 중에서는 앞서서 내선일체를 주장한 바
있다. 『조광』 1939년 9월호에 발표한 「조선민족발전적 해소론」
이란 글 역시 내선일체를 강조한다. 조선어를 폐지하고 일본어를
상용할 것을 주장하는 것도 이 글에 등장한다. 그렇기 때문에 당
시 김사량은 김문집을 모델로 하여 내선일체론을 비판하려고 작
정한 것 같다. 이 작품에 등장하는 여러 면모들이 그러하지만 특
히 마지막에 주인공 현룡이 창씨개명하는 대목은 더욱 그러하다.
이 작품의 마지막에 결국 모든 일이 실패하고 자포자기 심정으
로 창녀촌을 찾은 현룡이 자신이 내지인이 아니어서 이런 대우
를 받는다고 하면서 자신의 씨를 만들고 이름을 바꾼다. 현룡이
"이제 나는 요보가 아냐! 겐노가미 류우노스케다[玄の上龍之介],
류우노스케다!"라고 외치는 단말마는 그의 이러한 몰락을 상징
함과 더불어 창씨개명에 대한 작가 김사량의 비판을 말해주는
것이다. 작품 속에 나와 있는 현룡의 창씨개명 중 용지개(龍之介)
는 실제 김문집이 행한 두개의 창씨개명을 조합한 것이기에 이
작품에 등장하는 현룡의 모델이 김문집임을 짐작할 수 있다. 당
시 창씨개명에 앞장서서 활동하던 김문집을 겨냥하여 이 소설을
썼음이 분명해진다. 이렇게 볼 때 김사량은 이 작품에서 당시 내
선일체의 일환으로 전개된 창씨개명에 대해 비판적 태도를 보여

한설야는 우회적인 글쓰기를 통하여 저항한 작가 중에서 특히 대표적인 인물이다. 「피」와 「그림자」 등의 작품은 비록 일본어로 되어 있음에도 불구하고 조선인과 일본인 사이의 결혼이 성립될 수 없다는 것을 통하여 내선일체를 비판하고 있다. 한설야의 이러한 작품 경향은 당시 협력하는 문학인 내부에서 일본에 저항하는 것인가 혹은 협력하는 것인가를 둘러싸고 논의가 벌어질 정도로 복합적인 구성을 취하고 있다. 사진은 1943년 한설야가 경성방송국의 단파방송을 통하여 외국 방송을 청취하고 이를 주변에 전파하였다는 죄로 수감되었음을 보여주는 재판문의 한 부분이다. 한설야는 다음 해인 1944년에 출감하였으나 옥중에서 얻은 병으로 병석에 누운 채로 해방을 맞이하였다고 한다. 한설야는 그 동안 일본어로 된 작품 때문에 친일의 의혹을 받기도 하였으나 이는 작품에 대한 구체적 검토 없는 언어민족주의의 산물이었음이 판명되었다.

金文輯酒と縁切り

名も "大江龍無酒之介"

英靈を迎へて感激の再出發

改示に姓改

▼そして心中決するところは、〟日金百圓也の賠金をお禮として差上げるとまで固い信念を叶へてをり、その時は更に一年間碓落して公的舞台から身を引くと怒つてゐる、生れ出た大江龍無酒之介……一見大江酒呑童子に似たれども貧は天地杳壞の差……膽はくはその

せずしてはその發見は許されぬ〟……この大事業のためには酒に百日……「もう酒は死んでもがまんぞ」……かくて氏は慾女天地に誓約すると共にその場で改姓名したのだった、すなはち大邱で生れて江戸で育つて龍山驛の酒で甦つた……つまり大江龍を以てうちとし酒なき男……無酒之介を命名とした

▼氏の契約宣言によれば今後一滴たりとも酒を口にするのを發見した人には何人によらず一回につき

名大江の巨腦は酒を必要とせさらんことを……と氏と共に飮ひたいものと半島文化人を擧げてこの册かな宣誓を受取つたのだった【寫=金文輯氏】

一、軍機のこと
一、改姓のこと

を宣誓したもので、宮城中に告白するところによれば……

▼酒は氏の仕事と人間をぶち壞して來た、酒と踏ひ慾氏か愛酒を慾つたが酒に戰ひにはいつも敗れてみた、この時去る廿二日午後七時四分、龍山驛頭に戰死將兵遺骨を迎へた氏は初めて後する戰死形盤さに大きい心の衝撃をうけて固圏を憚らず泣いたのだった

김사량은 「천마」에서 김문집을 모델로 한 현룡이라는 인물을 통하여 친일문학을 강하게 비판하였다. 김사량 작품 중에서 「빛 속에서」가 일본의 조선인을 다룬 것인 반면, 「천마」는 조선을 배경으로 친일문학인을 비판한 것으로 퍽 대조된다. 그 동안 김사량 작품에서 유독 「빛 속에서」가 부각되고 「천마」가 무시된 것은 「천마」가 갖고 있는 작품 특성에 대한 이해 부족에서 온 것이다. 김사량은 이 작품에서 김문집이 大江龍無酒之介라고 창씨개명한 것을 풍자하였다. 『경성신문』에 실린 사진의 기사는 김문집이 자신의 창씨개명 이유를 밝히고 이를 독려하는 내용이다. 大江이라는 것은 大邱에서 태어나 江戶(동경)에서 교육받았다는 데서 온 것이고, 龍無酒之介는 용산역에서 중국 전선으로 나갔다가 죽은 군인의 시체가 기차에서 내려오는 것을 보고 앞으로는 좋아하는 술을 먹지 않겠다고 결심한다는 데서 온 것이다라고 설명하고 있다. 김문집은 나중에 자신의 창씨개명을 大江龍無酒之介에서 大江龍之助로 고쳤다.

주고 있음을 확인할 수 있다.

4. 우회적 글쓰기의 전략

　내선일체의 핵심이라 할 수 있는 일본어 창작과 창씨개명을 이렇게 비판할 수 있는 것은 결코 쉽지 않은 일이다. 모두에서 말한 것처럼 이 시기는 그 이전과 달라서 작가들에게 국민이냐 비국민이냐의 선택을 강요하던 시점이라 직접적으로 일본의 식민주의를 비판한다는 것은 불가능한 상황이다. 물론 이 작품이 조선어가 아니고 일본어로 쓰여졌다는 점 그리고 조선이 아닌 일본에서 발표되었기에 조선에서 조선어로 발표되는 작품에 비해 상대적으로 검열의 눈이 약화되어 있다는 것을 감안하더라도 결코 쉽지 않은 것임에는 틀림없다.

　그렇기 때문에 작가는 이 작품에서 우회적 글쓰기 방법을 도입하여 이를 넘어서고 있는 것이다. 이 작품에서 현룡이 관심을 두는 최대의 문제는 절에 들어가지 않는 것이다. 오무라가 근신을 하라고 했기 때문에 절에 들어가기 전에 속세의 환락을 즐기기 위해 신마치의 창녀촌을 찾아가는 것이 소설의 서두이다. 그리고 일본인 친구 다나까가 온다는 소문을 신문에서 우연히 발견하고 그가 현재의 난국을 탈피하는 데 도움을 주지 않을까 하여 그를 찾기 위해 경성 시내를 돌아다니는 것이다. 결국 이마저 여의치 않자 다시 신마치에 돌아와 자신이 일본인이 아니고 조선인이기 때문에 이렇다고 하면서 창씨개명을 한 자신의 씨명을 외치는 것으로 이 작품은 끝난다. 여기서 분명한 것은 현룡은 한때 그를 조종하여 내선일체를 구현하려고 노력하였던 일본인 오무라마저도 버릴 정도의 인물이라는 점이다. 그럴 수밖에 없는 것은 그를 계속 내선일체 선전에 앞장 세울 경우 이를 지지하고 있는 오무라 자신의 위신도 깨지지만 내선일체 자체의 신뢰성도 잃어버리는 것이다. 사람들이 생각하기로 저런 인간성 파괴자들이 외치는 내선일체이니 오죽하랴라고 생각하게 되면 일은 끝나는 것이기 때문이다. 다음 대목은 이런 사정을 잘 말해준다.

> 지금은 조선도 애국열이 점점 높아져서 소기의 목적이 거의 달성되어 가는 마당에 애국주의를 내세워서 사회의 공안을 해치고 가는 곳마다 나쁜 짓을 하는 현룡을 그대로 쓰는 것은 오무라의 위신에도 관계가 되는 문제였다. 사실 또 현룡에 관한 한 사직당국에 대한 비난공격이 심해서 경찰에서도 슬슬 내사를 시작한 것이었다. 그래서 오무라는 차마 현룡을 경찰에는 넘길 수 없다는 마음과 천성으로 남을 잘 믿는 마음으로 현룡에게 절에 들어가 좌선수행을 해서 근신하는 모습이라도 빨리 보이라고 명한 것이다.[7]

오무라뿐만 아니라 경찰까지 내사를 할 정도이니 이런 인물에 대해 비난을 퍼붓는다 하여 불령선인으로 낙인 찍힐 가능성은 거의 없는 것이다. 작가는 표면적으로는 내선일체를 비판하는 것이 아니라 내선일체를 잘못 인식시킬 수 있는 인물을 비판하고 있는 것처럼 내보이고 있는 것이다. 생각하기에 따라서는 진

---

7) 김재용 외 편역, 『식민주의와 비협력의 저항』, 역락, 2003, 260면.

정한 내선일체를 위하여 사이비 내선일체를 비판하는 것처럼 보일 수도 있는 것이다. 작가 김사량은 이런 보호막을 둘렀기 때문에 현룡에 대해 마음 놓고 비판할 수 있는 것이다. 실제 이러한 작가적 전략은 동시기의 다른 평론에서는 직접적으로 나타난다. 앞서 언급한 적이 있는 평론 「조선문화통신」에서 김사량은 「천마」에서와 마찬가지로 일본어 창작을 비판하였다. 그런데 이러한 비판이 혹시나 내선일체를 비판하는 것으로 여겨질까봐 보호막으로 당시 내선일체의 이론가였던 인정식을 내세운다.

> 조선어로 저술하는 것이 비애국적이라고 하는 일파의 말에 대해서 우리는 결코 묵과할 수 없다. 현재 시국논객으로서 중요시 되고 있는 인정식(印貞植) 씨도 「내선일체의 이념」(『인문평론』)이라고 하는 논문에서 확실하게 결론을 내리고 있다. 즉 조선내의 문학자가 아무리 시국에 눈을 떠서 내선일체의 이념 하에 움직인다고 해도 실제로 조선사람의 대부분이 읽지 않는 내지어로 쓴다고 한다면 그것이야말로 피리를 불어도 사람들이 춤추지 않는 격이 된다. 이러한 사고방식이 가장 중요하다고 나는 생각한다. 왜냐하면 문학이라고 하는 것은 역시 민중 속에 흘러들어가 그것이 읽혀지는 것이 절대적으로 필요하기 때문이다.[8]

김사량이 일본 식민주의 당국이 전적으로 신뢰하고 있는 인정식의 글을 통하여 조선어로 창작하는 것의 중요성을 언급하고 있는 것은 조선어로 창작하여야 한다는 본인의 주장이 혹시나 식민주의에 저항하는 것으로 간주될 것을 대비하고 있는 것이다. 인정식의 주장과 김사량의 그것 사이에는 근본적으로 다르

---

8) 김사량, 「천마」, 『식민주의와 비협력의 저항』(김재용 외 편역), 역락, 2003, 26면.

지만 현상적으로 조선어로 창작해야 한다는 것은 같기 때문에 이를 교묘하게 이용하여 자신의 주장에 보호막을 씌우는 것이다. 바로 이러한 것이 우회적 글쓰기이고 이 점은 직설적인 형태의 평론보다는 소설에서 한층 쉬운 것이기에 「천마」에서는 선명한 보호막 없이 이를 행하게 되는 것이다.

5. 우회적 글쓰기의 궁지

「천마」의 분석에서 명확하게 드러나듯이 김사량은 기본적으로 우회적 글쓰기의 방식으로 당대의 식민주의에 협력하지 않고 저항하였다. 하지만 이것도 전선이 확대되고 날로 격화되면서 일제의 검열과 억압이 일정한 한도를 넘어서게 되자 어려워졌다. 일본이 태평양전쟁을 일으키기 직전 일본에 있는 김사량을 예방구금법으로 잡아간 것은 그 대표적인 사례이다. 김사량이 사가에서 고등학교를 마치고 동경제국대학으로 진학하여 동경으로 올라왔을 때 이미 그곳에서 활동하고 있던 좌파 조선인 지식인들이 주도하던 연극 단체인 조선예술좌에 관여하였고 이 때문에 그는 수감된 바 있다. 그렇기 때문에 이 시기에 예방구금법으로 다시 수감되는 상황이 벌어졌던 것이다. 과거의 일만을 가지고 이렇게 수감할 정도로 일제의 폭압은 한층 가혹해졌기에 김사량으로서는 우회적 글쓰기도 쉽지 않았던 것이다. 그렇기 때문에 당대의 현실을 다루는 방법 대신에 지나간 역사에서 소재를 끄집어내어 일종의 역사소설을 꾀하였다. 『태백산맥』은 이러한 노력의 산물이었다. 하지만 이것도 여의치 않았다. 『태백산맥』와 비슷한 역사적 시기를 배경으로 창작하려고 하였던 『바다의 노래』는 결국 역사소설로 끝나지 못하고 당대의 국책인 해군열과 섞여 어정쩡한 작품이 되어 버리고 말았다. 역사소설의 형식도 더 이상 가능하지 않는 상황이 되고 말았다.

일제는 전쟁이 격화될수록 작가들에게 종군할 것을 요구하였고 특히 김사량처럼 일본어로 창작을 한 경험이 풍부한 작가의 경우에는 더욱 그러하였다. 1943년 결국 이러한 강요에 의해 진해와 사세보 등지의 해군 기지를 탐방한 「해군행」이란 르포를 발표할 수밖에 없었던 것이다. 김사량으로서는 궁지에 몰린 것이다. 이제 우회적 글쓰기라는 것이 거의 불가능한 상황에 이른 것이다. 하지만 이 시점에서 침묵할 수도 없었다. 갑자기 침묵할 경우 그것은 한편으로는 일본에 대한 소극적 저항으로 비쳐져 긴장을 유발시킬 수 있고, 다른 한편에서는 이미 자신이 저지른 협력의 흔적을 말소할 수 있는 기회도 없어져 오명을 남기는 것이 되기 때문이다. 이런 상황에서 그는 돌파구로서 망명을 선택한 것이다. 김사량에게 망명은 우회적 글쓰기의 한계를 돌파하는 것으로 되었다.